Antoine de Saint-Exupéry : À travers les images en chaîne

サン＝テグジュペリ
イメージの連鎖の中で

藤田尊潮

八坂書房

［扉の写真］
1936年1月7日、1週間前にリビア砂漠に遭難した愛機シムーンの残骸のそばに戻ったサン＝テグジュペリ。この写真はその折りに撮影されたもの。彼は機体に書き残していた遺言を消した。

〔1〕サン゠テグジュペリの肖像。南米航空路線飛行に従事していたときの写真。1930年頃と推定される。

上：〔2〕サン＝テグジュペリの愛機コードロン・シムーン機「F.-A.N.R.Y.」号を背景に、親友の機関士アンドレ・プレヴォーと。1935年12月29日撮影。パリ―サイゴン間の飛行記録を目指してブールジェ飛行場を出発する前の写真。

下：〔3〕愛機に乗るサン＝テグジュペリ。1935年撮影。

〔4〕サン=テグジュペリが少年時代を過ごしたリヨン郊外サン=モーリス・ド・レマンスの館。彼が少年時代を思い起こして語る時の家とは、この館のことを指している。

〔5〕サン=モーリス・ド・レマンスのサン=テグジュペリ家の墓。右下に「アントワーヌ・ド・サン=テグジュペリ」の文字を読み取ることができる。

(共に 2009 年 8 月筆者撮影)

〔6〕『城砦』自筆原稿「228の2（228 bis）」（筆者所蔵）。『城砦』の草稿の番号が付
されているが、内容はスペイン市民戦争に取材したルポルタージュ「平和か戦争か」
とそれをもとにした『人間の土地』の一節に類似しており、未発表の文章も認めるこ
とができる。『城砦』本文のためのメモ書きと推定される。第1部第1章、註34参照。

PILOTE DE GUERRE

〔7〕ジャン・マッケーニュに宛てた『戦う操縦士』
の献辞（筆者所蔵）。第 1 部第 1 章、註 25 参照。

A Prince of Lonely Space

THE LITTLE PRINCE. Written and drawn by Antoine de St. Exupéry. Translated from the French by Katharine Woods. 91 pp. New York: Reynal & Hitchcock. $2.

By BEATRICE SHERMAN

ST. EXUPÉRY'S new book is a very different one from his "Night Flight," "Wind, Sand and Stars," or "Flight to Arras." And yet it has the same fine, clear, rarefied quality of the high lonely spaces where a man's mind has the range to ponder and question and wonder about the meanings of things. "The Little Prince" is a parable for grown people in the guise of a simple story for children—a fable with delightful, delicate pictures of the little Prince on his adventurings. It is a lovely story in itself which covers a poetic, yearning philosophy—not the sort of fable that can be tacked down neatly at its four corners but rather reflections on what are real matters of consequence.

Six years ago St. Exupéry made a forced landing in the Sahara Desert, alone and a thousand miles from help. He had to repair the motor by himself within the number of days his drinking water would last. He was awakened at sunrise one morning by a small voice saying, "If you please—draw me a sheep." That was the little Prince. St. Exupéry drew the sheep, but the little Prince was only satisfied at last with the drawing of a box for the sheep—the sheep himself invisible but easily imagined inside. In the time that it took to repair the motor the airman got to know the boy very well—a serious, thoughtful, questioning little person who must resemble St. Exupéry in a good many ways. One can understand how they drew very close together in the lonely days while the man worked to see if he could repair his motor.

The little Prince had parachuted down to earth from his own little planet, taking advantage of the migration of a flock of wild birds. His world was a very tiny, cozy one—Asteroid B-612. It had three volcanoes, knee-high to the Prince. One was extinct, but the other two he used for cooking. He regularly cleaned out all three. And he had a small pampered flower which he covered at night with a glass globe.

On his trip he visited a number of other small planets, each owned by a grown-up—a king, a conceited man, a business man, a tippler and a lamplighter. Each in his separate star was busily occupied by what he considered matters of consequence. But the boy could not see how anybody or anything benefited by their preoccupations or by their ownership. He himself cared for his little planet, his volcanoes and his flower. The lamplighter, who obeyed orders to light and extinguish his solitary lamp, came nearest to making sense. But, all in all, the boy thought that grown people were certainly very, very odd.

When the little Prince came to earth he met a small desert fox, from whom he learned the mingled happiness and sadness of being tamed in an attachment that at once binds and frees. (Hadn't he himself been tamed by his beloved little flower?) The little fox told him the secret, that "It is only with the heart that one can see rightly; what is essential is invisible to the eye." And the little Prince's taking off—just when the motor was repaired—has its own mystical implications. This fable will make the reader's thoughts turn back to the author's earlier books.

For children the book will be as interesting as any of the best "Once upon a time" fairy stories, with its fine flights of fancy. The pictures in clean, clear watercolor, have the ethereal, fragile texture of wind and stars and flight. In their stark simplicity they have a sort of kinship with the things children like to draw.

The translation from the French is admirably done, preserving the surface simplicity of a lovely fable with significant undertones.

The pictures on this page are, of course, from "The Little Prince."

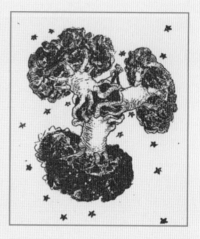

〔8〕『星の王子さま』刊行直後の『ニューヨーク・タイムズ・ブック・レビュー』誌（1943年4月11日 日曜日）の書評。第2部第2章、註2参照。

この書を梓に

はじめに

　アントワーヌ・ド・サン＝テグジュペリといえば、まず読者の心に思い浮かぶのは、『星の王子さま』のほほえましいお話しとかわいらしいイラストではないだろうか。しかし『星の王子さま』のやさしいイメージとは裏腹に、サン＝テグジュペリは職業的な郵便飛行路線のパイロットであり、また軍人でもあった。そのため、執筆を専門とする作家に比べれば生涯を通じてその作品数は少ない。生前5作の小説『南方郵便機』『夜間飛行』『人間の土地』『戦う操縦士』『星の王子さま』が発表され、『城砦』は死後、編纂刊行されたものである。そして『星の王子さま』は生前最後の作品である。『星の王子さま』と『城砦』を除きその他の作品についてほぼ共通して言えることは、作中人物の名前は変わることがあっても、それはすべて彼自身が実際に経験した事実を再構成したドラマだということである。サン＝テグジュペリは普通人が経験し得ないようなパイロットしての特別な体験から、類い希な考察を引き出す。彼の作品の魅力は、その陰影に富んだ繊細で力強く美しい文章とともに、彼の「人間」についての考察にあると言うことができるだろう。

　サン＝テグジュペリが同時代に直面した現実は、「戦争」の現実だった。彼はいかなる政治党派にも偏ることなく、行動するヒューマニストとして常に中立の立場で「戦争」を見据え続ける。ひととひとが無差別に殺し合う現実を前に、人間の無意味な「死」に深く傷つき、「人生に意味を」回復しなければならないと、彼は考える。「人間というも

の」の「個別性」が失われた世界で、「個別性」を超えた「普遍性」を求めようとする。そのためには、彼は、人間には「自己超越」と「自己実現」が必要であると説く。『星の王子さま』の最後の場面に描かれる夜空の星のヴィジョンは、そのような「普遍的」な「精神」の視点から眺められた人間世界のヴィジョンである。ひととひととが互いに孤立し、「心の伝達不可能性」に囚われている現代社会に、サン＝テグジュペリは心を痛めていた。彼は「個別性」を超えてひととひとを「結び合わせる」力強いイメージが必要だと考える。彼は「絆」のイメージの中にそれを託したように思われる。「絆」は複数形になり、「絆の網」に成長して行く。人間はその「絆の網」から生まれるのだと、彼は言う。「絆」との「交換」、それがサン＝テグジュペリが到達した彼自身の「自己実現」のイメージではなかったのかと、筆者は考えている。さらに言うならば、そのイメージは、まさしくキリスト教的であるということを筆者は提起したい。

筆　者

目　次

口　絵　3
はじめに　11
凡　例　14
サン＝テグジュペリの文体　15

第Ⅰ部　「人間」 ……………………………………………… 21

第1章「人間というもの」 ……………………… 23

第2章「砂漠」のイメージ ……………………… 89

第3章「庭師」のイメージ ……………………… 111

第Ⅱ部　「本質的なもの」 ……………………………… 127

第1章「本質的なもの」と「真実」 …………… 129

第2章「目に見えるもの」と「目に見えないもの」 …… 143

第Ⅲ部　「絆」と「交換」 …………………………………… 175

第1章「絆」のイメージ ………………………… 177

第2章「交換」のイメージ ……………………… 208

あとがき　247
参考文献　249

凡　例

◎サン゠テグジュペリのフランス語版のテクストには以下の版を使用した。

・プレイヤード版『サン゠テグジュペリ全集』第 1-2 巻
・*Œuvres Complètes de Saint-Exupéry, tome I-II*, la bibliothèque de la pleïade, Paris, Gallimard, 1994-1999. 略号 *Pl*（*I-II*）

◎引用に際しては以下の略号を用いて表記した。

CDL	*Pl II*	*Citadelle*	（『城砦』）
CS	*Pl I*	*Courrier du Sud*	（『南方郵便機』）
PG	*Pl II*	*Pilote de Guerre*	（『戦う操縦士』）
PP	*Pl II*	*Le Petit Prince*	（『星の王子さま』）
TH	*Pl I*	*Terre des hommes*	（『人間の土地』）
VN	*Pl I*	*Vol de nuit*	（『夜間飛行』）

◎サン゠テグジュペリのテクストの中で引用の多いものは註の多用を避けるため、本文中にページ数を明記し、タイトルを略号の形で記載した。また引用の少ないものは、註にタイトルとともにページ数を記載した。また本文中のイタリック、アンダーラインの強調箇所および引用文の日本語訳はすべて筆者による。

◎『聖書』からの引用は新共同訳による。

サン＝テグジュペリの文体

　サン＝テグジュペリの文体の最大の特徴としてまず取り上げることができるのは、おそらく直喩、換喩、メタファーなどの精緻な比喩表現の見事な豊かさ、そしてアレゴリーやシンボルなどの多彩なレトリックによるイマジネーションの広がりにあると言うことができるだろう。しかし、彼の文章のテーマに関わるもっとも重要な特徴は、「ことばのくり返し」であるということを指摘しておきたい。それによってサン＝テグジュペリは繊細で華やかなフランス文学の伝統的な文章を書くという方向性からは若干外れたかわりに、否応なく力強いイメージとポエジーを読者に喚起することに成功した。本論に入る前に、ここで彼の文章のあまり目立たないもうひとつ別の特徴のひとつ、一見対照的にも映ることばのイメージをつなぐ方法、あるいは厳密なことばの定義によって裏付けられた微妙なニュアンスの差異を結びつけることによって印象的な表現をつくり出す文章のレトリックについて一言触れておきたい。サン＝テグジュペリは小説『南方郵便機』や『夜間飛行』など、航空路線のパイロットを主人公にした小説を書いたが、実は、彼の同時代にはほぼ同じテーマで書かれたノンフィクション作品は数多くある。サン＝テグジュペリの親しい友人のひとり、ジャン・マッケーニュが書いた『空の鉱夫』、『無視界飛行』、『冒険する郵便機』。さらに航空路線のパイロットの物語については、ジャン＝ジェラール・フルーリの『空の道』や『路線飛行』――『路線飛行』には「夜間飛行」という一章もある――ジョゼフ・ケッセルの『空の英雄メルモーズ』など [1]。しかし今これらの作品を好んで取り上げるひとはまずいない。テーマはほぼ同一であるにもかかわらず、サン＝テグジュペリは読まれ、他の作家はどうして読まれないのか。それは、サン＝テグジュペリの文章が他の作家のそれとは比較にならないほど優れているということ

と、彼が実体験から導き出すその類い希な考察にあると言うことができるはずである。作家の個性はまずその文体に表れる。ことばの反復という特徴とは別に、サン＝テグジュペリの文体の顕著なもうひとつ特徴のひとつである、イメージの結合という手法の例を挙げてみたい。

たとえば『星の王子さま』は、イメージの対称性によって構成された作品の典型的な例である。「おとな」と「子ども」、「目に見えるもの」と「目に見えないもの」、「愛」と「友情」、「旅」と「定住」、「空間」と「時間」、「問い」と「答え」、「幸福」と「苦悩」など、物語は対になる対照的なイメージのバランスの上に成り立っている。『星の王子さま』以外の作品として、自伝的なエッセーを集めた『人間の土地』の中から、サン＝テグジュペリの文章の見事なレトリックの一例を見出すことができる。たまたま草原に着陸した彼が通りすがりの人物に助けられ、一夜の宿を提供してもらう逸話がある。その家は趣のある「古い家」で、彼が少年時代を過ごした館を思い起こさせる屋敷だった。そこには野性的でもあり、また魅力的な溌剌としたふたりの少女が父親とともに住んでおり、彼は興味深く彼女たちの言動を追う。そのふたりの少女と夕食の席をともにしたときのことを、サン＝テグジュペリは回想し、彼女たちについて次のような感慨を持つ[2]。

あの<u>ふたりの妖精</u>（deux fées）はどうなったことだろう。<u>若い娘</u>（jeune fille）の状態から<u>女</u>（femme）の状態に移るというのは重大なことだ。彼女たちは<u>新しい家</u>（une maison neuve）で何をしているのだろう。あの野生の草やヘビとの関係はどうなったのだろうか。彼女たちはなにか宇宙的なものと関わっていた。でもある日、<u>若い娘</u>の中に<u>女</u>が目覚める日が来る。〔……〕するとひとりの<u>ばかもの</u>(un imbécile)が現れる。あんなにも<u>鋭かった目</u>(des yeux aigisés）が初めて<u>見間違い</u>（se trompent)、そのばかものを<u>美しい色彩</u>（de belles couoleurs）で輝かせる。その<u>ばかもの</u>が、もし詩でも口ずさむなら、彼を<u>詩人</u>（poète）だと思ってしまう。〔……〕<u>野生の庭</u>（un jardin sauvage）のような心を、<u>手入れの行き届いた庭</u>（les parcs soignés）しか愛さない男に与えてしまう。そしてそのばかものは<u>王女さま</u>（la princesse）を<u>奴隷</u>（esclave）として連れ去ってしまう（*TH*, p.213.）。

「ふたりの妖精」のような「若い娘」が「女」になるとき、それは「古い家」を離れ、「新しい家」に住むようなものである。彼女たちの「鋭かった目」はひとりの「ばかもの」を「見間違い」、その「ばかもの」を「詩人」だと思ってしまう。彼女たちは「野生の庭」のような心を、「手入れの行き届いた庭」しか愛さない男に与えてしまう。そして男は「王女様」であった彼女たちを「奴隷」として連れ去る。対照的に見えることばのニュアンスを結びつけることによって、新しく広い視野を文章の中に導き入れていることがよくわかる例である。このような例はサン゠テグジュペリの文章全般にわたって見出される特徴である。また、同じ一節の先に「お世辞（La flatterie）を言ったところで無駄だっただろう。彼女たちは虚栄心（la vanité）を知らなかった。虚栄心（La vanité）ではなく、相当なうぬぼれ（le bel orgueil）を持っていて、わたしの助けなくとも、わたしが彼女たちについてなにか言う以上に、自分たちを優れていると思っていた」（ibid., p.212.）という表現がある。「虚栄心」と「うぬぼれ」という訳語は、日本語としては多少開きがあるように感じられるかもしれないが、〈vanité（虚栄心）〉と〈orgueil（うぬぼれ）〉というフランス語の定義は、「虚栄心」が「自分自身に満足し、その満足感をひけらかすという欠点」であり、その類義語として指示されている「うぬぼれ」は「自己の優越性についての見解、自分の価値についてある人が持つ、しばしば不公正であり、たいていの場合誇張された感情」ということであり [3]、厳密な定義において両者は異なっているが、差異はわずかであり、その微妙なニュアンスの違いを比較することによって、かえって文章は文学的に豊かになり、ポエジーが生まれ、読者の想像力を刺激する。これはことばの厳密な定義の裏付けなくしては不可能な表現方法である。もうひとつ別の例を、再び『人間の土地』の中から挙げてみたい。キャップ゠ジュビーの中継基地の主任をしていたとき、サン゠テグジュペリは、それまで親しくしていた近くに住むケマルとムーヤンというモール人の兄弟にお茶をごちそうになり、会話を交わす。当時ヨーロッパの植民地支配に敵対するモール人たちはアフリカ各地に数多く点在し、ヨーロッパ人との間には紛争が絶えなかった。サン゠テグジュペリは、その敵対する当事者であるフランス人ボナフ大尉の部隊を、ケマルたちが翌日攻撃しに行くという話を聞く。サン゠テグジュペリは

思う。「彼〔ケマル〕はいまだかつてないほど、自分自身の高貴さ（noblesse）を感じている。彼の軽蔑（mépris）はわたしを圧し潰す。なぜなら彼はボナフに向けて進軍しようとしているからだ。なぜなら彼は夜明けに歩み出すからだ、愛のあらゆるしるし（tous les signes de l'amour）を持った憎しみ（une haine）によって突き動かされて」（ibid., p.225.）。ここでも「憎しみ」と「愛」という対立概念が「あらゆるしるし」ということばによって結びつけられ、表情豊かで独特な表現を生み出していることがわかる。しかし、そのレトリックもとりわけサン＝テグジュペリに限った手法というわけではなく、フランス文学の中では伝統的とも言える表現方法である。サン＝テグジュペリは伝統的なフランス文学の表現方法を踏まえた上で、さらに彼独自のことばのくり返しという、一見粗暴とも受け取られかねない表現方法を自らの文体の特徴として確立していったのである。それはことばのくり返しが新しい表現方法である、ということを必ずしも意味するものではない [4]。そうではなく、サン＝テグジュペリの場合、くり返しは単にある事柄を力説するということとは異なる。彼は使用することばの定義が非常に厳密であるがゆえに、自分にとって重要な語をどうしても他の語に置き替えることができないという、彼なりの必然性があったように思われるのである。

　サン＝テグジュペリの文体のくり返しの技法は、単語レベルにとどまらず、文節、あるいは時には文自体に及ぶこともある。たとえば、『人間の土地』の中に次のような典型的な一例がある。砂漠の中継地ポール・エチエンヌで出発を待つパイロット、サン＝テグジュペリが、カゲロウと蝶の出現にわずかな気象の変化を捉え、東から嵐が近づいていることを予感する場面である。

　　こうして昆虫たちは砂嵐が近づいていることをわたしに示している。東方の嵐、それはシュロの林からこれらの蝶を追い払ったのだ。嵐の飛沫にわたしはすでに触れているということだ。そして荘厳だ（Et solennel）、なぜなら（puisque）それはひとつの証拠だから、そして荘厳だ（Et solennel）、なぜなら（puisque）それは重大な脅威だから、そして荘厳だ（Et solennel）、なぜなら（puisque）それは嵐を含み、東風が吹き起こっているのだから。そのかすかな息吹はわたしにわずかに触れるだけだ（ibid., p.220.）。

「そして荘厳だ」と「なぜなら」という同じ表現はこの短い一節の中で、3度反復されている。ここでくり返しは、表現に力強さを与えているだけではなく、詩的なリズムをも付与していると言うことができるかも知れない。サン゠テグジュペリのことばのくり返しの極端な例は、後述するように『戦う操縦士』の結末付近に顕著に認められる。そこでは常識的な散文表現の枠を大きく飛び越え、まるで叫び声のように力強く、またそれと同時に詩的な抑揚を帯びて直接読者の心を打つ。

註記

(1) 註16および25を参照。

(2) この一節はフランス語版『人間の土地』の第4部第5章、英語版『風と砂と星々と』第6章の「オアシス」と題された章で語られる逸話から抜粋されたものだが、サン゠テグジュペリはこの部分の原稿だけを、先にレイナル・ヒッチコック社に送っており、ルイス・ガランチエールの英訳によって『野生の庭園（*The Wild Garden*）』として、1938年末に『風と砂と星々と』に先駆けて単独で出版された。内容はほぼ同一だが、『風と砂と星々と』との間には、ことばの上では非常に多くの異同がある。『風と砂と星々と』の出版は1939年2月16日であることから、その間に多数の修正が加えられ推敲されているものと推測される。

(3) 「虚栄心」、「うぬぼれ」『ロベール・フランス語大辞典』（〈vanité〉,〈orguei〉in《*Le Grand Robert de la langue française*》, 6 tomes, Paris, Dictionnares Le Robert, 2001.）。

(4) 例えば17世紀フランスのカトリック教会の司教で神学者、文学者でもあったジャック゠ベニーニュ・ボシュエは、死者を悼む『棺前説教』によって特に有名だが、彼の表現の特徴は、巧みなことばのくり返しによって詩的抑揚と力強い説得力を生むレトリックのよい例である。またレオン・ヴェルトによれば、サン゠テグジュペリはボシュエとパスカルに傾倒していた。ルネ・ドランジュ著『サン゠テグジュペリの生涯』中、レオン・ヴェルト著「わたしが知っているとおりのサン゠テグジュペリ」参照（Léon Werth, *Saint-Exupéry tel que je l'ai connu...* , in René Delange, *La Vie de Saint-Exupéry*, Paris, Éditions du Seuil, 1948. p.181.）。レオン・ヴェルトによれば、サン゠テグジュペリは大変な読書家であり、「かれは『すべての書物』を読んでいた」という（ルネ・ドランジュ前掲書参照。Léon Werth, *Saint-Exupéry tel que je*

l'ai connu... , in René Delange, *op.cit.*, p.181.)。

　レオン・ヴェルトはユダヤ系フランス人の作家、美術批評家。美術批評の著作としては『ピュビス・ド・シャヴァンヌ』などがある。小説家としては第一次世界大戦に取材した代表作の『兵士クラヴェル』、第二次世界大戦中の疎開についての記録『三十三日』などが読まれている。また第二次世界大戦中の日記『証言　日記1940～44』はサン＝テグジュペリに関する貴重な資料を含んでいる。レオン・ヴェルトはサン＝テグジュペリのもっとも親しい友人のひとりだった。レオン・ヴェルトの「わたしが知っているとおりのサン＝テグジュペリ」は、ルネ・ドランジュのサン＝テグジュペリの伝記の付録として掲載されたものが初出である。ルネ・ドランジュはサン＝テグジュペリとは旧知の間柄であり、彼の伝記は、サン＝テグジュペリのまとまった伝記としては、サン＝テグジュペリ死後初めて刊行されたものである。またレオン・ヴェルトの「わたしが知っているとおりのサン＝テグジュペリ」は、単行本としても出版されている（Léon Werth, *Saint-Exupéry tel que je l'ai connu...* , Paris, Éditions Viviane Hamy, 1994. 参照）。日本語訳『人間の大地』（サン＝テグジュペリ・コレクション3）に載録されているウェルトの文章は、彼の『城砦』についての1章がそのまま削除されており、完訳ではない。

第Ⅰ部
「人間」

第1章「人間というもの」

> 「一切の書かれたものの内、わたしはその人が自分
> の血をもって書いた本だけを愛する。」ニーチェ[1]

　サン＝テグジュペリのキーワードの中で、まず第一に取り上げるべきは「人間」(l'homme) ということばかも知れない。彼は「ある人間、ひとりの人間」(un homme)ではなく、「何人かの人間」(des hommes)でもなく、「すべての人間」(les hommes) でもない、定冠詞男性単数形の付いた名詞「人間」を〈l'homme〉と、多くの場合小文字で表記することが多い ─ 〈l'Homme〉と大文字表記されることもあるが、それは小文字による表記の強調形であると考えられる。─ サン＝テグジュペリの場合、その「人間」は集合名詞としての「人間」という意味ではなく、多くの場合「人間というもの」あるいは「人間そのもの」という代名詞的用法による抽象的な概念を表している。それはほぼ〈l'humanité〉と同義であるにもかかわらず、サン＝テグジュペリはほとんど常に〈l'homme〉と表記する。「人間」は目に見えるが、「人間というもの」は「目に見えない」存在、「普遍的」な「存在」である。

　サン＝テグジュペリは、「砂漠」への不時着事故を何度も経験しているが、『人間の土地』の「砂漠のただ中で」という章には、彼のリビア砂漠での遭難事故の体験が詳細に記述されている。1935年12月29日、サン＝テグジュペリは親友の機関士プレヴォーとともに、パリ＝サイゴン間の飛行記録更新を目指して、買ったばかりの愛機コードロン・シムーン（砂漠の熱風）「F.-A.N.R.Y.」号でフランス、ブールジェ空港を離陸、長距離飛行を試みる。しかし12月30日から31日にかけての夜、リビア砂漠に遭難。飛行機は大破したが、ふ

24　第 I 部「人間」

たりともけがのなかったことが奇跡的だった[2]。燃料を最大限に搭載するため、非常用装備を捨て、無線装置も残さなかったことが最大の失敗だった。羅針盤はあっても目印がないため役には立たない。半リットルのコーヒーと、4 分の 1 リットルの白ワイン、それにすこしのブドウとオレンジが 1 個。それだけで、サン＝テグジュペリとプレヴォーは 3 日間歩き続け、ベドウィンの遊牧民に救助される。サン＝テグジュペリを救った遊牧民について、「砂漠のただ中で」の章の最後に彼は次のように記している。

　　わたしたちを救ったリビアのベドウィン人よ、おまえはわたしの記憶から永久に消え去るだろう。わたしはおまえの顔を決して思い出さないだろう。おまえは「人間というもの」だ (Tu es l'Homme)。おまえは同時にすべての人間の顔をしてわたしに現れる (tu m'apparais avec le visage de tous les hommes à la fois)。おまえはわたしたちをしげしげとは眺めなくとも、すでにおまえにはわたしたちがわかったのだ。おまえは最愛の兄弟だ。そしてわたしは、おまえをすべての人間の中に見出すだろう (je te reconnaîtrai dans tous les hommes)。
　　おまえは高貴さと歓待に浸りながら、わたしに現れた。飲むものを与える力を持った偉大なる主よ。わたしのすべての友人、わたしのすべての敵がおまえを通してわたしの方に歩いてくる (Tous mes amis, tous mes ennemis en toi marchent vers moi)。だから、わたしにはもうこの世にたったひとりの敵もいなくなる (et je n'ai plus un seul ennemi au monde) (*ibid.*, p.268.)。

　サン＝テグジュペリは、彼を救ったベドウィン人を「すべての人間の中に見出すだろう」と書き、「おまえは『人間というもの (l'Homme)』だ」と記している。ベドウィン人は同時に「すべての人間」であり、それは「人間というもの」という抽象的で普遍的な概念に止揚される[3]。サン＝テグジュペリはこの砂漠体験によって、個々の「人間」を超えた「人間というもの」という普遍的な概念を決定的に獲得し、そこに「人間」の尊厳と価値を見出そうとした。この「人間（というもの）」は、サン＝テグジュペリの最大のキーワードである。そして「ひとり」の人間は同時に「すべて」の人間の内に見出される。そのイメー

ジは『城砦』の中に、「神を見出すものはそれをすべての人々を通して見出す」（*CDL*, p.543）とあるように、最晩年にいたるまで引き継がれ、「ひとつはすべてであり、すべては同時にひとつである」というヴィジョンとして確立されて行くだろう。そのヴィジョンの原型が見出されるのは、この時点である。

　小説『戦う操縦士』は 1942 年、滞在先のアメリカで『人間の土地』の英語訳『風と砂と星々と』を刊行していた、サン＝テグジュペリのなじみの出版社、レイナル・ヒッチコック社から出版された ― 英訳のタイトルは『アラスへの飛行』である[4]。―『戦う操縦士』の中から一例を挙げるならば、最終章の一つ手前、第 27 章は、プレイヤード版『サン＝テグジュペリ全集』でわずか 7 ページにもみたないが、その中で「人間というもの（l'homme）」ということばは、驚くべきことに 57 回も反復されている（*PG*, pp.220-227）[5]。それはサン＝テグジュペリの「クレド（使徒信条）」[6]と言われる箇所である。先にも述べたように、サン＝テグジュペリは重要な語を置き換えずに使う、あるいはその語の定義が厳密であるがゆえに置き換えることができない。けれども「クレド」は 12 条の条文であるにもかかわらず、サン＝テグジュペリの「人間というもの」という語の反復は、彼自身のすべての文章の中でも異例中の異例である。下の引用はその最後のページからの抜粋である。

　　　わたしは信じる。<u>人間というもの</u>（l'homme）の優越性は、意味のある唯
　　一の平等と自由を打ち立てることにあると。個人を通して、<u>人間というもの</u>
　　（l'homme）の権利の平等を信じる。そして私は信じる。自由とは<u>人間という</u>
　　<u>もの</u>（l'homme）の上昇の自由であることを。平等とは同一性のことでは
　　ない。自由とは<u>人間というもの</u>（l'homme）に対する個人の賛美ではない。
　　わたしは<u>人間というもの</u>（l'homme）の自由をある個人に、また個人の集団
　　に従属させようと主張するものと戦うだろう（*ibid.*, p.226.）。

　サン＝テグジュペリが使う「人間」ということばを彼の意図に沿って、正確に訳すならば、「人間」は「人間というもの」という抽象的代名詞的な概念として理解すべきである。サン＝テグジュペリは「人間というもの」（l'homme）という抽象的な存在に「普遍性」を見い出す。そしてそれは「個人」を通し

26 第Ⅰ部「人間」

て表れるものである。「わたしの文明は個人を通してなされる人間というもの
への崇拝の上に成り立つ」(*ibid.*, p.216) と、彼は言う。しかしまた同時に、
サン゠テグジュペリにおいて非常に特徴的な「人間というもの」という概念は、
「個人」から帰納された概念ではない。逆に「人間というもの」から「個人」
は演繹されるのである。『戦う操縦士』のなかに、もうひとつ重要な一節がある。

　　わたしの言う文明の人間は、個々人を通して定義されることはできな
　い。人間というものによって個々人は定義される (Ce sont les homes qui se
　définissent par lui)。人間は、あらゆる「存在」におけると同様、それを構
　成する要素である素材からは説明できないものである。ひとつの大聖堂は石
　の総体とはまさに別ものだ。それは幾何学と建築学だ。大聖堂を定義するの
　は石材ではなく、大聖堂こそが、その固有の意味によって石材を豊かにして
　いるのだ (c'est elle qui enrichit les pierres de sa propre signification)。それ
　らの石材は、大聖堂の石材であることによって高貴なものとなる。もっとも
　多様な石材が大聖堂の統一に役立っている。大聖堂はもっともいかめしい樋
　嘴にいたるまで、その賛歌の内に吸収しているのだ。〔……〕人間というも
　のを回復しなければならない (Il faut restaurer l'homme)。わたしたちの文
　明の本質はそれなのだ (*idem.*)。

　ここで「大聖堂」は明らかに「人間（というもの）」のメタファーである。
そしてひとつひとつの「石材」は確かに「大聖堂」を構築している。しかし
その逆は真ではない。「大聖堂」は「石材」の単なる「総和」ではないのであ
る。「大聖堂こそが、その固有の意味によって石材を豊かにしているのだ」と、
彼は言う。「人間というもの」についてもまったく同様の指摘をすることがで
きる。「人間というもの」は「個々人」の集積ではない。「人間というものによっ
て個々人は定義される」。「個人」の「個別性」を乗り越えた「人間というもの」
をわたしたちは求めなければならない。「人間というものを回復しなければな
らない」と、サン゠テグジュペリは語る。わたしたちの「文明」の「本質」は
そこにあると、考えて。
　サン゠テグジュペリはその普遍的な「人間というもの」のために自分は戦う、

と言う。彼がアメリカに亡命したことも、ナチズムに対して敵対し、同時にヴィシー政府に対して反旗を振ったことも、またゴーリストになることが出来なかったことも、彼が国という視点をはるかに越えた「人間というもの」の存在を見続け、その存在をなにより守ろうとしたからに他ならない。ただサン＝テグジュペリはロマン・ロランのような理想主義的平和主義者に留まることも、レオン・ヴェルトのような左翼的な平和主義者にもなることは出来なかった。1940年6月に休戦協定が結ばれ、7月にいったん動員解除になり、その年の12月31日一度はアメリカに渡ったものの、彼は軍人であり、パイロットとしてフランスのために戦うことを再び決意する。フランスを守ることこそが「人間というもの」の存在を救うことにほかならないと信じたからである。そして「人間というもの」に対立する語としてサン＝テグジュペリがよく用いるのは、「シロアリ」ということばである。「わたしたちはシロアリではない」[7]と、彼はスペイン市民戦争に取材したるルポタージュの中で書いている。シロアリは、「個」の普遍性の消滅、「個」が持っている尊厳の否定を象徴するイメージである。死の前日に書き残したピエール・ダロス宛の手紙の中でも、同じことばが使われている[8]。

　1939年刊行の『人間の土地』は、力強い作品であることは疑いようがないが、ルポルタージュの寄せ集めの印象もぬぐえない。その迫真に迫る力強さも「事実」に基づく証言と考察から来ていることは確かであり、文学作品そのものとしての価値とは別の次元において非常に優れた作品である。『人間の土地』には、次のような特徴的な一節を見出すことが出来る。

　人間の要求を理解し、人間を彼が持つ<u>本質的なもの</u>（l'essentiel）において知るためには、あなたがたの<u>真実</u>（vos véerité）の自明性を互いに対立させてはならない。あなた方は正しい〔……〕。
　その<u>本質的なもの</u>（l'essentiel）を引き出そうと努めるためには、一時分裂を忘れなければならない。分裂はひとたび認められれば、揺るぎないコーランの<u>真実</u>（vérités）とそこから派生する狂信とを引き寄せる。人間を右の人間と左の人間とに分けて並べることはできる。せむしとせむしでないもの、ファシストと民主主義者に分けることはできる。それらの区別は批判しよう

28　第Ⅰ部「人間」

のないものだ。だがご存じのように、真実（la vérité）とは世界を単純化するものであり、カオスを創り出すものではない。真実（la Vérité）とは普遍性を引き出す言語なのである（*ibid.*, p.278.）。

　先にも述べたとおり、サン＝テグジュペリが使う「人間」ということばは、「人間というもの」という抽象的代名詞的な概念である。彼は「人間というもの（l'homme）」という抽象的な存在に「普遍性」を見い出す。そしてそれは「個人」を超越するものである。彼は国という視点をはるかに越えた「人間というもの」の存在を見続け、その存在をまず守ろうとした。サン＝テグジュペリは「人間にとって真実とは、人間を人間たらしめるものである」（*ibid.*, p.278.）と言う。では、どのような「真実」によって「人間というもの」は「人間」たることができるのであろうか。

「人間」たらしめるもの ―「他者」

　「他者は地獄」とジャン＝ポール・サルトルは言い、「他者はキリスト」とフランソワ・モーリアックは言ったが、サン＝テグジュペリにとって「他者」とは「人間」であると言うべきだろう。サン＝テグジュペリは熱心なカトリックの環境に育ったが、20歳の頃にはすでに信仰を失っていた。したがって、彼はモーリアックのように、「他者」とは「キリスト」であると言うことができない。サン＝テグジュペリは人間同士の関係性を常に問題にした作家だが、彼の人間関係のヴィジョンは、非常にカトリック的であることも確かである。仮に信仰厚いカトリック信者ならば、「他者」について問われたとき、「わたしはインドの病気の路上生活者の髪の毛一本とも無関係ではありません」と断言するだろう。サン＝テグジュペリの人間関係のヴィジョンも非常にそれに近いように思われる。彼は、第二次世界大戦が勃発してほどなく配属された北フランスの寒村オルコントから、ピエール・シュヴリエ宛の手紙の中で、次のように書いている。

しかしその時、勇気は酔っ払った曹長の乱暴さとは別の高貴ななにものかになる。それは自分自身を知ることの条件になる。もちろん、もちろん社会的ではない悲劇などない。悲劇的なのは病気の子どもしかいない。悲劇的なものは他者しかいないのだ（Il n'y a que l'autre qui soit dramatique）。自分など、けっして、けっして悲劇的ではない。高度1万メートルに上る。そして爆発し、なにもなくなってしまう。しかし他者は、けっして訪れることができない。他者は、境界なき領域だ。寒さに震えている少女は、零下50度におけるヒーターの故障よりもわたしを苦しめる。わたしには寒さというものを知っている（Je connais le froid）。わたしは渇きを知っている。わたしは危険を知っている ── しかし、他者の危険だけは[9]。

　「自分など、けっして、けっして悲劇的ではない。」「寒さに震えている少女は、零下50度におけるヒーターの故障よりもわたしを苦しめる」と、彼は書いている。「悲劇的なものは他者しかいないのだ」。「他者」の苦しみは、自分の苦しみ以上にサン＝テグジュペリを苦しめる。「夜中に目覚めているガン患者は人類の苦痛の中心なのだ」[10]と、彼は言う。『人間の土地』の中で、リビア砂漠で遭難したサン＝テグジュペリと機関士のプレヴォーが、なかば救出の可能性をあきらめたときに感ずる苦痛とは、彼ら自身の「孤独」の「苦しみ」でも「渇き」の「苦しみ」でもない。それは彼らの身を案ずる「他者」の「苦痛」に対する「苦しみ」である。

　わたしは妻の目に再会する。その目以外にはなにも見えないだろう。それは問いかけている。わたしは、おそらくわたしにつながっているだろうすべての人々の目に出会う（Je revois les yeux de tous ceux qui, peut-être, tiennent à moi）。〔……〕ああ！　そうだ、わたしはすでにこの明白な事実（cette évidence）を見出していた。耐えられないものなど何もありはしない。〔……〕「ぼくが自分のことで泣いていると思ってるのかい……」そうだ、それなのだ、耐えられないのはそれなのだ（voilà qui est intolérable）（*TH*, pp.249-250.）。

30 第I部「人間」

プレヴォーは泣いているが、耐えられないのは、彼自身の「苦しみ」ではない。サン゠テグジュペリとプレヴォーのことを心配するすべての人々の「苦痛」こそ、彼らにとって真の「苦しみ」なのである。プレヴォーが拳銃を取り出す場面がある。プレヴォーが気にしていたのは衛生的な問題だった。彼はまるで手を洗わなければならないだろうと「わたし」に言うように、その問題を取り上げたのである。「わたしの考えは理性的であり、悲壮なところなどなかった。社会的なものだけだ、悲壮なのは（Il n'y a que le social qui soit pathétique）。わたしたちが責任を負っている人々を安心させてやることができないという無力さだ（Notre impuissance à rassurer ceux dont nous sommes responsables）。拳銃などではない」（*ibid.*, p.251.）。

最後の作品、『城砦』の次の文章も、上の引用とほぼ同様の視点で書かれている。

なぜなら、わたしは算術というものはまったく信じないからだ。悲嘆も喜びも増えはしない。わが民の中で、もしひとりでも苦しんでいるなら、その苦しみは民全体の苦しみと同じだけ大きい（si un seul souffre dans mon peuple, sa souffrance est grande comme celle d'un peuple）。そして同時に、わが民のひとりが民全体に仕えるために自らを犠牲にするのでなければ、それは悪いことだ（*CDL*, p.449.）。

後述するように、「ひとつはすべてであり、すべては同時にひとつである」というサン゠テグジュペリの晩年の世界観、それを表現する文学的ヴィジョンも、こうした他者認識に基づくものだと言うことができる[11]。

サン゠テグジュペリは創作活動において、常人が経験し得ないような出来事を題材にしていることが、まず読者の興味を引くことは間違いないとしても、彼が真に取り上げようとしたテーマは、常に「人間関係」の問題であったと言って間違いない[12]。「人間」は、他者とつながって初めてひとりの「人間」になる。自伝的エッセーを集めた『人間の土地』の中に、キャップ゠ジュビーの中継基地の主任をしていたとき、彼の召使いだった現地人の奴隷を、仲間の機関

第1章「人間というもの」　31

士たちの協力を得て解放したときのエピソードが載っている。サン＝テグジュ
ペリの召使いをしていたそのバルクという奴隷は 50 代で、もともとは家族も
あり、ヒツジ追いとして生計を立てていた。しかし砂漠でモール人の盗賊に
捕まり、奴隷として売られてしまう。サン＝テグジュペリは彼を解放してや
りたいと考える。それは、「ひとりの人間に、人間としての尊厳を返して（*TH,*
p.233.）やりたいという気持ちからだった。モロッコ人だった彼をアガディー
ルまで飛行機で送り、そこからバスで、彼の故郷マラケシュまで行く予定だっ
た。サン＝テグジュペリの友人の機関士たちは、バルクに餞別として千フラン
の大金を贈る。しかしバルクは、その金でアガディールの子どもたちにプレ
ゼントを買い、金をすべて使い果たしてしまう。サン＝テグジュペリから付き
添いを依頼されたアラビア人は、バルクが「喜びのあまり気が狂った」（*ibid.,*
p.235.）のかと思うが、サン＝テグジュペリはバルクの行動について次のよう
に考察する。

　　しかしわたしは、バルクにとっては喜びの過剰を分かち与えることが問題
だったわけではないと思う。
　　彼は自由である以上、本質的な財産、愛される権利、北へでも南へでも歩
いて行く権利、仕事をして日々の糧を稼ぐ権利を持っていた。人が心の底に
飢えを感ずるように、<u>彼が人間たちに結ばれ</u>（lié aux hommes）、<u>人間たち
の間にあってひとりの人間になる必要</u>（le besoin d'être un homme parmi les
hommes）を感じているというのに、そんな金がいったい何になるというの
だろう……。アガディールの踊り子たちは老いたバルクに優しくしてくれ
た。しかし彼は店に入って来たときと同じように、苦もなく彼女たちに別れ
の挨拶をすることができた。<u>彼女たちにはバルクは必要ではなかった</u>（elles
n'avaient pas besoin de lui）。屋台のアラブ人のボーイも、通りの通行人も、
皆、彼の内に自由な<u>人間というものの存在</u>（l'homme libre）を尊重し、彼
とともに平等に太陽を分かち合っていた。けれども<u>彼が必要だということ
を示すものは誰もいなかったのだ</u>（aucun n'avait montré non plus qu'il eût
besoin de lui）。彼は自由だった。しかしもはや地上に自分の重さが感じられ
ないほど、無限に自由だったのだ。彼には歩行の妨げとなる<u>人間関係</u>（des
relations humaines）の重さが欠けていた、あの涙が、あの別れが、あの非難が、

32 第 I 部「人間」

あの喜びが、ひとりの人間がひとつの仕草を描くたびに、愛撫しあるいは引き裂く、<u>彼を他者に結びつける無数の絆</u>（ces mille liens qui l'attachent aux autres）、彼を重たくする絆が欠けていたのだ。しかしバルクの上には、もうすでに子どもという無数の希望の重さがのしかかっていた……。

　出発の時間が近づくと、バルクはかつてヒツジたちに囲まれていたように、子どもたちの波に浸かり、世界に彼の最初の畝をうがちながら、進んで行った。<u>人間の生を生きるにはあまりにも軽すぎる大天使</u>（un archange trop léger pour vivre de la vie des hommes）がごまかして、ベルトに鉛を縫い付けたように、バルクは、金色のスリッパをそんなにも欲しがる無数の子どもたちによって地面に引き寄せられ、やっとの思いで歩いていた（*idem.*）。

　この一節には、多彩な比喩と陰影に富んだ表現で綴られた非常に美しいフランス語の文章の一例を読むことができる。しかしここでそれ以上に重要なのは、「人間というもの」についてのサン＝テグジュペリの卓越した考察である。バルクは自由になった。それ以上なにを望もう。しかし彼には「彼を他者に結びつける無数の絆」が欠けている。地上に「あまりにも軽すぎる天使」を引き止めるような、重力のように「ひと」と「ひと」をつなぎ止める「絆」が欠けているのである。踊り子たち、「彼女たちにはバルクは必要ではなかった」と書かれているが、「ひと」と「ひと」が出会い、「絆」で結ばれたとき、はじめて人々は互いに必要な存在となる。サン＝テグジュペリは『星の王子さま』の中で、もう一度このテーマを取り上げることになるだろう。それは『星の王子さま』の中で最も重要な場面のひとつである。サン＝テグジュペリはキツネの口を通してこう語らせる。「もしおまえがおれを飼いならすなら、<u>おれたちゃお互いに必要なものになるのさ</u>（nous avons besoin l'un de l'autre）。おまえは、おれにとってこの世でたった<u>ひとつのものになるんだ、おれもおまえにとってこの世でたったひとつのものになる</u>（*PP*, p.294）」と。バルクはもらったばかりの千フランもの大金を使って子どもたちに贈り物をした。しかしサン＝テグジュペリはけっしてそれを非難しない。それどころかバルクの行動に「人間というもの」の真のあり方を見るのである。バルクの行動、それは「人間たちに結ばれ（lié aux hommes）、人間たちの間にあってひとりの人

間になる必要」から出たものだった。バルクにとって「人間たちに結ばれる
必要」のためには、金などどうでもよかったのである。ここでは「結ぶもの (lier)
という動詞とその派生語である「絆 (lien)」ということばが使われているが、
「ひと」と「ひと」を「結ぶ」「絆」のイメージは、サン゠テグジュペリにとっ
て最も重要な人間関係を表すイメージとなり、「絆」と「結ぶ」という語は他
の語に置き換えることのできない概念として、彼はそれらのことばを終始反
復し続けるだろう。

「人間」たらしめるもの ―「意志」と「責任」

サン゠テグジュペリは航空路線のパイロットになって、はじめて路線飛行を
したときの気持ちを『人間の土地』の中で、次のように語っている。彼はディ
ディエ・ドーラから翌日の飛行を告げられる。

> わたしは事務所を出ると、無邪気な誇らしさを感じた。今度はわたしが
> 夜明けが来ると、<u>乗客を乗せることの責任</u> (responsable d'une charge de
> passagers)、<u>アフリカ行きの郵便物に対する責任</u> (responsable du courrier
> d'Afrique) を担おうとしているのだ。しかしわたしは同時に謙虚な気持ち
> だった。わたしは自分が十分に準備できていないように思った。スペインに
> は避難場所が少ない。機械的な故障に直面したとき、緊急に着陸する場所を
> 探すことができないのではないかと恐れていた（*TH*, p.175.）。

先に述べた「他者」の概念は、おそらく「責任」の概念に道を開くであろう。「人
間というもの」は「他者」に対する「責任」を負った存在である。『夜間飛行』
の主人公リヴィエールは、南米路線の郵便飛行業務の主任として、すべての
責任をひとりで背負っている。パイロットを選ぶのも彼であるし、多数の航
空便の飛行状況を把握し、飛行機の離発着を決定するのも彼であり、航空便
に不測の事態が生じたとき、救助を指揮するのも彼の仕事である。リヴィエー

ルはサン＝テグジュペリがパイロットとして南米路線を飛行していたときの上司、ディディエ・ドーラがモデルだと言われている。確かにそのたぐいまれな「意志」と「責任」感において、ドーラの姿を映してはいるが、深い洞察力と考察において、さらに詩的とも言える彼の独白には、やはりサン＝テグジュペリ自身の姿が投影されているに相違ない。またレオン・ヴェルトによれば、リヴィエールとドーラという「この血縁関係を、サン＝テグジュペリは肯定しなかったが、否定もしなかった」ということである。またヴェルトは「ドーラはリヴィエールになった。しかしリヴィエールがドーラの形成に役立ったのではないかどうかは、確かではない」[13]とも述べている。ドーラは、彼自身もともとパイロットであり、遭難したパイロットに救助に向かうために自ら操縦桿を握ることもあった。ドーラは一見厳格に過ぎ、冷酷にされも見える意志と責任感の人であったが、サン＝テグジュペリを初めとして、すべてのパイロット仲間である部下たちから尊敬され、慕われていた。サン＝テグジュペリの友人のパイロットや無線技師の中には、自身の仕事の他に執筆活動をしていたものがいるが、なかでもジャン・マッケーニュは多くの本を出版している[14]。『空の鉱夫たち』の中で、彼はドーラについて次のようなエピソードを紹介している。

　　主任はなにも答えず、たばこの入った灰皿を揺すり、時計を見、そのパイロットの手を握った。それは出発の命令と同じ意味だった。というのは、ドーラは彼が命令を下す部下たちのひとりひとりをよく知っていたし、彼らを息づかせる集中した熱気以外の何も彼らに見出さなかったからだ。集中してはいるが均衡のとれた熱気。それは明日もまた世界を驚かすことだろう[15]。

　ドーラのたったひとつの握手だけで、彼の激励も信頼も深い愛も、すべてがパイロットには伝わるのである。彼らはこのように太く強い「絆」で結ばれた仲間同士である。『夜間飛行』には「絆」のイメージは見あたらないが、サン＝テグジュペリはこれを『戦う操縦士』のなかで、広く展開して行くことになる。ジャン・メルモーズもまたアンリ・ギヨメと並んで、サン＝テグジュペリの親友のひとりであり、彼は南大西洋無着陸横断飛行を樹立した天才的

なパイロットであった。彼もまた、死後出版ではあるが、自身の飛行について綴った手記『わが飛行』という本を刊行している[16]。サン＝テグジュペリは『夜間飛行』をドーラに献げている。小説のタイトルになっている夜間飛行は、1930年代においては飛行機の性能からして非常に大きな危険を伴う行為であった。この小説が書かれた当時、飛行機は技術革新に伴って次々とそのスピードが向上してはいたものの、夜間の飛行にはまだ多くの危険が残っていた。トゥールーズ＝ダカール間のアフリカ路線において、モール人に襲撃されるというような危険とはまた別の危険があったのである。アンドレ・ジッドは1931年初版の序文で、「人間の幸福は自由の内にあるのではなく、ひとつの義務を受諾することの内にある」[17]と書いているが、リヴィエールはこの小説の中で、「人間というもの」の真の幸福が完全な自由に内にあるのではなく、むしろそれは一見人を束縛する不自由さにも見える義務の遂行と、その「責任」を負うことにこそあるということを自ら体現して見せている。作中人物たちはまさに自分たちに課された「義務」を負い、「責任」を果たしている。人間存在の「高貴さ」は「人間というもの」そのものにあるわけではない。『城砦』に記されているように、「喜びのうちに、自分自身よりも尊いものと自らを交換する」(*CDL*, p.386.)とき、初めて高貴な存在となるのである。この小説に登場するリヴィエールを初めとするパイロットは、その点で皆偉大であり、高貴な存在であると読者の目には映る。そしてリヴィエールが言うように、「その男は自らの偉大さを知らない」(*VN*, p.132.)がゆえに、なおのこと真に偉大なのである。

『夜間飛行』の中で、リヴィエールは南米アルゼンチンのブエノスアイレスの航空拠点の主任である。当時夜間飛行は危険を伴うとして、政府筋の会合においても危険視されていた。

　　乗員を時速200キロで嵐と霧、そして夜がそれと示さず隠し持っている物理的な障害の中に放つことは、軍事飛行には許される冒険だった。明るい夜に地上を発ち、爆撃をして再び同じ土地に戻ってくる。リヴィエールは反対した。「それはわたしたちにとっては死活問題だ。なぜなら、昼の内に勝ち得た鉄道と船に対する優位を毎夜失うことだからだ」(*ibid.*, p.142.)。

36 第Ⅰ部「人間」

リヴィエールはこう反論して周囲を説き伏せ、夜間飛行を強行する。彼は自分が決断をした以上、彼自身の仕事対して必然的についてまわる責任の重さを痛感している。「リヴィエールにはずっと以前から、自分が腕を伸ばしてとても重いおもりを持ち上げているような気がしていた。休息も希望もない努力」(*ibid.*, p.117.)。それはまるでプロメテウスのような努力である。しかし彼は考える、「規則というものは宗教の儀式のようなもので、不条理に見えるが、人間を作り上げるものだ」(*ibid.*, p.123.)と。

　「人間というもの (l'homme) は彼にとっては生の蠟であり、それはこね上げなければならない (il fallait pétrir) ものだった。その素材に魂を与え、意志 (une volonté) を作り上げなければならない。彼はその厳しさで彼らを抑圧するつもりはなかった。ただ彼らを彼ら自身の外に駆り立てようとしたのだった。そうして彼はどんな遅刻も罰し、不公正だったとしても、それぞれが向かう寄港地への意志を出発へと向けた。彼はその意志を創造したのだ (il ccréait cette volonté)」(*idem.*)。

後述するように、「こね上げる (pétrir)」という動詞はサン゠テグジュペリの重要な語彙のひとつだが、かれはそれをほぼ「創造する (créer)」と同義に用いている。それはまた『聖書』の「創世記」を彷彿とさせるようなイメージでもある。リヴィエールは南米路線の航空機の運行の「責任」をひとりで背負っているが、その「責任」の重さと大きさゆえに、彼は空全体に「責任」を持っているかのような気がする。リヴィエールの「責任」の大きさは「空全体」に喩えられる。彼はこう思う。

彼は星々の方に目を上げた。星々は、ほとんど光るネオンに消されながらも、狭い道上に輝いていた。そして彼は考えた。「今晩二機の郵便機たちとともに、わたしは空全体に責任があるのだ (je suis responsable d'un ciel entier)。あの星は群衆の中でわたしを捜し、見つけるためのしるしなのだ。それゆえにわたしはすこし自分が見知らぬ人であるかのように、すこし孤独 (un peu solitaire) に感じる」(*ibid.*, p.131.)。

第 1 章「人間というもの」　37

「責任」を負う人間は「孤独」である。「永遠の旅人」（*ibid.*, p.148.）、「孤独」なリヴィエールのように、極限まで「責任」を担おうとするものにとって、「責任」の対象は時として得体の知れない「力」のようなものにも見えてくる。

　　わたしは公平だろうか、それとも不公平だろうか。わたしが処罰すれば、故障は減る。<u>責任があるのは</u>（Le responsable）人間ではない。それは、すべての人間に触れるのでなければ、手を触れることができない<u>闇の力のようなもの</u>（comme une puissance obscure）だ。もしわたしがとても公平だったとしたら、夜間飛行はその都度死の機会になったことだろう（*ibid.*, p.135.）。

リヴィエールはまるで「闇の力」と戦うことに「責任」を負っているかのようである。彼には負うべき「責任」そのものの正体さえ、なにか得体の知れないもののによう感じられる。たった一度きりの失敗の責任を取らせるため、古参の整備士ロブレを解雇したときも、彼はこう考える。「こうしてわたしが突然解雇したのは彼ではない。それは<u>彼には責任はない</u>（il n'était pas responsable）が、<u>彼を通ってやってきた悪</u>（le mal dont〔……〕qui passait par lui）なのだ」（*ibid.*）。リヴィエールにとって「責任」とは「自らが成した行為の結果として負うべき義務」であることを通り越し、人間を越えた力に対して人間を守る「責任」と言うべきものにまで高められている。彼は誰よりもパイロットの身を案じているが、彼らに死の危険を回避させるために、彼は必要以上に彼らに対して厳格である。リヴィエールが彼らに課す努力はまさしく人間を超える努力、あるいは新たに人間を創造する努力と言っても過言ではない。「人間ひとりひとりは貧しいものだ。ひとがそのひとりひとりの人間を創造するのだ」（*ibid.*, p.136.）と、彼は考える。パイロットたちが担う「責任」も、リヴィエール同様人間を超えたものに対する「責任」のように、この小説の中では描かれている。夜間飛行を任されたパイロットがリヴィエールの電話で起こされる場面があるが、パイロットの妻の思いを通して描かれる彼の「責任」とは次のようなものである。

38　第Ⅰ部「人間」

　彼は地の塵から若い神のように起き上がるだろう。彼女はその頑丈な腕を見つめていた。それは一時間後には、ヨーロッパ便の運命を握るであろう、一都市の運命に対するように、なにかわからないが偉大なものに対する責任を負って (responsables de quelque chose de grand)（*ibid*., p.138.）。

　パイロットが感じる「責任」は、彼自身の仕事の枠を超えて「なにかわからないが偉大なもの」に対して感じる「責任」として描かれている。「わたし」という「個人」を超える「普遍的なもの」を救うために、彼は「責任」を追っていると感じているのである。

　『星の王子さま』の中で、王子さまはバラの花をひとり星に取り残してきたことを悔やむ。「本質的なものは目に見えない」という大事な忠告をしたあとで、キツネはそんな王子さまに次のように助言する。

　　「おまえがバラのためにつかった時間が、おまえのバラをたいせつなものにしてるんだ。」
　　「ぼくがバラのためにつかった時間が、ぼくのバラをたいせつなものにしている」と、王子さまはわすれないようにくり返した。
　　「人間たちときたら、この真実 (vérité) をわすれてるのよ」と、キツネはいった。「でも、おまえはわすれちゃいけないぜ。おまえは、おまえが飼いならしたものにいつまでも責任があるんだ。おまえはおまえのバラに責任があるのさ (Tu es responsable de ta rose)……」
　　「ぼくはぼくのバラに責任がある (Je suis responsable de ma rose)……」
　　王子さまは、わすれないようにくり返した（*PP*, pp.298-299.）。

　「責任」とは自由意志で成された事柄に対して応答すべき義務のことである。「ぼくはぼくのバラに責任がある」と、王子さまが言うとき、王子さまは彼の「バラ」を「愛する」という行為に答えるべき「責任」がある。王子さまが「バラ」との間に作り上げた「目に見えない」「絆」に対して「責任」を負っていると言っているのである。サン゠テグジュペリにとって「責任」は、個々の「人間」を「人間」たらしめるものでもある。『夜間飛行』の中では、主人公リヴィエールは一見

第 1 章「人間というもの」　39

冷徹に見えるが、飛行機や郵便物やパイロットや乗務員たちすべてに「責任
を負う孤独な人物である。ファビアンの遭難が確定的になったあとも、彼は
次の飛行便の出発を命令し、彼の「責任」を全うする。

『人間の土地』の中で、サン゠テグジュペリの親友のパイロット、アンリ・
ギヨメの遭難 [18] について述べた文章の中に、「責任」について触れた次のよ
うな一節がある。

　〔……〕ギヨメの勇気はなによりもまず、彼の正直さの結果だ。
　彼の真の美質はそこにはない。彼の偉大さは自分が責任あるものだと
感じている（se sentir responsable）ことだ。彼自身に対する責任、郵便
物に対する責任、彼の生還を望んでいる友人たちに対する責任。彼は両
手に彼らの苦痛と喜びを握りしめている。生者たちの間で、そこで新た
に打ち立てられるものに対する責任。彼の仕事の範囲内で、人類の運命
に対する少しばかりの責任。
　彼は、広大な地平線をその葉叢で覆うことを承諾した広大に散らばっ
た人間たちの一部だ。人間であるということ、それは文字通り責任があ
るということだ（Être homme, c'est précisément être responsable）。そ
れは、自分に関係ないように見える惨めさを前にして恥を知ることだ
（C'est connaître la honte en face d'une misère qui ne semblait pas
dépendre de soi）。それは友人たちが獲得した勝利を誇ることだ。それ
は、自分の石を置くことで世界を構築することに貢献することだ（TH,
p.197.）。

　ギヨメの「真の美質」は「勇気」ではなく、「彼の偉大さは自分が責任ある
ものだと感じていることにある」と、サン゠テグジュペリは言う。上の短い一
節の中で、「責任（ある）（responsable）」という形容詞は、フランス語の原文
では 5 度反復されている。くり返しによって強い説得力の効果を持たせるサ
ン゠テグジュペリ独特の文体の典型的な例である。「人間であること、それは

文字通り責任があるということだ」と、サン＝テグジュペリは言う。世界には「わたし」にとって無関係なものはない。「わたし」は「人間というもの」の一部である。そして「わたし」はその「すべての人間」に「責任」がある。それゆえ「責任」があると感じることは、「わたし」を世界に所属させ、「わたし」を「人間」たらしめるものだというのである。サン＝テグジュペリはピエール・シュヴリエ宛の 1939 年 12 月末の手紙の末尾に次のように書いている。

　　さらにもう一度わたしに明らかなことがある。それはおそらく、わたしがたったひとり座っている奇妙な山の上でもっとも心地よいものだ。<u>わたしが愛するすべての人々に優しくすること、そしてさらに、あらゆる人々に優しくすること</u> (Tendre pour tous ceux que j'aime, et plus tendres pour tous les hommes)。常に同じ歴史が繰り返されている。<u>危険にさらされているとき、人はすべての人々に責任があるのだ</u> (Quand on est en danger, on est responsable de tous)。こう言いたくなるのだ、「主の平和があなたがたの内にありますように」と[19]。

　これはサン＝テグジュペリが動員された北フランスの村、オルコントから送った手紙である。「人間であるということ、それは文字通り責任がある」ということと同義であると、彼は言う。人は愛するものに優しくする。彼はさらに「あらゆる人々」に優しくしたいと思う。人は愛するものに「責任」を持つ。彼は「すべての人々」に対して「責任」があると感じるのである。

「人間」たらしめるもの ―「愛」

　「人間関係がサン＝テグジュペリ文学の基本テーマであるとするならば、「愛」は最も重要なモチーフのはずである。しかし不思議なことに、彼の作品には文字通り「恋愛」というものを描いたものが少ない。サン＝テグジュペリはそもそも恋愛小説には向いていなかったのかも知れない。強いて取り上げるとするならば、『南方郵便機』に描かれた主人公ベルニスの「恋愛」や『星の王

第1章「人間というもの」　41

子さま』の王子さまのバラとの「恋愛」になるだろう。しかし『星の王子さま』
においては、「恋愛」はむしろ精神的にも文学的にも昇華され、「愛」そのも
ののイメージに近いように思われる。

　『南方郵便機』は、サン＝テグジュペリがキャップ＝ジュビーの中継基地の
主任をしていた1927年に執筆された恋愛心理小説である(20)。一般に語られ
るこの小説の物語の主題は、空を「飛ぶ自己」と地上に「住む自己」という
自己のふたつの存在様態の間で葛藤する主人公の心理を描いた小説であると
されているが、「フランス — 南米路線」の飛行士としてのベルニスの冒険話
と、地上的なものの象徴的な存在である幼なじみの恋人ジュヌヴィエーヴと
の恋愛物語は、小説の中で若干バランスを欠いているような印象を受ける。
実際主人公ベルニスの中で、飛ぶものである自分と住むものである自分はけっ
して矛盾してはいない。ただパイロットという当時荒々しい男たちの職業に
従事する貧しい彼と、幼なじみの恋人で資産家の上品な娘ジュヌヴィエーヴ
との間の身分、生活様式が著しく隔たっていることが、彼の恋愛を複雑なも
のにしているというだけである。そして身分違いのふたりを結びつけている
ものが、ふたりの共有する純粋だった頃の、彼らの少年時代の思い出である。
この小説はどちらかと言えば、冒険話しを背景にした恋愛心理小説と見るべ
きではないかと思われる。この小説の「語り」の問題とともに、冒険小説と
恋愛小説というジャンルがうまく混ざり合っていないような印象はぬぐえな
い。小説のジャンルの解体を目論むような意欲的な作品とも思われない。必
ずしも成功した作品と言うことはできないだろう。

　『南方郵便機』には一箇所教会でのミサの場面が描かれている。ベルニスは
偶然立ち寄ったノートル・ダム寺院でミサに参列する。ベルニスは「ぼく自
身を表現し、ぼくを寄せ集めてくれるような決まり文句が見つかるとしたら、
ぼくにとってそれは真実だろう」(CS, p.77.)と考える。ミサの場面は幾分戯
画化され次のように描かれている。それは説教をする司祭の様子である。

　　「わたしは受け入れるものだからである。わたしは世の罪を背負った。わ
　　たしは世の悪を背負った。わたしは子どもを失った人々の獣のような嘆きと

42　第I部「人間」

不治の病を背負い、あなた方をそこからいやした。しかし現代の人々、あなたの悪はさらに大きく、いやしがたい悲惨である。しかしわたしは他のものと同様、それを引き受けるだろう。わたしは心のより重い鎖を担うだろう。」

「わたしは世の重荷を担うものだ。」

その男はベルニスには絶望しているように思えた。なぜなら彼は「しるし」をえるために叫んでいるのではなかったからだ (parce qu'il ne criait pas pour obtenir un Signe)〔……〕。

彼〔司祭〕はそれと知らずにキリストと同化していた。彼は祭壇の方に向き直り、恐ろしいほどにゆっくりとくり返した。

「父なる神、わたしは彼らを信じました。それゆえわたしの命を与えたのです (j'ai cru en eux, c'est pourquoi j'ai donné ma vie) ……」

そして最後に群衆の方に身をかがめ、

「わたしは彼らを愛したからです……」と言って、彼は震えた。

その沈黙はベルニスにとって驚くべきことのように思えた。

「父なる神の御名によって……」

ベルニスは思った。「なんという絶望だろう！　信仰の業はどこにあるというのか。ぼくは信仰の業を耳にしたわけではない、完全に絶望した叫びを聞いただけだ」(ibid., p.79.)。

ベルニスは司祭の絶望の叫びを聞いたと考える。しかし、キリストと同化しているような司祭の態度は行き過ぎかも知れず、幾分大げさであることは否めないが、彼のことばには少しも誤りはなく、これはミサの中で行われる通常の説教を大きく逸脱したものとは考えられない。「なぜなら彼は『しるし』をえるために叫んでいるのではなかったからだ」とベルニスは考えるが、イエスのことばにあるように、「しるし」を求めること、そのものに誤りがあるのである。イエスは言う。「よこしまで神に背いた時代のものたちはしるしを欲しがるが、預言者ヨナのしるしのほかには、しるしは与えられない」[21]。ベルニスが出会った司祭はけっして悲劇的でも、絶望的でもない。ベルニスは信仰を持たない、あるいは「神を知らない」ということが、上の一節を通してわたしたちには理解できる。プレイヤード版『サン゠テグジュペリ全集』の編者も指摘しているように、サン゠テグジュペリ自身、「わたしは彼らを信じ

第1章「人間というもの」　43

ました。それゆえわたしの命を与えたのです」という司祭のことばに沿うように、彼はなかば絶望しつつ、自己犠牲をその終局にいたるまで推し進めようとしたのではなかっただろうか。彼の生き方は、彼の意に反してではあるかも知れないが、まさしくキリスト教的なものであるということは否定できないのである(22)。

　『夜間飛行』は小説として非の打ち所のない非常に優れた作品であることは疑いの余地がない。『夜間飛行』で描かれている「愛」は「恋愛」とはまた別ものである。それは命を賭して遂行される「義務」に裏付けられ、「責任」感によって支えられた「仕事」という崇高な任務への「愛」である。それゆえ危険を冒しながらも、パイロットたちは皆、「幸福」である。リヴィエールは次のように考える。

　　「ここの人間たちは幸福だ。なぜなら、<u>彼らは自分たちが行っていることを愛している</u> (ils aiment ce qu'ils font) からだ。そして彼らは、わたしが厳格であるからこそ、その仕事を愛しているのだ」(VN, p.124.)。

　リヴィエールもまた、部下のパイロットたちを愛している。彼は非妥協的で一切の甘えを排除した「愛」で部下たちを愛している。愛しているからこそ、彼はパイロットたちに厳格な規律を課し、義務の完全な遂行を求める。それはまるでひとりの人間を新たに「創造する」ような行為である。リヴィエールは現場監督のロビノーに向かってこういう言う。「あなたが命令するものたちを愛するがいい。しかしそのことは彼らに告げずに愛するんだ」と (ibid., p.129.)。そしてリヴィエール自身もこう考える。

　　<u>愛されるためには同情すればいい</u> (Pour se faire aimer, il suffit de plaindre)。わたしはほとんど同情することはない。むしろ友情と人間的な優しさに包まれることの方を望む (ibid., p.141.)。

あるいは、

44　第I部「人間」

　「愛すること、でもただ愛するだけなら、なんという行き詰まりだろう！」
リヴィエールは愛するという感情よりもより大きな義務について、<u>漠然とし
た感情</u>（l'obscur sentiment d'un devoir plus grand que celui d'aimer）を抱い
た（*ibid.*, p.152.）。

　リヴィエールの中では、「愛」は第一義的に彼の心を占めている感情ではな
い。むしろ彼は心の中で、「義務」の感情がそれを上回っていると感じている。
しかし彼は部下たちを愛していないわけではない。リヴィエールは部下のす
べてのものたちのことを考えて思う。「これらすべての人間たち、わたしは<u>彼
らを愛している</u>（je les aime）。わたしが戦っているのは彼らとではない。彼
らを通してやってくるものとだ……」（*ibid.*, p.137.）。しかし仕事における「愛」
は、家族への「愛」とはまた性質が違う。「仕事」への「愛」はヒロイズムを
生むが、ひとたび不測の事態が起きたとき、それはすぐに「悲劇」へと転落
してしまう。遭難したファビアンと彼の妻との「愛」は悲劇的である。ファ
ビアンの帰りが遅いことを心配し、彼の妻はいてもたってもいられず、リヴィ
エールのいる事務所にまでやって来る。事態の深刻さを知っている夜勤の従
業員たちは、あえて真正面から彼女と顔を合わせることもできないが、皆が
その姿を盗み見ている。「彼女は自分が不作法で場違いであり、まるで裸でそ
こにいるように思った」（*ibid.*, p.159.）。郵便飛行の路線で働くことは、パイ
ロットにも地上の乗務員にとっても過酷な戦いである。それが彼女を傷つけ
る。

　　この女性はとても美しかった。彼女は男たちに幸福の神聖な世界を見せて
　いた。彼女は、人が行動することによって、知らないうちにどれほど高貴な
　素材を傷つけてしまうのかを明らかに示していた。多くの視線を浴びて、彼
　女は目を伏せた。<u>彼女は、ひとがそうとは知らずに、どんな平和を破壊す
　ることができるのかを明らかに見せていた</u>（Elle révélait quelle paix, sans le
　savoir, on peut détruire）（*idem.*）。

　乗務員たちの同情に満ちた絶望的な視線はファビアンの妻を傷つける。彼

らの任務の遂行、彼らの「行動」は彼女の「平和」を破壊する。しかし彼女の方では、逆に自分がその場にいることで、「個人」が「全体」の利益のために働いている職場にいることで、自分が「利己的」であると感じてしまうのである。

　彼女は自分がここでは<u>敵対するひとつの真実</u>（une vérité ennemie）を表しているのだということを苦もなく見抜き、やって来たことをほとんど後悔し、身を隠したかった。彼女はあまり気づかれるのを恐れ、咳を我慢し、泣くことも我慢した。〔……〕彼女もまた、この別世界にあって、説明しがたい<u>自分自身の真実</u>（sa propre vérité）を見出すのだった。彼女の中に立ち上がった<u>ほとんど野蛮な愛</u>（amour presque sauvage）のすべて、それはあまりに熱く、献身的だったが、彼女には、ここでは迷惑でエゴイストな表情を持つのだった。彼女は逃げ出したかった（idem.）。

リヴィエールの「義務」に裏打ちされた「責任」ある仕事の「真実」とファビアンの妻の夫への献身的な愛という「真実」。両者とも「真実」でありながら、ここでは、それは相容れないものである。彼女はすべてを悟り、静かに受け入れる。そしてほとんどつつましいとも言える微笑みを浮かべながら、彼女はリヴィエールの部屋を去るのである。「彼女はわたしが探していたものを見出す助けになる……」（ibid., p.160）とリヴィエールは思う。愛の「真実」と仕事の「真実」の間に、どうにかしてつながりを見出したいと、彼は考え、哲学者のように自問する。

　「わたしたちは永遠なものであることを求めているのではない。そうではなく、行為と事物が突然それらの意味を失ってしまう（les actes et les choses tout à coup perdre leru sens）のを見たくないのだ。わたしたちを取り囲む空虚がその時姿を現す……」（idem.）。

『夜間飛行』は小説だが、サン゠テグジュペリの思考を形作る要素がそこには凝縮している。「自然」の力と「人間」の努力、「愛」と「死」、「個人の幸福」

46　第I部「人間」

と「全体の利益」、「義務」と「責任」、「人間」と「人間を超えるなにか」、「個人」
の普遍性と「人間というもの」、そして「絆」。リヴィエールの問いは、まぎ
れもなくサン＝テグジュペリ自身の問いであり、彼はその問いの「意味」を「個
人の普遍性」、「人間というもの」の存在の内に見出すことになるだろう。

　『星の王子さま』の中では、サン＝テグジュペリの他の作品においてしばし
ば見られることばの反復が少ない。「キツネ」のことばを「王子さま」はくり
返すが、それは「王子さま」自身が言うように、「忘れないため」（*PP*, p.298.）
であり、文体の問題ではない。

　『星の王子さま』における「愛」の問題を考察する前に、『南方郵便機』の
ベルニスの恋愛について考えてみたい。小説の第2部で、はじめてジュヌヴィ
エーヴは「泉」に喩えられ、ベルニスは「宝物を探して世界を放浪する水脈占者」
（*CS*, p.52.）に喩えられている。

　　どうしてぼくは泉（source）を見出さず、宝物からあんなにも遠く離れて
　いると感じるのだろう。人がぼくと交わしたあの怪しげな約束、怪しげな神
　が守らないその約束とはなんだろう。
　　ぼくは泉（source）を見つけた。君はおぼえているか。それはジュヌヴィエー
　ヴだった……〔……〕ぼくは再び泉（source）を見つけた。<u>ぼくが旅の疲れ</u>
　<u>を休めるに必要だったのはそれだ</u>（C'est elle qu'il me fallait pour me reposer
　du voyage）。それは現実にあるんだ。〔……〕ジュヌヴィエーヴ……君はお
　ぼえているか。ぼくたちは彼女のことを人が住む家だと言った。<u>ぼくは物</u>
　<u>事の意味を見つけるように、彼女を再び見出した</u>（Je l'ai retrouvée comme
　on retrouve le sens des choses）。ぼくがとうとうその内側にいる世界の中で、
　ぼくは彼女のかたわらを歩いて行く」（*ibid.*, pp.52-55.）。

　ここでジュヌヴィエーヴは、ベルニスにとって「心」の「渇き」を癒す「水」
を汲むべき「井戸」のような存在として描かれている。『星の王子さま』の中で、
パイロットと王子さまが砂漠に「井戸」をさがし、その「水」は「心にいい水」
であったように、ベルニスにとってジュヌヴィエーヴは「泉」のような存在
であり、彼は自身の存在の秘密をさがすように彼女をさがし求め、「水」を「心

第1章「人間というもの」　47

にいい」ものにしてくれるもの、「物事の意味」を見つけるように彼女を見出
すのである。

　ベルニスにとっては、ジュヌヴィエーヴはいつまでも2歳年上の幼友達「15
歳の少女」（ibid., p.56.）の面影を引きずっているが、それでも彼女は結婚を
しており、子どももいる。しかし彼女の夫エルランはひどく俗物で、彼女は
夫を真に愛してはいない。ジュヌヴィエーヴのひとり息子が亡くなったあと、
彼女はベルニスのもとに走る。「ぼくは彼女のかたわらを歩いて行く」と、ベ
ルニスは彼女と暮らす決意し、ふたりは駆け落ちをするのだが、ベルニスと
資産家の娘ジュヌヴィエーヴでは育った環境も、生活環境も違っている。ジュ
ヌヴィエーヴはベルニスの質素な暮らしに適応することができない。二人は
結局別れることになり、ジュヌヴィエーヴは病のうちに死ぬ。さらに事態は
ベルニスの遭難によって決定的な破局へと向かう。『南方郵便機』は初めて出
版された作品ということもあり、サン＝テグジュペリの文体、文学的イメージ
がまだ確立されていないことを感じさせる。この作品がサン＝テグジュペリ
の数々の読書によって培われていたことを伺わせる箇所があり、たとえばジッ
ドやモーリアックの小説から影響を受けたと思わせるような描写が散見され
る[23]。

　「泉」を求めてさまようベルニスのイメージは、『星の王子さま』の中で砂
漠の「井戸」を求めてあてもなく歩く「わたし」と「王子さま」につながっ
てゆく。「わたし」は眠ってしまった「王子さま」を抱きかかえ、「井戸」を
求めて「砂漠」を歩く。

　　わたしは思った、「わたしがこうして見ているのは、ぬけがらのようなも
　のにすぎない。いちばん大事なものは目には見えないんだ……」と。
　　少し開いた唇が、なかば微笑んでいるように見えたので、わたしはこう
　も考えた、「眠っている王子さまがこんなにもわたしの胸を打つのは、花に
　対する王子さまの誠実さのせいだ（c'est sa fidélité pour une fleur）。眠って
　いても、ランプの炎のように、王子さまの中でバラの姿が輝いているからだ
　（c'est l'image d'une rose qui rayonne en lui comme la flamme d'une lampe,
　même quand il dort）……」わたしには、王子さまがいっそうこわれやすい

もののように思われた。ランプの火をまもってやらなければならない。風が
ちょっと吹いただけで、消えてしまう……

そうやって歩きながら、夜明けにわたしは井戸を見つけた（*PP*, p.304.）。

「王子さま」の心の中の「バラ」へのひたむきな「愛」と「誠実さ」がここ
では、「ランプの炎」に喩えられている。後述するように、「愛するもの」同
士の関係をサン＝テグジュペリは「絆」のイメージによって表現する。それは「目
に見えない無数の愛の絆（mille liens tendres dans l'invisible）」[24] である。

「人間というもの」─「友情」

サン＝テグジュペリには非常に多くの友人たちがいた。パイロット仲間では、
ラテコエール社時代からの友人、1930 年に多くの郵便飛行路線の開拓に功績
のあったアンリ・ギヨメを初めとして、1933 年に初めて南大西洋無着陸横断
飛行に成功したジャン・メルモーズ。それにアントワーヌ・リゲルやコレや
ラサール、キャップ＝ジュビーの飛行場長だったとき、不時着してモール人た
ちの人質となり、サン＝テグジュペリによって解放されたマルセル・レーヌや
セールたち。機関士のアンドレ・プレヴォー、無線通信技師のジャン・マッケー
ニュ[25] など。軍隊仲間ではガヴォワル中尉やアリアス少佐、シュネデール大尉、
イスラエルなどがいた。出版関係では特に、『星の王子さま』を献げた作家の
レオン・ヴェルト、ジョゼフ・ケッセル、サン＝テグジュペリが最後の手紙を
送った建築家で作家でもあるピエール・ダロス、マルセル・ミゲオ[26]、アメ
リカのレイナル・ヒッチコック社の社長カーチス・ヒッチコック、『人間の土地』
や『夜間飛行』などのアメリカ版の翻訳者ルイス・ガランチエール ─ 彼は小
説の翻訳だけではなく、サン＝テグジュペリの新聞発表記事など、アメリカ
滞在中サン＝テグジュペリのさまざまな文章の翻訳を引き受けている ─ など。
それでもやはり、多くの友人たちの中にあって、サン＝テグジュペリにとって
最良の友はやはりギヨメであり、メルモーズだったのだろう。三人は強い「絆」
で結ばれていた。

第1章「人間というもの」　49

　「友情」は何にも替えがたい喜びを与えてくれるものだが、「友人」の「死」
は癒しがたい悲しみを残す。メルモーズもギヨメもサン＝テグジュペリより
生き長らえることはできなかった。1936 年 12 月 7 日メルモーズは、何度と
なく南大西洋を横断してきた彼の操縦する水上飛行機「南十字星」号で、そ
の同じ南大西洋上で遭難する [(27)]。メルモーズの想い出と彼を失った悲しみを、
サン＝テグジュペリは『人間の土地』の中で次のように記している。

　　　実際、何ものもけっして、失った友人の代わりにはならないだろう（Rien,
　　jamais, en effet, ne remplacera le compagnon perdu）。昔の友人を作り出すこ
　　とはできない。共有する多くの想い出、いっしょにくぐり抜けた数々の困難
　　な時間、多くの言い争いと和解と感動の宝物に値するものはなにもない。そ
　　れらの友情を復元することはできないのだ。すぐに日陰に避難しようとして
　　樫の木を植えても、むだなことだ〔……〕。
　　　メルモーズや他の友人たちがわたしたちに教えてくれた教訓とはこういう
　　ことだ。仕事の偉大さとは、おそらくなによりも、人々を結びつけることに
　　ある（La grandeur d'un métier est, peut-être, avant tout, d'unir des hommes）。
　　真の贅沢はひとつしかない。それは人間関係の贅沢だ（il n'est qu'un luxe
　　véritable, et c'est celui des relations humaines）（*TH*, p.188-189.）。

　「仕事の偉大さとは、おそらくなによりも、人々を結びつけることにある」
と、サン＝テグジュペリは書いているが、彼の作品の大きな主題は、常にひと
とひととの「結びつき」の問題であったことを思い起こす必要があるだろう。
苦楽をともにし、生命を賭して生きてきた仲間を失うことは最大の悲しみで
あり、そうした仲間を持つことは人生の「真の贅沢」である。「共に生きた試
練がわたしたちを永久に結びつけた（ont lié à nous pour toujours）メルモーズ
のような人、あるいはひとりの友人、その友情は金で買うことのできないも
のだ（On n'achète pas l'amitié）」（*ibid.*, p.189.）。彼らの「友情」は金で買う
ことできないほど尊いものである。「金で買うことができない」ほど尊い「友
情」の逸話は、『人間の土地』の中に数多く描かれている。パリ＝ダカールの
路線パイロットをしているとき、サン＝テグジュペリの仲間のひとりが、飛行

50　第 I 部「人間」

機の故障のために海岸に不時着した。その救助のために後続機が着陸し、その後に続いてサン゠テグジュペリの操縦する飛行機も着陸する。その場所は、その前年にもモール人に襲撃された危険な場所だった。3 人は飛行機の修理をするために、夜明けを待つことにする。

　　砂漠のただ中で、地球のむき出しの果皮の上で、世界の始まりの時のような孤独の中で (dans un isolement des premières années du monde)、わたしたちは人間の村を築いた。

　　〔……〕わたしたちは待った。わたしたちは自分たちを救ってくれる夜明け、あるいは攻撃をしてくるモール人たちを待った。この夜に何がクリスマスのような味わい (goût de Noël) を与えていたのか、わたしにはわからない。わたしたちは思い出を語り合い、冗談を言い合い、歌を歌った。

　　よく準備された祭りの最中と同じような軽い熱狂を味わった。しかしわたしたちは限りなく貧しかった。風と砂と星たちと (Du vent, du sable, des étoiles)。トラピスト修道士のような厳しい有り様だった。しかしこの薄暗いテーブルクロスの上で、思い出以外にはこの世にもはやなにも持たない 6,7 人の男たちは目に見えない富 (invisibles richesses) を分かち合ったのだった。

　　わたしたちはとうとう互いに出会った。〔……〕今まさに危機の時がやってくる。するとひとは助け合う。ひとは自分たちが同じ共同体に属していることを発見する (On découvre que l'on appartient à la même communauté)。他者の思いを発見することによって、人は大きくなる。人は、海の広大さに驚嘆する釈放された囚人に似ている (ibid., p.190.)[28]。

　『人間の土地』の英訳のタイトル『風と砂と星たちと』(Wind, Sand and Stars) は、この一節から取られたものである。「トラピスト修道士」のように無一物の状態で、火を囲んで語り合い、笑い合い、歌をうたった彼ら、砂漠に漂着した彼ら、太い「友情」の「絆」で結ばれた「同じ共同体」に属するものたちの夕べは、「クリスマスのような味わい」を与えてくれた。── この「クリスマスのような味わい」は『星の王子さま』の中で、「わたし」と「王子さま」がやっと見つけた井戸から水を飲む場面でも、使われている表現である。「星空の下を歩き、滑車の音楽と、一生けんめい腕でもち上げてやっとのんだ

水だったからだ。それはプレゼントのように心にいいものだった。わたしが子どもの頃、クリスマスツリーのイリュミネーション（lumière de l'arbre de Noël）と、真夜中のミサの音楽や人々の笑顔の優しさは、わたしが受け取ったクリスマスプレゼント（cadeau de Noël）と同じように輝いていたものだ」（*PP*, p.307.）。—「飛行の夜とその10万もの星々と、何時間かのあの晴朗さは、金では買えないものだ」（*TH*, p.189.）と、サン＝テグジュペリは書いているが、「友人」は、パイロットとしての仕事が与えてくれる実りの果実と同様に、「金では買えないもの」、かけがえのないものだったのである。彼はそれを「目に見えない富」と表現する。『星の王子さま』の「いちばんたいせつなものは目に見えない」ということばは、このようにゆっくりと醸成されていったのである。

　しかし1940年11月、サン＝テグジュペリはメルモーズに続いて、今度は仕事仲間の内では最良の友であったアンリ・ギヨメを失なう。その喪失感はあまりにも深く、彼はその訃報に接してすぐ、ピエール・シュヴリエに宛てて次のように書き送っている。

　　〔……〕ギヨメが死んだ。今晩、わたしにはもう友人はいないような気がする（il me semble ce soir que je n'ai plus d'amis）。
　　わたしはそれを嘆かない。わたしは死者たちを嘆くすべをいまだかつて知らない。しかし彼が消えてしまったこと、それを受け入れるには長い時間が必要だろう。— わたしはもうその恐ろしい仕事が重荷だ。それは何ヶ月も何ヶ月も続くのだろう。しょっちゅう彼の手を借りる必要があることだろう[29]。

　サン＝テグジュペリはギヨメを失ったことで、友人たちをすべて失ったように感じる。先に述べたように、「夜中に目覚めているガン患者は人類の苦痛の中心なのだ」という表現と同様に、互いに結び合った「すべて」の中で、「たったひとつのもの」は「すべて」に値する存在なのである。ギヨメの死は、実際サン＝テグジュペリにとって相当な打撃だったらしく、彼はこのころから、折にふれて次第にペシミスティックな発言をするようになって行く。サン＝テグジュペリにとって、友情はそのために生命を賭けるほど価値のある太く、

52　第I部「人間」

強い、「目に見えない」「絆」なのである。

『南方郵便機』の中で「友情」はどのように描かれているのだろうか。『南
方郵便機』の最終章、本文最後の文章では、「友情」が「絆」のイメージで提
示されているのを認めることができる。遭難が確実となった主人公ベルニス
との最後の別れを、語り手「わたし」は次のようなことばで伝えようとする。

　　　南の方角に墜ちて行き、どれほどの舫い綱 (amarres) が解かれ、空中の
　　ベルニスにはもはやたったひとりの友人しかいない。一本のクモの糸 (un fil
　　de la vierge) がかろうじて君をつなぎ止めている……。
　　　昨夜君はさらに軽くなっていた。あるめまいが君を襲った。もっとも垂直
　　な方角にある星の中に、宝物が輝いていたのだ。ああ、かりそめの宝が！
　　　わたしの友情のクモの糸はかろうじて君をつなぎ止めていた (Le fil de la
　　vierge de mon amitié te liait à peine)。不実な羊飼いであるわたしは、眠りに
　　つかなければならなかった (CS, p.108.)。

ベルニスと仲間たち、そして「わたし」をつなぐ「絆」は、「舫い綱」と弱々
しい「クモの糸」に喩えられている。この「舫い綱」と「クモの糸」は、や
がて「絆 (lien)」ということばに統一され、ほぼ言い換えられることなく使
われ続け、サン＝テグジュペリの小説世界と彼の世界観を力強く支える重要な
イメージに成長して行くことになる。
　『夜間飛行』の主人公リヴィエールがパイロットたちに抱いている感情は「友
情」というよりは、むしろ「意志」と「責任」による深い連帯感に裏付けら
れた「愛情」というべきものに近い。しかし彼は地上勤務の職員たちには「友
情」を感じている。彼は当直の夜勤の事務員について次のように思う。

　　　リヴィエールはともに夜の重さを担うこの男に対して、自分が大きな友情
　　を感じていることに気づいた (Rivière se découvrait une grande amitié pour
　　cet homme)。彼は思った。「戦友だ。この夜勤がわたしたちをどれほど結び
　　つけているのかを、彼はけっして知らないだろう (VN, p.134.)。

危険を伴う「夜間飛行」を試みるパイロットたちは、同じ敵に立ち向かう兵士のように、相互に「友情」によって結ばれた「戦友」のようなものである。

しかしこの戦いの中では、<u>静かな友情</u> (une silencieuse fraternité) がリヴィエールとパイロットたちを奥底で<u>結び合わせていた</u> (liait)。彼らは同じ船の乗組員たちであり、勝利への同じ欲求を感じていた。しかしリヴィエールは、夜の征服のため彼が交えた他の戦いのことを思い出す (*ibid.*, p.142.)。

ファビアンの遭難が確定的になったとき、「もしたった一度でも出発を延期していたら、夜間飛行の存在理由はなくなっていた」(*ibid.*, p.166.) と、リヴィエールは考え、予定通りヨーロッパ便を出発させ夜間飛行を継続する決断をする。予定では、ファビアンのパタゴニア機とアスション機の到着を待ってヨーロッパ便を出発させることになっていたが、パタゴニア機は遭難してしまった。アスション機のみが到着するが、そのパイロットとヨーロッパ便のパイロットがことばを交わす場面は、いたって簡潔に描かれている。

「パタゴニア便は着いたか。」
「待たないんだ。消息不明だ。天気はいいか。」
「いい天気だ。ファビアンが遭難したのか。」
彼らはあまり語らなかった。<u>ひとつの大きな友情</u> (Une grande amitié) が多くのことばを不要なものにしていた (*ibid.*, p.165.)。

小説の中に描かれた「友情」だけではなく、実生活においてサン＝テグジュペリは、「友情」あふれる書簡を多くの友人たちと交わしている。中でも、サン＝テグジュペリの単行本のみならず、新聞への投稿原稿の英訳などを一手に引き受けていたアメリカの友人ルイス・ガランチエールや、フランス人レオン・ヴェルトとの間に交わされたやりとりは、興味深い。ルイス・ガランチエールとは仕事の上のつきあいだけではなく、普段から非常に親しい間柄であったらしく、やりとりにも遠慮がない[30]。仕事以外の友人としては『星の王子さま』を献呈したレオン・ヴェルトがいる。レオン・ヴェルトとサン＝テグジュ

54　第Ⅰ部「人間」

ペリの間に交わされた書簡は、サン＝テグジュペリ自身の描いたユーモラスな
イラストが多く描かれ、親しみやすい。レオン・ヴェルト宛の手紙の一例と
して、1940年2月に、オルコントに駐留していた33-2部隊がラオンに移動
した後、書かれた手紙には次のような文章を読み取ることができる。レオン・
ヴェルトはその前月、1月にオルコントにいるサン＝テグジュペリを訪ねてい
た。

　　わたしは、ともかくあなたがよくわかっていることをわかって欲しいので
　す。わたしにはどんなことをしてでもあなたが必要です。なぜならあなたが
　いちばんだからです。わたしの友人たちの中で、わたしがもっとも愛する人
　だと思うのです。それにあなたはわたしのモラルだからです。わたしは自分
　が物事を多少あなたと同じように理解していると思っていますし、あなたか
　ら教わっていると思っています。それによく、あなたとは長いこと議論を
　しました。わたしは偏ってはいませんし、ほとんどいつもあなたが正しいと思っ
　ています。でもまた、レオン・ヴェルト、ソーヌ川の岸辺であなたとソーセー
　ジとカンパーニュパンをかじりながら、ペルノ酒を一杯やるのが好きです。
　〔……〕平和はなにか抽象的なものではありません。それは危険と寒さの終
　わりではありません。そんなことは、わたしにはどうでもいいのです。わた
　しは危険も寒さも恐れてはいないのです。オルコントで朝目覚めて、わたし
　が英雄的に暖炉にあたりに行ったとき、わたしは自分自身を誇らしく思いま
　した。しかし平和というもの、それにはレオン・ヴェルトといっしょにソー
　ヌ川の岸辺でソーセージやカンパーニュパンをかじることが意味を持つとい
　うことなのです。ソーセージにもう味がないことが、わたしを悲しくさせま
　す〔……〕。
　　さようならヴェルト、心からあなたを抱擁します。
　　　　　　　　　　　　　　　　　　　　　　　　　　　　トニオ[31]

　サン＝テグジュペリは手紙の末尾の署名を「サン＝テグジュペリ」と書くこ
とが最も多く、母親への手紙では「あなたのアントワーヌ」だが、それ以外
は「アントワーヌ・ド・サン＝テグジュペリ」、「サン＝テックス」、「アントワー
ヌ」あるいは頭文字の「A」とだけ記すこともある。ただレオン・ヴェルトに

はサン＝テグジュペリの愛称「トニオ」と署名していた。このことも、レオン・ヴェルトに対する特別な親しさを表す表現の一例と言うことができるだろう。野蛮とまでは言えないとしても、必ずしも教養のある人々ばかりではなかった当時の軍隊仲間の間にあって退屈していたサン＝テグジュペリが、教養ある作家レオン・ヴェルトに会いたがっていたことは十分察しがつく。レオン・ヴェルトの方もサン＝テグジュペリに対しては同じように友情を感じていた。ただ興味深いのは、レオン・ヴェルトが書いているように、彼らは文学についてはほとんど語り合ったことがないということである。「10年間を通じて、わたしたちが数分以上文学について話をしたことはない」(32)。ふたりの友情は、職業的な事柄を一切を抜きにした「人間」同士のつきあいだったのだろう。その友情は特別に厚いものだったことが、ヴェルトの『日記』などを通して伺い知ることができる。同じ年の10月中旬、その年の7月に動員解除になったサン＝テグジュペリが12月にアメリカに発つ直前、彼はソーヌ川が南北に流れる風光明媚な町、サン＝タムール・ベルヴュのレオン・ヴェルトの家に立ち寄っている。その時の会合について、レオン・ヴェルトは彼の『日記』に次のように書き記している。

10月15日

　サン＝テグジュペリがやって来て2日間をともに過ごした。友情は、「魂の訓練だ。それ以外の実りはない。」友情は文学にほとんど着想を与えることはない。書物の数世紀にわたる歴史以上に、モンテーニュのことばの中には多くの友情がある。どうして信じられない愛の特権があるのだろう。おそらく、友情というものがほとんど普遍的なものだからだ（parce qu'il est presque universel）。友情についてなにがしかのことを知らない人間はほとんどいないからだ。
　友情は愛と同様、いやそれ以上に神秘的なものだ（L'amitié est aussi mystérieuse que l'amour）〔……〕。
　トニオは次の本のいくつかのパッセージをわたしに読み聞かせてくれた。彼はまだそこに原石しか見ようとしない。しかし、それはその原石が水晶の塊ということだ（c'est que la gangue est en cristal）(33)。

56 第I部「人間」

　レオン・ヴェルトはサン゠テグジュペリとの「友情」の想い出をこのように語っている。彼にとって「友情は愛と同様、いやそれ以上に神秘的なもの」に感じられる。「愛し合い」、「友情」の「絆」で結ばれ合ったもの同士の間には「神秘」がある。もしサン゠テグジュペリとレオン・ヴェルトがキリスト教の信仰を持っていたならば、それを「神」の名で呼んだのかも知れない。上の引用の一節の中で興味深いのは、サン゠テグジュペリがヴェルトに読んで聞かせたという「次の本」、「原石」のようなものがなにかということである。その本は執筆時期からして、書き始められたばかりの『城砦』以外には考えられない。そしておそらくサン゠テグジュペリが読み聞かせたのは、書いたばかりの最初の数ページだと推測される ─ プレイヤード版『サン゠テグジュペリテグジュペリ全集』の編者は、これを「冒頭」と特定している[34] ─ サン゠テグジュペリが『城砦』を書き始めたのは、1936年頃であることがわかっており、1940年12月にアメリカに渡る祭には、現存する15章分の草稿を携えていた[35]。1940年10月レオン・ヴェルトに読み聞かせた原稿が、「冒頭」の数ページであったとしても不思議はない。

　これらの友人の他にも、サン゠テグジュペリには多くの友人がいた。彼が死の前日書き残した手紙は、ピエー・ダロスとピエール・シュヴリエ宛だった。ダロスとのつきあいは比較的日の浅いものだったが、ピエール・シュヴリエ、本名ネリー・ド・ヴォギュエは友人というよりはむしろ愛人、あるいは生涯の伴侶のような存在であり、書簡の中でも、彼女に対してはすべてを打ち明けているという印象を与える。

「人間というもの」─「戦う人」

　『人間の土地』のフランス語版には、採録されなかった比較的短い一章があり、英語版ではそれは第4章にあたる。英語版のその章のタイトルは「自然現象（The elements）」となっている[36]。その一章は独立して、フランスの週刊誌『マリアンヌ』に掲載された。日本語訳の『人間の土地』はいずれもフランス語からの翻訳であるため、長い間この章はほとんど読まれてこなかっ

た。『マリアンヌ』に掲載されたそのタイトルは、「パイロットと自然の力」
となっている。それは『夜間飛行』の中でファビアンの遭難の場面として描
かれる、パタゴニア便の飛行機が最大の難所、アンデス山脈を越えるときに
出会うサイクロンとの戦いが主要なテーマである。パイロットと自然との格
闘を描いた場面としては、この章は『人間の土地』の中でも、「もっとも力強
い章のひとつ」であると、訳者ルイス・ガランチエールも認めている[37]。そ
れはサン＝テグジュペリが「航空路線の飛行4年間の内、初めて自分の翼の
抵抗力を疑った」[38] 出来事であった。彼はペルセウスがゴルゴンに立ち向かっ
たときのように、危険に立ち向かう。

　恐怖を喚起しようとして失敗するのは、恐怖の思い出を蘇らそうとして、後
でそれをでっち上げてしまうからだ。
　　だから、わたしが経験した自然の反乱についての物語を書こうとしても、
人に伝えうるドラマを書いているという印象がわたしにはない。〔……〕真っ
黒な嵐の中では敵を消すことができる。しかし、晴れた日に高高度では、青
い暴風の渦はめまいのようにパイロットを襲う。彼は自分の下に虚空を感じ
るのだ。〔……〕次いでわたしのまわりで、すべてが飛び上がった。それに続
く2分間について、私には言うべきことばがない。〔……〕まずわたしはも
はや前進していなかった。大地がその場で揺れ動き、回転しているのをわた
しは見ていた。飛行機はそれ以降、すり減った歯車ように横滑りした。〔……〕
それらすべての尾根と稜線と峰は風の中に畝をうがち、わたしに向かって暴
風の渦を放っていった。それはわたしには、自分に向けられた同じだけの数
の大砲のように思われた。〔……〕経験からわたしには、そのサイクロンは
20分もすれば、地上では時速240キロメートルに達する幻想的な有様にな
ることがわかった。だが、わたしは悲劇的なものはなにも感じなかった（je
n'éprouvais rien de tragique）。〔……〕危険についてのどんなイメージもわた
しの心には浮かばなかった（Aucune image de danger ne hantait mon esprit）。
〔……〕谷底でわたしは機体を制御する力をなかば失っていた[39]。
　彼は暴風を避け、高度を落とし谷間に逃れようと考える。後述するように、
これは『夜間飛行』の中で、遭難したファビアンが初めに取った行動と同じ
であり、パタゴニアでのファビアンの遭難の場面は、この『人間の土地』の

58　第Ⅰ部「人間」

一章に非常によく似ている。さらにこの困難な状況の中で、サン＝テグジュペリが抱いた気持ちは、彼の人格をよく表しており、興味深い。

　　入り交じった感情の混合物の中にわたしがひとつの明らかな感情を認めるとするならば、それは尊敬の気持ちだ（c'est un sentiment de respect）。わたしはあの先鋒を尊敬する。わたしはあの尖った尾根を尊敬する。わたしはあの円頂丘を尊敬する。わたしはあの横谷を尊敬する。それはわたし自身の横谷の中に通じ、その風の急流をすでにわたしを運んで行く急流に混ぜ合わせながら、神のみぞ知る渦を引き起こそうとしている。〔……〕そしてわたしはサラマンカの峰を尊敬する（Et, je respecte le pic de Salamanque）(40)。

サン＝テグジュペリにとって「自然」はもはや「敵」ではなく、それ以上のなにものかである。彼は極限状況の中で、もはや自然を征服すべき「敵」とは見なさない。真に戦うものにとって、「敵」は尊敬すべきものなのである。彼は「自然」の真の偉大さを感じ取り、「自然」を尊敬する。サン＝テグジュペリはこの戦いにあって、アンデスの尖峰サラマンカの間隙を縫い、大西洋に出る。そこにしか救いはなかった。燃料はタンクに半分あるはずなのに、燃料の供給ポンプの動作がおかしい。エンジンは不規則に停止する。サン＝テグジュペリは燃料が切れたときが最後だと、覚悟する。「どうしてわたしが恐れただろうか。わたしは完全に単純なひとつの動作のイメージ以外のどんな想念も持たなかった」(41)と、彼は書いている。サン＝テグジュペリは再びアンデス山脈越えに挑もうとする。そのためには高高度に飛行機を保たなければならない。しかし、悪戦苦闘の末に、彼にはもや手の感覚がなくなってしまう。

　　わたしは考える。「もしわたしの手が開くとしても、わたしにはどうやってそれがわかるだろう。」そして不意にわたしは自分の手を眺める。それは閉じたままだ。わたしは心配になった。感覚の交換がもはやこの手と脳の間にないときに、開こうとする手のイメージと開かせる決断との違いはなんだろう。イメージあるいは意志の行為、人はどうやってそれらを互いに識別しているのか。開く手のひらのイメージを追い払わなくてはならない。それは

別の命を生きているのだ〔……〕唯一の考え。唯一のイメージ。わたしが飽くことなく繰り返す単調な唯一のフレーズ。「わたしは手を握る……わたしは手を握る……わたしは手を握る……」わたしは全身を上げてこのフレーズに自分を集中させた〔……〕わたしにはなにもわからない。わたしはなにも感じない。わたしが空っぽだということ以外には。戦おうという欲求と同じく、わたしの力は空っぽだ。〔……〕このことについて、わたしは今まで語ったことがあるだろうか。いや、一度もない。〔……〕<u>肉体的な悲劇が私たちの心を動かすのは、わたしたちにその精神的な意味が明らかになるときだけだ</u>（le drame physique lui-même ne nous touche que si l'on nous montre son sens spitituel）⁽⁴²⁾。

　砂漠への不時着という特別な経験を別にすれば、彼の飛行経験、操縦経験の内、最大の危機であったこの体験は、サン＝テグジュペリの言うとおり、人に伝えようとしても伝えようのないものだったのだろう。この貴重な一章が日本語版『人間の土地』に採録されていないということは、非常に残念なことである。
　『夜間飛行』の中で、主人公リヴィエールは「ほとんど賛同を得られず、多くの非難を浴びながら、孤独な戦いを続けていた」（*VN*, p.143.）。彼は孤独と戦い、また彼自身と戦っている。しかし作中人物であるパイロットたちが戦うべき相手は第一に「自然」である。パイロットのひとりペルランはアンデスの連峰を越えるとき、強風との戦いに巻き込まれる。彼は「飛びかかろうとする一匹の獣」（*ibid.*, p.120.）のようにハンドルを握りしめる。突風との戦いは次のように詳細に描写されている。

　　〔……〕すべてが鋭くなっていた。尾根も峰々も、すべてが先鋭化していた。それらは船の先端のように激しい風に食い込んでいくように感じられた。そして船の先は、戦闘のために設置された巨大な船のように、回転し、彼のまわりで進路を変えるように思われた〔……〕。
　　「もうだめだ。」
　　進行方向の峰のひとつから雪が吹き出す。まるで雪の火山だ。次いですこし右側の二番目の峰からも。そしてひとつまたひとつ、なにか目に見えない

ランナーに触れでもしたかのように、すべての峰々が順番に引火するのだった。その時だ、空気の最初の渦とともに山々がパロットのまわりで揺れ出した。

　激しい行動というものはその痕跡をほとんど残さないものだ。彼を回転させた大きな渦の記憶を、彼はもはや自分の中に見出さなかった。彼はただこれらの灰色の炎の中で、気が狂ったようにもがいたことをおぼえているだけだった（*idem.*）。

　リヴィエールにはペルランの行為の偉大さがよくわかる。彼はペルランを称えるが、ペルランは「まるで鍛冶屋が鉄床について語るように自分の飛行」（*ibid.*, p.121.）について語る。そしてリヴィエールはそれを好ましく思うのである。英雄的な冒険の真の意味を理解しているのは、冒険者だけである。その意味で『夜間飛行』に登場する人物たちは皆、冒険者であり、英雄であるといって言い過ぎではないだろう。ペルランに限らず、ルルーも同様である。「ルルーが持っている偉大さのすべては、おそらく、彼が自分の人生を仕事の人生たらしめたその不運に負っているのだ」（*ibid.*, p.128.）と、リヴィエールは考える。彼が部下たちに対して、度が過ぎるほど厳しく映るのも、「毎夜、ひとつの行動が悲劇のように空の中に仕組まれていた。<u>ちょっとした意志の衰えも敗北をもたらすかも知れなかった</u>（Un fléchissement des volontés pouvait entraîner une défaite）。そうなれば、<u>おそらく今から夜明けまで激しく戦わなければならないだろう</u>（on aurait peut-être à lutter beaucoup d'ici le jour）」（*ibid.*, p.128.）からなのである。「戦うこと」は同時に「人間というもの」を「育てる」ことでもある。リヴィエールは「人間というものは彼にとっては<u>生の蠟</u>（une cire vierge）であり、それは<u>こね上げなければならない</u>（il fallait pétrir）もの」（*ibid.*, p.123.）― 前述したとおり、「こね上げる」はサン＝テグジュペリが好んで使うことばで、意味は「創造」に近く、同時に『聖書』的なニュアンスを帯びた語彙である ― だと考えているように、彼自身、「50年間わたしは仕事で人生を埋め尽くした。<u>わたしは自分自身を育てた</u>（je me suis formé）。<u>わたしは戦った</u>（j'ai lutté）」（*ibid.*, p.134.）と、日々の「戦い」が彼を「育てた」と感じている。しかし先の引用においても同様だが、リヴィ

エールの「戦い」にははっきりした目的語が示されていない。「戦い」は、いわば昇華された概念であり、「責任」を負った「義務」の履行のために障害となるすべての事象に対する「戦い」というようなものにまで高められているのである。日々自然の猛威と戦うパイロットたちにも実は同じことがあてはまる。

「空を飛ぶもの」と「地上に住むもの」の存在様態の対比が際立っているのは『南方郵便機』ではなく、むしろ『夜間飛行』の方である。パイロットは考える。

> 「この町……ぼくはすぐにそこから遠ざかってしまうだろう。夜に出発するのはすばらしい。南に向かってガスのレバーを引く。すると10秒後には景色は逆さまになり、北を向いている。町はもう海の底に沈んでしまっている。」
> 彼女〔妻〕は、征服のために彼が投げ捨てなければならないものすべてについて考えていた (Elle pensait à tout ce qu'il faut rejeter pour conquérir)。
> 「あなたは家が好きじゃないの」
> 「ぼくの家は好きさ」
> しかしもうすでに彼が動き始めていることを、妻は知っていた。その広い肩はもう空を背負っていた (Ces larges épaules pesaient déjà contre le ciel) (*ibid*., p.139.)。

ここでは「空を背負う」パイロットと「彼が投げ捨てなければならないものすべてについて考える」妻との対比が、鮮明に描かれている。しかしパイロットが「征服」するべきものとはなにか。そのために彼が「戦う」べき対象とはなにか。それはまず第一に「自然」である。パタゴニアからの郵便機を操縦するファビアンの遭難の場面はこの小説のクライマックスだが、闇の中で四方を雷雲に閉ざされ、「目に見えない地滑りに脅かされているように感じ」(*ibid*., p.143.)、出口のない状況の中で、彼の搭乗機「R.B.903」(*ibid*., p.160.) は「自然」と格闘する。しかも「反転すれば、10万もの星々にま

62　第I部「人間」

た会えるのかと思いはしたが、彼は操縦桿の角度をまったく変えなかった」
(*ibid.*)。ファビアンにとって、唯一の希望は夜明けである。彼は夜明けを次
のように美しく思い描く。

　　ファビアンは、この厳しい夜のあと座礁して打ち上げられた金色の砂浜の
　ように、夜明けを思った。夜明けが来れば、危機に直面していた飛行機の下
　には平野の岸辺が現れたことだろう。穏やかな大地は、そのまどろむ農場と
　ヒツジの群れたちと丘を抱えていただろう。闇の中で転がっていたすべての
　漂流物は無害なものになったことだろう。もしできるのなら、どれほど彼は
　朝日に向かって泳ぎ出したかったことだろうか (*ibid.*, p.145.)。

「失敗は強者を強くする」(*ibid.*, p.146.)。パタゴニア便遭難の可能性を考慮
しながらも、リヴィエールは夜間飛行を続けることになんのためらいも持た
ない。しかしリヴィエールは手をこまねいて傍観しているわけではない。路
線の「責任」を一手に引き受けている彼は、情報を得るためにあらゆる手段
を尽くし、ファビアンの飛行機に避難すべき安全な場所を伝えようとするの
である。ファビアンの遭難が確実なものになり、心配するファビアンの妻か
らの電話を受けて、リヴィエールは深刻な矛盾に突き当たる。「彼は個人的な
悲嘆の問題ではなく、行動そのものの問題が提起される境界線に達していた」
(*ibid.*, p.151.)。彼は考える。

　　リヴィエールの前に立ち上がっていたのはファビアンの妻ではなく、<u>人生
　のもうひとつ別の意味</u> (un autre sens de la vie) だった。リヴィエールはそ
　の小さな声、そんなにも悲しい歌、しかし彼の敵であるその歌を聞き、同情
　することしかできなかった。というのは、<u>行動と個人の幸福は分かち合うこ
　とのできないものだからだ</u> (ni l'action, ni le bonheur individuel n'admettent
　le partage)。それらは敵対関係にある。この夫人もまた絶対的なひとつの世
　界、その義務と権利の名のもとに話していた。夕べのテーブルを照らすラン
　プの明かり、彼女の肉体を求める肉体、希望と愛情と想い出の名のもとに。
　彼女は自分の幸福を要求していたが、<u>それは正しかった</u> (elle avait raison)。

そしてリヴィエール、彼もまた正しかった (lui aussi, Rivière, avait raison)。しかし彼はこの夫人の真実 (la vérité de cette femme) に対抗すべき何ものも持たなかった。彼は家庭のつつましいランプの光で、表現しようのない、非人間的な彼自身の真実 (sa propre vérité) を見つけるだろう (ibid., p.151.)。

　ファビアンの遭難を前にして、リヴィエールは解決しようのないように思われる矛盾に突き当たる。心配のあまり崩れ落ちそうなファビアンの妻が要求する彼女の幸福は、彼女自身の当然の権利である。それは彼女の「真実」なのだから。しかし夜間飛行の航空路線を取り仕切るリヴィエールにとっても、それは彼が自分のすべてを賭けて行っている事業であり、彼自身の「真実」である。サン＝テグジュペリが『人間の土地』の中で書いているように、「人間にとって真実とは、人間を人間たらしめるもの」(TH., p.278.) に他ならない。ふたりの「真実」は対立しているようでいて、実はそうではないのである。彼らの「真実」の間にあるものは、乗り越えがたい自然現象に他ならない。しかしそれでもなおリヴィエールは、その絶対的とも見える困難を乗り越えようとする。それゆえ彼の「真実」は「非人間的」でさえあるのだ。

　ある日、建設中の橋のそばで負傷者にかがみ込んでいるとき、ひとりの技師がリヴィエールに言った。「この橋は、ひとつの潰された顔の代価に値するだろうか。」この道が開通したとしても、農民のひとりたりとも、次の橋を渡って回り道をするのを惜しみ、その恐ろしい顔を切り捨てることを受け入れなかっただろう。それでも人は橋を建設する。その技師は続けて言った。「公の利益は個人の利益から成り立ち、それ以上の何ものをも正当化しない (L'intérêt général est formé des intérêts particuliers : il ne justifie rien de plus)。— だが後になってリヴィエールは彼に答えて言った。人間の生命以上に価値あるものはないとしても、わたしたちは常にあたかもなにかが、価値において、人間の生命を超えるかのように行動している (si la vie humaine n'a pas de prix, nous agissons toujours comme si quelque chose dépassait, en valeur, la vie humaine) ……しかしそれはなんだ。」
　そしてリヴィエールは搭乗員のことを思い、胸が詰まった。行動、橋を作るような行動も幸福を打ち砕く。リヴィエールは自問せずにはいられなかっ

64　第Ⅰ部「人間」

た、「何の名においてなのか」と（*ibid.*, p.151.）。

「個人」の幸福と「全体」の利益の間に立って、リヴィエールは自問する。たしかに「公の利益は個人の利益から成り立ち、それ以上の何ものをも正当化しない。」しかし、ひとは時にまるで「なにかが人間の生命を超える」「価値」を持ちうるかのように行動する。その時までリヴィエールを支えていたものは「目的がすべてに優先される」（*ibid.*, p.128.）という意識だった。彼の陥っている二律背反が、大義のもとで「全体」の利益は「個人」のそれに優先し、「個人」は「全体」のためにあり、「全体」は「個人」の犠牲の上に成り立つというような全体主義的なヴィジョンに陥ることを、サン゠テグジュペリはここで巧妙に避けている。リヴィエールはこうも考える、「目的はおそらくなにも正当化しないだろうが、行動が死から解放してくれる」と（*ibid.*, p.161.）。ただ「全体」の利益が「個人」の幸福に勝るというような視点は、この小説には見あたらない。この問いを超越するなにかをリヴィエールは見出そうとしている。彼の自問は続く。

　「おそらく消えてしまうだろうあの男たちも、幸せに生きることができたはずなのだ。」彼は夕べのランプの金色に照らされた聖域の中に首を傾けたそれらの顔を見ていた。「なんの名において、わたしは彼らをそこから引きずり出したのだろう」なんの名において、彼は個人的な幸福から彼らを引き離したのだろうか。最優先の掟はその幸福を守ることではないのか。しかし彼自身がそれを破っている。とは言うものの、いつの日か、宿命的に蜃気楼のように、金色の聖域は消え去ってしまうものだ。老いと死が彼自身よりも無慈悲にそれらを破壊してしまうのだ。<u>おそらく救うべき他のなにか、より永続するなにものかが存在する</u>（Il existe peut-être quelque chose d'autre à sauver et de plus durable）。リヴィエールが働いているのは、たぶん<u>人間というもののその部分を救済するため</u>（à sauver cette part-là de l'homme）なのではないのか。そうでないとしたら、行動は自らを正当化することはできない。〔……〕「<u>彼らを永遠なものにすることが問題なのだ</u>（Il s'agit de les rendre éternels）……」（*ibid.*, p.152.）。

第1章「人間というもの」　65

　リヴィエールは「おそらく救うべき他のなにか、より永続するなにものか
が存在する」と思う。そして「人間というもののその部分を救済するため」、
彼は働いているのではないか、そして「彼らを永遠なものにすることが問題
なのだ」と、彼は考える。サン゠テグジュペリの世界観は、おそらく 1938 年
以降、スペイン市民戦争、第二次世界大戦を経験し、初めて確立されたよう
に見えるが、『夜間飛行』の時点で、その骨格は出来上がりつつあったように
見える。1938 年に以降のサン゠テグジュペリならば、「自分自身よりも尊い
ものとの交換」というイメージではっきりと語るであろうし、「個人」につい
ては、「個人」同士のつながりを「絆」のイメージで、そのつながりの「全体」
を「絆の網」のイメージで描くだろう。サン゠テグジュペリの晩年の世界観
は、全体主義のそれとはまさに正反対である。「ひとつはすべてであり、すべ
ては同時にひとつである」と彼は考える。『夜間飛行』の中では、「個人の幸福」
と「全体の利益」の対立の問題は、はっきりとは解決されずにとどまってい
るように見える。特にリヴィエールの心中で問題になっているものは、「個人」
の幸福と「全体」の利益との対立を「義務」と「責任」の名のもとに超克し、「人
間というのもの」の名において人間より「永続するなにものか」を救い出そ
うとする努力である。それはまた自己自身との「戦い」であり、自己実現と
自己超越の戦いである。『夜間飛行』以降、「個別性」は「普遍性」へと止揚され、
そこに「人間というもの」というイメージが表現されるだろう。

　それゆえ、この小説の中では、パイロットたちが戦うべき相手は、単なる
「自然」現象というものにとどまらず、それよりもさらに高次のものとして描
かれていることを見落としてはならない。リヴィエールは言う。

　　わたしは彼を恐怖から救ってやるのだ。わたしが責めているのは彼では
　ない。それは彼を通してやってくる、未知なるものを前にしたとき人間を
　麻痺させるあの抵抗する力 (cette résistance qui paralyse les hommes devant
　l'inconnu) なのだ。わたしが彼の言うこと聞き、彼に同情し、彼の冒険を真
　に受けるならば、彼は自分が神秘の国から戻ってきたように思うだろう。人
　が恐れるのはその神秘だけだ (c'est du mystère seul que l'on a peur)。もは
　や神秘などあってはならない (ibid., p.141-142.)。

66　第 I 部「人間」

『人間の土地』の中で、ギヨメの遭難について語りながら、サン゠テグジュ
ペリは「未知なるものだけが人間を恐れさせる。しかし未知なるものに立ち
向かうものにとっては、それはもう未知なるものではないのだ」(*TH*, p.197.)
と、書いているが、リヴィエールはパイロットたちに要求することも、「未知
なるもの」、「神秘」という人間を超えたものに対する「恐怖」、それを乗り越
えることである。ファビアンの遭難の場面は、迫力のある筆致で克明に描か
れている。彼は想像を絶する突風と嵐の中にあった。視界はゼロである。必
死に操縦桿を握りしめ、機体を制御しようとするが、次第に手の感覚もなく
なって行く。ファビアンには地上も、機体を取り囲む四方も見ることができ
ない。このような特に夜の「無視界飛行」を当時のパイロットたちは《pilotage
sans visibilité》の頭文字を取って、「P. S. V.」と呼んでいた。それはもっと
も困難で危険を伴う飛行を意味した。ファビアンは「神秘」に負けそうになる。

　　彼はさらに戦い、自分の運を試すこともできただろう。外的な宿命など
　存在しないからだ。しかし内的な宿命というものがある (il y a une fatalité
　intérieure)。自分の弱さを見出す瞬間がやってくる。その時、誤りがまるで
　めまいのように人を惹きつけるのだ (*VN*, p.154.)。

ファビアンは頭上の空の一角に星の光を見つける。彼はその光に「めまい
のように」惹きつけられる。ファビアンは思わず、星を目指してぐるぐると
旋回しながら、まるで井戸のそこから地上を目指すように、星を目指して登っ
て行く。雲の上に出るとそこは別世界だった。「彼は、夜、雲が人の目をくら
ませることがあるなどとは思ったこともなかった。しかし満月とすべての星
座たちが雲を輝く波に変えていた」(*ibid.*, p.155.)[43]。しかし「ただひとり住
む星座の中に迷い込んでしまった」(*ibid.*, p.158.) ファビアンにとってこれ
は束の間の幸福に過ぎない。燃料は残り 30 分しかもたず、遭難は確実であり、
ファビアンと無線技師の運命は絶望的な状況にあった。ファビアンの遭難の
場面は直接的には描かれてはいない。リヴィエールのことばを通して、読者
がそれを思い描くように小説は書かれている。
　リヴィエールがパイロットたちに求めているものは、自分自身に立ち向か

第1章「人間というもの」　67

い、それを超越する努力でもある。けっして彼らは「超人」になろうとしているのではない。「肉体を危険にさらし」(*ibid.*, p.139.) 人間の肉体と精神の限界点において、彼らはまさに「人間というもの」に生来備わっている「価値」を救うために、戦っているのである。『夜間飛行』の結末部で、ファビアンの遭難にもかかわらず、定刻にヨーロッパ便を「夜間飛行」させることを決断したリヴィエールは、「勝利……敗北……それらのことばはまったく意味を持たない。人生はそれらのイメージを超えたところにあり、すでに新しいイメージを準備している」(*ibid.*, p.166.) と、考える。「人生に意味を与えるものは、その死にも意味を与えるのだ」(*TH*, p.281.) と、サン゠テグジュペリは『人間の土地』で書いているが、「個人」の「普遍性」のために戦い、「人生に意味を与える」ことができる彼らには、「英雄的」という形容詞がまさしくふさわしいように思われる。『夜間飛行』は次ようなことばで締めくくられている。

　　リヴィエールはゆっくりとした足取りで、彼の厳しい眼差しを避けて身をかがめた事務員の間を通って、彼の仕事に戻る。偉大なるリヴィエール、勝利者リヴィエール、<u>彼はその重い勝利を担っている</u> (qui porte sa lourde victoire) (*ibid.*, p.167.)。

　1940 年 6 月に休戦協定が結ばれ、7 月に動員解除となったサン゠テグジュペリはアメリカに渡る決心をする。1941 年 1 月にはニューヨークに居を定めた。そこで早々に『戦う操縦士』は執筆され、春から夏にかけての入院治療による中断をはさみ、第二次大戦のさなか、1942 年 2 月 20 日にアメリカで初版が刊行された。原題は《*Pilote de guerre*》（戦争のパイロット）である。英語版も同時に刊行されたが、タイトルは『アラスへの飛行（*Fligth to Arras*)』と改めて出版された[44]。英語版の訳者はサン゠テグジュペリの友人、ルイス・ガランチエールである[45]。ガランチエールは 1939 年に『人間の土地』が出版されると、すぐに英訳をしている。『戦う操縦士』は小説としての構造を備えてはいるが、『人間の土地』と同様、内容は実話であり、作中人物たちも実名で登場する。『戦う操縦士』は、当初フランスではヴィシー政府の承認を受けて 1942 年 11 月にガリマール社から刊行されたが、ドイツ軍の検閲を

受けて 1943 年 2 月以降発売禁処分となり、地下出版の版も出現した⁽⁴⁶⁾。ア

メリカでは明らかに「戦争小説」扱いだったようだが、この小説はいわゆる
「戦記物」とはまったく趣を異にするすぐれた純文学作品である。彼が敵地へ
の偵察飛行の危険な体験を通して導き出そうとしたものは、「人間というもの」
についての考察であり、仲間たちとの間に築かれる「絆」のイメージだった。

　1939 年 9 月サン゠テグジュペリはトゥールーズで動員され、11 月にフラン
ス北部ドイツとの国境近くの村オルコントの偵察飛行部隊第 33 連隊第 2 小隊
に配属される。彼の任務は、当時ドイツに占領されていたフランス北部の町
アラス上空を飛行し、写真を撮って帰るという偵察任務であった。したがっ
て「わたし」を初め、作中人物たちが搭乗する飛行機は偵察機であり、戦闘
機ではない。彼らは攻撃を受けることはあっても、自ら攻撃をすることはな
いのである。それでもともかく、「わたし」は「戦っている」。「わたし」は何
と「戦っている」のであろうか。『戦う操縦士』の最終章のひとつ手前、第 27
章には次のようなサン゠テグジュペリの「信仰宣言」が ― 正確には「人間宣言」
と言うべきかも知れない ― 直截な表現でつづられている。

　　私は個人に対する<u>人間というもの</u>（l'homme）の優越性のために戦うだ
　ろう。個別性に対する普遍性の優越のために。〔……〕わたしは信じる。自
　由とは<u>人間というもの</u>（l'homme）の上昇の自由であることを。平等とは
　同一性のことではない。自由とは<u>人間というもの</u>（l'homme）に対する個
　人の賛美ではない。<u>人間というもの</u>（l'homme）の自由をある個人に、ま
　た個人の集団に従属させようと主張するものと、<u>わたしは戦うだろう</u>（Je
　combattrai）。
　　私は信じる。私の文明は<u>人間というもの</u>の支配（son règne）を打ち建て
　るために、<u>人間というもの</u>（l'homme）に同意された犠牲を慈愛と呼ぶこと
　を。慈愛とは個人の凡庸さを通してなされる<u>人間というもの</u>（l'homme）へ
　の施与である。それは<u>人間というもの</u>（l'homme）を築くものだ。私は誰と
　でも<u>戦うだろう</u>（Je combattrai）。私の慈愛が凡庸さに名誉あらしめると主張
　して、<u>人間というもの</u>（l'homme）を否定し、個人を決定的な凡庸さの中に
　閉じ込めるであろうものとならだれとでも。
　　私は<u>人間というもの</u>（l'homme）のために戦うだろう（Je combattrai）。

第1章「人間というもの」　69

人間というものの敵（ses ennemis）に対して。私自身に対しても（*ibid.* p.226-227.）。

　この一節には、「人間」についてのサン＝テグジュペリの思想が凝縮している。彼が戦っているのは、「人間というもの」を救出するためである。彼の言う「人間というもの」とは、「人間性」というような抽象概念を指しているわけではない。ここでは「個別性」に対して「普遍性」が、「平等」に対して「同一性」が対置されている。それは「個人」よりも「集団」が優越するということを意味するわけではない。まさにその逆であり、「人間というもの」とは、「個人」が「個別性」を乗り越え、「普遍性」を獲得した「存在」のことである。それは実在ではなく、概念的存在である。彼は「個別性に対する普遍性の優越のために」、「個人に対する人間というものの優越性のために戦うだろう」と言う。その「戦い」を通して、「人間というもの」を救済するために「犠牲」があり、それは「慈愛」と呼ばれる。— ここでは「犠牲」ということばが使われているが、その語は『城砦』においては「交換」と呼ばれることになってゆく。— 平等で自由な「個人」があって初めて「人間というもの」という「普遍的」な存在は現出する。「個人」が「集団」に従属し、「自由」と「個別性」が失われた存在を、彼はしばしば「シロアリ」にたとえ、その集団を「蟻塚」にたとえる。ドイツを視察した経験を踏まえて、サン＝テグジュペリはアメリカに亡命する前、フランスで書いた「アメリカ人への手紙」の中で、次のように述べている。

　しかしあの男〔ヒトラー〕が登場した。彼は突然思考を硬化させ、頑ななものにし、ひとつのコーランのようなものの中にそれを秩序づける。その戒律の下で、突然、人類は蟻塚の役割に還元されてしまう（l'humanité sous sa loi est tout à coup réduite au rôle de foumilière）。思考はもはや前に進むことができない。なぜならば思考が導かれないからだ。突如として真実の亡霊が思考を支配するとき。この不可侵の花崗岩は過去の中にも巨大なシロアリの巣を築いた（Ce granit intangible qui a aussi posé dans le passé de gigantesques termitières）[47]。

70 第I部「人間」

　サン＝テグジュペリはヒトラー率いるナチスドイツによって、「人間という
もの」の「個別性」を奪われた人々にシロアリたちの「蟻塚」を見ている。
ヒトラーこそ「人間というものを否定し、個人を決定的な凡庸さの中に閉じ
込めるであろうもの」であると考えている。第二次世界大戦中のサン＝テグジュ
ペリの政治信条は、ド・ゴールの「自由フランス」でもヴィシー政府の「国
民議会」(48)でもコミュニストでもない。彼はゴーリスト（ド・ゴール支持派）
からはヴィシー政府寄りだと非難され、ヴィシー政府寄りの人々からはゴー
リストだと批判された。アメリカに参戦を求めるため、アメリカの世論を喚
起する一助となる目的で渡米しはしたが、対岸の火事のような立場にはどう
しても満足することができなかった。サン＝テグジュペリは常に、政争からは
いわば一歩身をひいて行動した。彼が戦おうとしたのは、単にナチスドイツ
ではない。サン＝テグジュペリははるかに広い視野で世界を見ていた。アメリ
カに対しても、その文化を全面的に支持していたわけではない。アメリカに
おいても彼は、「人間というもの」の普遍性と「人間というもの」の間の「絆」
が薄れつつあるさまを、サン＝テグジュペリは深く危惧していた。彼は死の前
日2通の手紙を書き残したが、1通はピエール・ダロス宛て、もう1通はピ
エール・シュヴリエ宛の手紙である。それら2通の手紙は絶筆となったために、
遺書のように受け取られることが多いが、サン＝テグジュペリは前線に復帰し
て以降、常に死を覚悟しており、手紙の内容も、この時期彼が普段から抱い
ていた「人間」、「世界」そして「戦争」についての思いを率直に述べたもの
であり、けっして特別な手紙ではないと、筆者は考えている。サン＝テグジュ
ペリの死はけっして自殺ではなく、そしてこの手紙も遺書ではない。もし遺
書を書くとするならば、彼はピエール・シュヴリエ宛に書くことはありうる
と思われるが、もう一人はピエール・ダロスではなく別の相手を選んだだろう。
ダロス宛の手紙は、次のように結ばれている。

　　〔……〕しかしなんという孤独だろう。わたしは撃墜されても絶対になに
　も後悔はしないだろう。未来のシロアリの巣 (termitière future) はわたしを
　ぞっとさせる。彼らのロボットの美徳をわたしは憎む」(49)。

第 1 章「人間というもの」　71

「なんという孤独だろう」と記されているように、コルシカの連合軍のキャンプにあっても彼は孤独だった。そして「未来のシロアリの巣」そして「彼らのロボットの美徳」と書かれているように、自由アメリカが象徴する高度産業化社会は、サン゠テグジュペリにとってけっして希望のある社会には見えなかった。それは「人間というもの」の普遍性を守るものではないと予感していたのである。彼は「フランスの精神的な遺産を救うため」、再び戦争の渦中に身を投ずることになる。残されたもう 1 通のピエール・シュヴリエ宛の手紙は、次のように結ばれている。

　　美徳とは、カルパントラの図書館の司書にとどまり、<u>フランスの精神的な遺産を救うことだ</u> (de sauver le patrimoine spirituel français)。裸のまま飛行機で散歩することだ。子どもたちに読み方を教えることだ。ただの大工として殺されることを受け入れることだ。彼らこそが祖国だ……わたしではない。わたしは祖国のものだ。
　　かわいそうな祖国よ！〔……〕(50)

　このように、サン゠テグジュペリは「人間というもの」の普遍的価値を救うために、彼がその伝統の確かな庇護者であると信じた祖国フランスのために戦ったのである。

72　第 I 部「人間」

註記

(1) サン゠テグジュペリが好んだニーチェの『ツァラトゥストラはこう語った』の中の
一句。「血をもって書いた本」とあるが、サン゠テグジュペリの作品はまさしく彼の「血
をもって書かれた本」だったと言うことができるかも知れない。彼は創作活動にお
いて、自身の実体験をほぼそのまま文学的に昇華する以上のことをしていない。彼
の作品はすべて彼の経験に裏付けられたものである。

(2) コードロン・シムーン機は大破したが、サン゠テグジュペリはよほど同型機が気に
入っていたらしく、1937 年 2 月には再び同じ飛行機を購入している。彼は今度はそ
れを「F.-A.N.X.K.」と名付けた。

(3) ギルベール・オトワは「個々の人間が実在する。『人類』や『人間というもの』は存
在しない」と言う（ギルベール・オトワ著『ルネサンスからポストモダンへ』参照。
Gilbert Hottois, *De la Renaissance à la Postmodernité*, De Boeck Supérieur, 2001,
p.42.）。これはほぼアンドレ・ジッドのことばと同じものだが、確かに「人間という
もの」という抽象概念の「存在」を問題にすることは不可能であり、無意味である。
サン゠テグジュペリも「人間というもの」が「存在する」とは言っていないし、彼
の視点は、「人間というもの」が「存在」するかどうかを問うことにあるのではない。
彼の考察は「個々の人間」から出発して、「人間というもの」にそれを昇華すること、
あるいは正確に言うならば、それを止揚することに意味を見出しているということ
である。

(4) 註 44 参照。

(5) これは、けっしてサン゠テグジュペリが彼自身が文章の推敲を嫌ったと言うことを
意味しない。彼はむしろ原形をとどめないほどに、くり返し推敲を重ねるタイプの
作家だった。『戦う操縦士』にしても、訳者のルイス・ガランチエールとのやりとり
の中で、ことばの反復を避けるよう指示している。註 45 参照。

(6) 「使徒信条（クレド）」と呼ばれるものは、カトリックのミサの中で、第 2 部「こと
ばの典礼」の最後に唱える信仰宣言のことである。続いて「感謝の典礼」において、
ミサの中心である「聖体拝領」が行われる。現代のカトリック教会では「ニケア・
コンスタンチノープル信条」をさらに短くまとめた「使徒信条」が使われている。「主
の祈り」と同様、近年ことばが改訂され、より口語的なことば使いになった。キリ
スト教の信仰の要点を 12 条にまとめた祈り。

(7) 「ルポルタージュ」（*Pl I*,〈*Espagne ensanglantée*〉《*Reportages*》, p.405.）

(8) 註 49 参照。および第 2 部第 2 章「庭師のイメージ」中の「ピエール・ダロス宛の手紙」

第1章「人間というもの」　73

参照。

(9)「ピエール・シュヴリエ宛ての手紙」（1939 年 12 月末頃付）（*Pl II*,〈*À Pierre Chevrier*〉《*Lettres amicales et professionnelles*》, p.941.）。プレイヤード旧版で「X への手紙」（*Lettre à X*）とされていた手紙は、新版では〈*Lettre à Pierre Chevrier*〉に訂正された。実名はネリー・ド・ヴォギュエ（Nelly de Vogüé）というフランス人女性で、サン＝テグジュペリの愛人のひとりである。ネリーはサン＝テグジュペリの身近にいて、彼の親しい話し合い手であったのみならず、彼をもっともよく理解した人物でもある。サン＝テグジュペリの死後、彼女は男性の変名ピエール・シュヴリエ（Pierre Chevrier）のペンネームで 1949 年にサン＝テグジュペリの詳細な評伝・研究書を執筆した（Pierre Chevrier, *Antoine de Saint-Exupéry*, Paris, Gallimard. 1949.）。また彼女はサン＝テグジュペリから『城砦』の草稿原稿を数多く託されており、1948 年版の『城砦』初版の編集には関わっていないが、1959 年の再版には、同じくサン＝テグジュペリの友人で、1940 末から 1943 年 4 月までのアメリカ滞在中に彼が知り合った哲学者、レオン・ヴァンセリウスとともに編集に加わり、自身が所有していた新たな草稿を付け加えるとともに、誤字の指摘、表現の修正をし、すべてのテクストに渡って校正をし、さらに序文を執筆している。1959 年版の『城砦』はピエール・シュヴリエの版であるといって過言ではないのである。

(10)「ルポルタージュ」（*Pl I*,〈*Espagne ensanglantée*〉*op.cit.*, p.405.）。

(11) この「ひとつはすべてであり、すべては同時にひとつである」というヴィジョンは文学的に昇華され、『星の王子さま』の中で美しく描かれている。第 3 部参照。

(12) レアル・ウエレ著『サン＝テグジュペリの作品における人間関係』参照。サン＝テグジュペリの社会的な側面を重視するウエレのアプローチの仕方は筆者とは異なるが、サン＝テグジュペリの主要なテーマが「人間関係」にあると認める点において、共感することができる。ウエレはサン＝テグジュペリの作品について次のように述べている。「サン＝テグジュペリのどんな作品も、奇妙に複雑化したわたしたちの歴史の一時代についての絶えざる深い瞑想を映し出している。サン＝テグジュペリは文学の情報的、教育的役割について意識的であり、作家の役割のとりわけ社会的意味を理解していた彼は、ジャン＝ポール・サルトルにとってなじみのものであるはずの表現に従えば、彼の時代の「現実の中に」あった。どんな作家も望むか否かにかかわらず包囲されている社会的役割を、サン＝テグジュペリは最善を尽くして担ったのだ。」（レアル・ウエレ「サン＝テグジュペリの作品における人間関係」参照。Réal Ouelet, *Les relations humaines dans l'œuvre de Saint-Exupéry*, Paris, Minard, 《Bibliothèque des Lettres Modernes》, 1971, p.193.）また、アンドレ・ドゥヴォーは

キリスト教の観点から、ほぼ同様の見方をしている。神学者テイヤール・ド・シャルダンとサン＝テグジュペリを比較論じた著書、アンドレ＝A. ドゥヴォー著『テイヤールとサン＝テグジュペリ』参照（André-A. Devaux, *Teilhard et Saint-Exupéry*, Carnets Teilhard 3, Paris, Éditions Universitaires, 1962, pp.61-62.）。この研究書については後段、取り上げることにする。

(13) レオン・ヴェルト著「わたしが知っているとおりのサン＝テグジュペリ」参照（Léon Werth, Saint-Exupéry tel que je l'ai connu..., in René Delange, *op.cit.*, p.194.）。

(14) 註 25 を参照。

(15) ジャン・マッケーニュ著『空の鉱夫』（Jean Macaigne, *Mineurs du ciel*, Dakar, Ars Africæ, 1944, p.187.）。

(16) ジャン・メルモーズ著『わが飛行』（Jean Mermoz, *Mes Vols*, Paris, Flammarion, 1937.）。この本はメルモーズの手記をラ・ロッシュ大佐 ― 極右政治結社「火の十字団」を率いていた。メルモーズは彼の勧めで入党している ― が編纂し、メルモーズの死の翌年刊行されたものだが、サン＝テグジュペリも「メルモーズ、路線のパイロット」という文章を寄稿している。サン＝テグジュペリの僚友の中で最も優れた操縦技術を持つパイロットは第 1 にメルモーズであり、ついでアンリ・ギヨメだった。メルモーズはカサブランカ＝ダカール間の航路を開拓すると、ブエノスアイレス＝サンチアゴ間のアンデス山脈越えの航空路を切り開き、次いで夜間飛行に道を開き、南太平洋路横断に成功する。「そうしてメルモーズは砂と山と夜と海を開拓した。彼は一度ならず、砂漠に、夜と海に沈んだ。しかし彼が生還するとき、それは再び出発するためだったのだ」（*TH*, p.187.）と、サン＝テグジュペリは『人間の土地』の中で回想している。メルモーズについてはサン＝テグジュペリの友人の作家、ジャーナリストのジョゼフ・ケッセルが、1938 年、邦題『空の英雄メルモーズ』（Joseph Kessel, *Mermoz*, Paris, Gallimard, 1938.）という本を出版している。路線のパイロットの話については、ジャン＝ジェラール・フルーリの『路線飛行』（Jean-Gérard Fleury, *La Ligne*, Paris, Gallimard, 1939.）や、同じくフルーリの『空の道』（Jean-Gérard Fleury, *Chemins du ciel*, Paris, Nouvelles éditions latines, 1933.）を挙げることができる。後者においては、ジョゼフ・ケッセルが序文を書き、ジャン・メルモーズの書簡が掲載されている。また『路線飛行』の後半部分、「夜間飛行」というサン＝テグジュペリの小説と同名のタイトルを付した章では、夜の嵐の中をメルモーズの操縦する飛行機が悪戦苦闘する様子が克明に描かれており、その描写はサン＝テグジュペリの『夜間飛行』を彷彿とさせる。ただそこではメルモーズは、嵐にも夜にも無視界飛行にも動ずることのない勇者の姿で描かれている。実際メルモーズが航

第 1 章「人間というもの」　75

空路線開拓に寄与した功績は非常に大きかった。バルセロナ＝マラガ、カサブラン
カ＝ダカール、トゥールーズ＝セネガルのサン＝ルイを結んだのは彼であったし、
アンデス山脈越えの路線をアンリ・ギヨメとともに開拓したのも彼であった。南ア
フリカ大陸と南アメリカ大陸を初めて結んだのも彼である。またジャン＝ジェラー
ル・フルーリには『南大西洋 ―アエロポスタルからコンコルドまで』（Jean-Gérard
Fleury, *L'Atlantique Sud, de l'Aéropotale à Concord*, Paris, Éditions Denoël, 1974.）
という、サン＝テグジュペリたちパイロットの航空路線開拓の歴史を写真で振り返
るアルバムもある。さらにサン＝テグジュペリの同僚で、ジャン・マッケーニュと
同様に無線通信技師だったピエール・ヴィレの『空を賭けて』（Pierre Viré, *Au péril
de l'espace*, Paris, Flammarion, 1942.）も挙げておくことにする。墜落などのさま
ざまな危機にさらされる路線飛行にまつわる、他の作家の作品と同様のルポルター
ジュである。ただ彼はパロットではなかっただけに、視点が他の作品とは異なって
いる。

(17)『夜間飛行』「序文」（*Pl I*,〈*Préface d'André Gide*〉《*Document*》, p.963.）。

(18) サン＝テグジュペリの無二の親友、アンリ・ギヨメは 1930 年、南米路線パタゴニ
ア便の郵便飛行業務を遂行中、吹雪のアンデス山中で遭難、不時着した。彼は 2 日
間遭難した機体の下で暴風をしのいだ後、5 日 4 夜、寝ずに歩き通し、少なくとも 3
つの峰を越え、自力で下山。ふもとのサン・カルロス村までたどり着き、助かった。
サン＝テグジュペリも飛行機でその捜索にあたった。ギヨメは同僚たちに「ぼくがやっ
たことは、誓っていうが、どんな動物にもなしえなかっただろう」（*TH*, p.192.）と
言った。このギヨメの遭難については『人間の土地』の中で、一章を割いて記述さ
れている。ギヨメの語った話は次のようなものだった。「雪の中では、自己保存の本
能がまったく失われてしまう。2 日、3 日、4 日歩き続けると、もう眠ることしか望
まなくなる。ぼくもそうだった。でもぼくは自分自身に言い聞かせた。ぼくの妻が、
もしぼくが生きていると信じているなら、ぼくが歩いていると信じている。友人た
ちもぼくが歩いていると信じている。彼らはみなぼくを信頼している（ Ils ont tous
confiance en moi ）。ぼくが歩かないとしたら、ぼくは卑怯者だ。」（*ibid.*, p.194.）『人
間の土地』は親友アンリ・ギヨメに献げられている。サン＝テグジュペリがリビア
砂漠に不時着したとき、彼は最終的に「東北東の方角」に進路を決め、3 日間歩き続
け、助かるが、それはギヨメが遭難したときに歩いた方角であった。

(19)「ピエール・シュヴリエ宛の手紙」（1939 年 12 月末付）（*Pl II*,〈*Lettre à Pierre
Chevrier*〉《*Lettres amicales et professionnelles*》, p.945.）。

(20)『南方郵便機 (*Courrier sud*)』は 1927 年、サン＝テグジュペリがキャップ＝ジュビー

76　第 I 部「人間」

の飛行場長をしていたときに執筆され、翌年アンドレ・ジッドやラモン・フェルナ
ンデスらの勧めでガリマール社から出版された。以後サン゠テグジュペリのフランス
スにおけるフランス語版の書物は、すべてガリマール社から初版が出版されている。

(21)『聖書』「マタイによる福音書」第 12 章 39 節。

(22)『南方郵便機』「註」（*Pl I*,〈*Notice*〉, p.900. ）。

(23) ジッドの『地の糧』の「語り」のスタイルとサン゠テグジュペリの「語り」の類
似として指摘されるのは、おもに『城砦』に関するものだが、『南方郵便機』の「語
り」のスタイルについても、『地の糧』からの何らかの影響を認めることができるの
ように思われる。ピエール・シュヴリエは『南方郵便機』については、むしろジロ
ドゥーの『ベラ』の影響を指摘し、さらに『地の糧』の『城砦』への影響について
は否定している。ピエール・シュヴリエ著『アントワーヌ・ド・サン゠テグジュペ
リ』（Pierre Chevrier, *Antoine de Saint-Exupéry*, Paris, Gallimard, 1949, p.204. ）参
照。また、たとえば「情欲」を描くとき、サン゠テグジュペリの脳裏にはモーリア
ックの心理小説があったのではないだろうか。情事のあとで寝乱れたジュヌヴィエー
ヴを描いた場面にはこのように書かれている。「ベルニスは彼女が優しいとも美しい
とも思わない。ただ生暖かいのだ。一匹の獣（une bête）のように生暖かい。生きて
いる獣。そして鼓動するこの心臓、肉体の中に閉ざされた彼のものとは別の泉。彼
はその情欲（volupté）について思いをはせる。それは彼の中で数秒の間羽ばたいた。
羽ばたきそして死ぬあの狂った鳥。そして今は……　今、窓の中では空が震えている。
ああ、男の欲望によって破壊され、威信を奪われた女。冷たい星々の間に投げ出さ
れた女。この頃の風景はすぐに移ろいゆく……　通り過ぎた欲望、通り過ぎた愛情、通
り過ぎた火の河（le fleuve de feu）。今や肉体から抜け出し、冷たく、純粋なものと
なって、ひとは船の舳先で海に向かっている」（*CS*, p.83.）。モーリアックほど緻密
ではないものの、特に「火の河」ということばの用法は明らかにモーリアック的で
ある。「火の河」という表現は、『聖書』「ヨハネによる第 1 の手紙」の一文を引用し
たパスカルの断章から取られている。興味深いことに、『パンセ』の中では「三つの
火の河」とあるにもかかわらず、ここでは「火の河」（le fleuve de feu）と単数で表
記されている。パスカルは「肉の欲」「目の欲」「生活のおごり」という三つの「情欲」
（concupiscences）を「三つの火の河」にたとえているにもかかわらず、サン゠テグ
ジュペリは三つの内の一つ、つまり「肉の欲」（concupiscence de la chair）を取り上げ、
「火の河」と単数形で表記し、上の一節で用いていると考えられるのである。これは
パスカルに由来するものではない。おそらくモーリアックの読書からえられた知識
ではないかと推測される。

(24)「ルポルタージュ」(*Pl II,*〈 *Moscou! Mais où est la révolution?* 〉《*Reportages*》、p.380.)。

(25) 1942 年 2 月に『戦う操縦士』が出版されると、サン＝テグジュペリはすぐにできたばかりの本を彼の親友のひとり、ジャン・マッケーニュに送っているが、著書を送るにあたって彼は異例の長さの献辞 ― ベルナール・ラモットに『人間の土地』を送る際に書かれが献辞ほどではないが (『イカール誌』第 84 号、1978 年春期。参照。《*Icare*》no. 84. printemps 1978, p.85.) ― をマッケーニュに宛てて書いている。ジャン・マッケーニュの息子ジャン＝ピエール・マッケーニュ氏と筆者は交流があり、その実物を譲り受けている。それは次のような興味深い献辞であり、プレイヤード版『サン＝テグジュペリ全集』にも採録されている。「ジャン・マッケーニュ あなたは航空路線の昔からの友人であり、アエロポスタル社とエール・フランス社で世界中の空を旅し、自分自身の仕事について書き、わたしと共に数え切れない酒場で数え切れないほどの酒瓶を飲み干した。わたしの記憶の中でもっとも友情に満ちた思い出を込めて。アントワーヌ・ド・サン＝テグジュペリ」(口絵〔7〕参照)(「献辞その他のテクスト」*Pl II,*〈*À Jean Macaigne*〉《*Dédicaces et autres textes de circonstance*》、p.1059.)。ジャン・マッケーニュは無線技師であり、サン＝テグジュペリと組んで飛行することが多かった。彼はまた、サン＝テグジュペリと同様優れた作家でもあり、初めはジャン＝ピエール・デュレのペンネームで執筆、ジョゼフ・ケッセルの序文を付した『無視界飛行』(Jean-Pierre Duret, *P.S.V. Pilotage sans visibilité*, Paris, Plon, 1938.) や『空の鉱夫たち』(Jean Macaigne, *Mineurs du ciel*, Ars Africæ, 1944.)、『冒険する郵便機』(Jean Macaigne, *Courrier de l'aventuret,* Paris, Fayard, 1962.) などのドキュメンタリー作品を残した。『無視界飛行』と『冒険する郵便機』の一章は「夜間飛行」を題材にしており、サン＝テグジュペリの『夜間飛行』と類似する部分が多い作品である。『冒険する郵便機』は 1962 年、アカデミー・フランセーズの「ジェネラル・ミュトー賞」を受賞している。サン＝テグジュペリとほぼ同様の題材を扱っていながら、後世にそれほど読み継がれることがなかったのは、文学作品としての主題の問題と言うよりは、サン＝テグジュペリのような「人間」についての深い洞察と考察が、やはりそこには欠けていたということから来ているのかも知れない。ジャン・マッケーニュは第二次世界大戦を生き延び、戦後は引き続きエール・フランス社に勤務した。息子のジャン＝ピエール・マッケーニュ氏は、サン＝テグジュペリ関係の父親の遺品の大半をエール・フランス博物館に寄贈している。

(26) サン＝テグジュペリの優れた伝記を書いたマルセル・ミゲオは、早くから郵便飛行業界の人々と親しかった。ミゲオが書いたサン＝テグジュペリの伝記は非常に

有名だが、実は彼はアンリ・ギヨメやディディエ・ドーラの伝記も執筆している。最初に執筆された伝記は『アンリ・ギヨメ』である（マルセル・ミゲオ著『アンリ・ギヨメ』『アントワーヌ・ド・サン＝テグジュペリ』『ディディエ・ドーラ』参照。Marcel Migeo, *Henri Guillaumet*, Paris, Arthaud, 1949. Marcel Migeo, *Antoine de Saint-Exupéry*, Paris, Flammarion, 1958. Marcel Gigeo, *Didier Daurat*, Paris, Flammarion, 1962.）。ミゲオは伝記『サン＝テグジュペリ』によって、アカデミー・フランセーズの「モンティオン賞」を受賞している。

(27) サン＝テグジュペリは右派系の日刊紙『ラントランジジャン（頑固者）』、1937 年 1 月 27 日号に、メルモーズを追悼する記事を書いている。内容は『人間の土地』に通じるものがある。

(28) このテクストは『パリ＝ソワール』紙、1938 年 11 月 10 日発行（《*Paris-Soir*》, 10 novembre 1938.）に発表された記事をほぼそのままに採録したものである。記事のタイトルは「夜中に歌う 3 人の搭乗員。友人たちは彼らの友情が復活するのを感じ、危険を忘れていた。」である。

(29) 「ピエール・シュヴリエ宛の手紙」（1940 年 12 月 1 日付）（*Pl II*,〈*Lettre à Pierre Chevrier*〉《*Lettres amicales et professionnelles*》, p.950.）。

(30) ルイス・ガランチエールとのやりとりについては、註 45 を参照。

(31) 「レオン・ヴェルト宛の手紙」（1940 年 2 月付）（*Pl II*,〈*À Léon Werth*〉《*Lettres amicales et professionnelles*》, p.1021.）。

(32) ルネ・ドランジュ前掲書中、レオン・ヴェルト著「わたしが知っているとおりのサン＝テグジュペリ」参照（Léon Werth, *Saint-Exupéry tel que je l'ai connu ...* , in René Delange, *op.cit.*, p.180.）。

(33) レオン・ヴェルト『日記 1940 ～ 1944』（Léon Werth, *Journal 1940-1944*, Paris, Éditions Viviane Hamy, 1992, pp.122-123.）。

(34) 「年譜」『プレイヤード版サン＝テグジュペリテグジュペリ全集』第 1 巻（《*Chronologie*》, *Œuvres complètes de Saint-Exupéry*, la pléiade, tome 1, p.XCII.）。『城砦』の最初のメモ書きは、1936 年、あるいは 1937 年 4 月から 7 月にかけてにまで遡る。本格的な執筆が始まったのは 1940 年以降である。

　　『城砦』は 219 の断章からなる長大な作品である。作品というよりは未完成の膨大な草稿の集積であり、一般的な視点からは作品とは受け取ることは難しいかも知れないが、研究する側にとっては宝の山のようにも見える作品である。刊行当初、それまでのサン＝テグジュペリのヒューマニストのイメージとはあまりにかけ離れた独善的な語り口のため、大きな物議を醸し、これをサン＝テグジュペリの作品リ

ストに加えるべきではないと考える人もいた。『城砦』評価の契機を作ったのは、シ
モーヌ・ヴェーユの研究者でカトリックの哲学者アンドレ =A. ドゥヴォーである。
彼は『城砦』をキリスト教の信仰に基づいて読解した。「当然『城砦』が素描する宗
教は使徒たる意志を要求する。というのは、『神を見出すものはそれをすべての人々
を通して見出す』（*CDL*, p.543.）からである。"つかのまの死"のように、自分自
身のために自分の神を嫉妬深く保持することをやめ、『城砦』の王は『まず神を他
のすべての人々にもたらす』(*ibid.*, p.647.) ことにもっぱら心を燃やす。この神は
キリスト教の神とはほとんど似てはいないが、それでもやはり、キリスト教の愛徳
の精神を支配する人間の行為の原動力である。サン＝テグジュペリは彼の詩的なモ
ノローグによって、福音書の神をまったく別のある神に置き換えたという印象を与
える。その代わり、彼は『山上の垂訓』のメッセージの汲み尽くすことのできない
美徳を信じ続けたのである。」ドゥヴォーは「わたし」の独善的な語りを、イエス
の「山上の垂訓」になぞらえて解釈したのである（アンドレ =A. ドゥヴォー著『サ
ン＝テグジュペリと神』André-A. Devaux, *Saint-Exupéry et Dieu*, Paris, Desclée de
Brouwer, 1994. p.115. 参照）。しかしこの『城砦』の草稿については、サン＝テグジュ
ペリ自身、作品として完成させようという意図はほとんど持っていなかったようで
ある。執筆時期は、ピエール・シュヴリエによれば、1936 年頃にまで遡ることが
できるが（ピエール・シュヴリエ『アントワーヌ・ド・サン＝テグジュペリ』Pierre
Chevrier, *Antoine de Saint-Exupéry*, Paris, Gallimard, 1949. p.148.）、不規則に執筆
されているために、時期を確定することは困難である。大半はほぼサン＝テグジュ
ペリのアメリカ滞在の時期と重なっていると思われる。そもそも最初は詩の形式で
書かれていたということがわかっており、おそらくはレオン・ヴェルトに冒頭の数
章を読み聞かせた頃には、1940 年 8 月頃から本格的に書き始めた最初の数章を書き
終えていたらしい。しかし 1940 年の時点で、原稿はわずか 15 章ほどしか執筆され
てはおらず、実質的には 1941 年から 1943 年にかけて書かれたものと考えられる。
それはほぼサン＝テグジュペリのアメリカ滞在の時期と重なっている。ピエール・
シュヴリエに宛てた手紙の中で、彼はこう言っている。「わたしは自分の本〔『城砦』
を指す〕を書き上げたい。それがすべてだ。わたしはその本と自分を交換する（Je
m'échange là contre）。〔……〕戦争で死ななかった以上、わたしは別のものと自分
を交換する。〔……〕本はわたしが死んだときに出版されるだろう（Ça paraitra à ma
mort）。書き終えることはできないだろうから。もし単なる記事として書くとしても、
夾雑物の含まれたこの 700 ページに焦点を合わせるだけでも、どうしても 10 年は
かかるだろう」（ピエール・シュヴリエ宛の手紙、1941 年 9 月 8 日付参照。*Pl II*,〈*À*

Pierre Chevrier〈*Lettres amicales et professionnelles*》, p.951.)。『城砦』はサン＝テグジュペリの死後、1948 年に最初の版が刊行された。編集方針については、サン＝テグジュペリが残した原稿を出来る限り忠実に再現しようという意図は感じられるものの、今ひとつ判然とはしていない。しかしその後、ピエール・シュヴリエらが編集に加わり、原稿と彼が原稿を読み込んだ声を録音したディクタフォンなどを照合し、数々の異同が発見され、訂正版を出す必要が生じた。それが 1959 年版の『城砦』であり、始め「フランス出版社協会」（Le Club des librairies de France）から出版され、ついで同年ガリマール社「プレイヤード叢書」の『サン＝テグジュペリ作品集』に掲載された。また「フォリオ版」（Folio）の『城砦』も同じ版である。そして 1999 年版のプレイヤード版『サン＝テグジュペリ全集』では、さらなる研究がなされ、パリ国立図書館が所有するサン＝テグジュペリの手書き原稿と、ピエール・シュヴリエによって提供された原稿のコピーなどを照合し、新たな断章をつけ加えた版になっている（Cf. *Pl II, CDL, notices*, p.1396.）。しかしこの版もけっして理想的な版とは言えないと、筆者は考えている。その理由のひとつは文体の不統一である。『城砦』には「〜がある（［まったく］ない）」という表現が特に文頭に数多く見出される。フランス語では、それには《Il est (n'est pas [point])》あるいは《Il y a (n'y a pas [point])》という表現があてられている。これはおそらくは執筆時期を表しており、サン＝テグジュペリは初め《Il est》と文語的な書き方をしていたにもかかわらず、途中から自分でも意識しないうちに、《Il y a》という口語的な言い回しに替わってしまったのではないだろうか。この表現は『城砦』の草稿の順番を考える上で、あるいは全体の構成を考える上で、ひとつの判断材料になるかも知れない。『城砦』の草稿には手書きの番号がふられているが、それが順番通りと考えることは必ずしもできないのである。

　『城砦』の手書き原稿はきわめて判読がむずかしい。サン＝テグジュペリは悪筆である上に、たいていの場合書き進めるに従って文字が右側にずれて行くという特徴がある。筆者が所有している、『城砦』の草稿の原稿ひとつを見ても、それがよく分かる（口絵〔6〕参照）。筆跡鑑定は、スイス人でジュネーブ在住の筆跡鑑定家、サン＝テグジュペリの直筆原稿の蒐集家としても知られるレナート・サッギオーリ氏による（2007 年に筆者が取得）。この草稿では、『城砦』「断章第 228 の 2」（228 bis）と左上に記載されている。後半部分は、若干の異同はあるものの、ほぼ「ルポルタージュ」「平和か戦争か」および『人間の土地』の最終章（*Terre des Hommes, Pl I*, p.280.）からの記憶に基づいた引用であると思われる。『城砦』本文のためのメモ書きのようなものと考えられる。『城砦』の草稿は本来、現在 219 に章立てされている以上の断

第1章「人間というもの」　81

　　　章があったということは、その番号からも裏づけられる。このように編集の段階で
　　　採用されなかった草稿は相当数存在することがわかっている。この草稿の執筆年代
　　　は、サッギオーリ氏の鑑定によれば1942年ということになっているが、1942年は
　　　『城砦』のちょうど中盤から終章付近にかけて執筆されていた時期にあたると推定さ
　　　れるため、実際はもう少し早い時期のものではないかと考えられる。1942年は『星
　　　の王子さま』の執筆時期とも重なっている。

(35)　『城砦』(*Citadelle, Notes des Éditeurs*, Paris, Gallimard, 1948. pp.7-9.) 参照。『城砦』
　　　は、1948年の「ガリマール社」版と1959年の「フランス出版社協会」版の「序文」
　　　だけを比較しても興味深い。「ガリマール社」版の「序文」によれば、1936年に書
　　　かれたこの作品の草稿の最初のページは次のようなものだった。「わたしはベルベル
　　　人の王であり、わが家へ帰ろうとしていた。わが財産である数千の雌ヒツジたちの
　　　剪毛に立ち会ったところだったのだ。ヒツジたちは鈴をつけてはいないが、彼女た
　　　ちは丘の斜面から星々の方へと祝福を広めている。彼女たちはただ流れる水音をま
　　　ねているだけだったが、渇きに取り囲まれたわたしたちをその音楽だけがいやして
　　　くれる……」(『城砦』*Citadelle*, Paris, Gallimard, 1948, p.7.)「フランス出版社協会」
　　　版の『城砦』には、ピエール・シュヴリエ宛の1941年9月8日付の書簡の一部が
　　　掲載されている（註34参照）。実際小説の書き出しとして採用された断章は、両者
　　　の版とも同一であり、「なぜなら、わたしはあまりにしばしば憐れみが道に迷うさま
　　　を見たからだ。しかし人々を治めるわたしたちは、彼らの心を測るすべを知ってい
　　　た。わたしたちの孤独を考慮に値する対象に許し与えるために。しかしその憐れみを、
　　　わたしは、女たちの心を苦しめるこれ見よがしな傷に対しては拒否する。瀕死の人間、
　　　死者に対しても。そしてわたしにはその理由がわかっている」(*CDL*, p.365.) とい
　　　う断章の一節である。

(36)　『人間の土地』の草稿は、おもに週刊『マリアンヌ』誌に1932年から連載されて
　　　きた記事を集めたものである。サン゠テグジュペリはその原稿の一部をフランス語
　　　版が出版される前、すでに1938年7月にルイス・ガランチエールに渡していた。
　　　『人間の土地』が出版される前、アメリカで『野生の庭園』(*The Wild Garden*) とい
　　　うタイトルのもとに、小冊子が先行出版された。フランスで『人間の土地』が出版
　　　されたのは、1939年2月のことである。英訳『風と砂と星たちと』はアメリカで
　　　1939年6月20日に出版され、7月の「今月の本 (The Book of the Month Club)」
　　　に選ばれた（『ニューヨーク・タイムズ』1939年5月30日号。《*New York Times*》,
　　　Tuesday, May 30, 1939.）。当時のアメリカの新聞は「空の詩人・哲学者 ―『風と砂
　　　と星たちと』は現代の勇気あふれる美しい本だ」という見出しで、サン゠テグジュ

ペリの顔写真付きで大きく特集を組んで紹介している（『ニューヨーク・タイムズ・ブック・レビュー』1939 年 6 月 18 日号。《*New York Times Book Review*》, Sunday, June 18, 1939.）。本は売れ続けた。1939 年 10 月 8 日号の『ニューヨーク・タイムズ』紙のベストセラーランキングでは、11 位である。―アドルフ・ヒトラーの『わが闘争』が 14 位というのも目を引く事実である（『ニューヨーク・タイムズ』1939 年 10 月 8 日号《*New York Times*》, Sunday, October 8, 1939.）― サン＝テグジュペリが 1940 年 12 月にアメリカに渡ろうとしていたとき、『風と砂と星たちと』はすでに 22 万部の売り上げを記録していた（『ニューヨーク・タイムズ』1940 年 12 月 15 日号。《*New York Times*》, Sunday, December 15, 1940.）。フランスでは、1939 年 5 月 25 日、「アカデミー・フランセーズ小説大賞」を受賞 ― プレイヤード版『サン＝テグジュペリ全集』の編者、その他伝記作者の多くは、受賞の時期を 1939 年 12 月としているが、それはおそらく授賞式の日付と受賞の決定日、それを伝える報道の日時との混同ではないかと推測される。1939 年のアカデミー・フランセーズの文学賞の発表は 5 月 25 日であり、新聞などの報道は 5 月 26 日である。日刊『ル・フィガロ』紙では一面トップ、受賞した 3 人の顔写真付きでこれを報じ、2 面では受賞した作家の詳しいプロフィールを載せている。ちなみにアカデミー・フランセーズ文学大賞を受賞したのはジャック・ブーランジェ、ルイ・バルトゥー賞はジャック・シュヴァリエだった（『ル・フィガロ』1939 年 5 月 26 日。《*Le Figaro*》, le 26 mai 1939. 参照）。アメリカでも、このニュースはフランスにおける受賞報道後すぐに報じられている、「アカデミー・フランセーズのもっとも名誉ある文学賞がアントワーヌ・ド・サン＝テグジュペリに贈られた」『ニューヨーク・タイムズ』1939 年 5 月 30 号。《*New York Times*》, Tuesday, May 30, 1940.）―アメリカでは 1940 年 2 月 13 日、「ナショナル・ブック賞」の内の「ノンフィクション愛読書賞（Award of the Favorite Non-fiction）」を受賞（『ニューヨーク・タイムズ』1940 年 2 月 14 日号。《*New York Times*》, Wednesday, February 14, 1940.）― プレイヤード版『サン＝テグジュペリ全集』の編者は、1940 年 2 月 14 日に「年間ブック大賞（le livre de l'année）」を受賞したと記載しているが、それは誤りである（プレイヤード版『サン＝テグジュペリ全集』*Pl I*, notice sur le texte, p.1011. 参照）。ちなみに 1939 年度の「ナショナル・ブック賞」を受賞した 4 人の作家リストの内もっとも上位にノミネートされたのは、経済学者で作家のエルジン・グローズクローズの冒険小説『アララット』だった。―『風と砂と星たちと』はフランスでは「小説」としての受賞だったが、アメリカでは正しく「ノンフィクション」として認識されていたことは興味深い。ピエール・シュヴリエは『アントワーヌ・ド・サン＝テグジュペリ』の中で、サン＝テグジュ

ペリが受賞したとしている「アメリカン・ブックセラー賞（Amerian Book-sellers Association Award）」受賞の事実を、筆者は確認していない（ピエール・シュヴリエ著『アントワーヌ・ド・サン＝テグジュペリ』Pierre Chevrier, *Aontoine de Saint-Exupéry*, p.213. 参照）。あるいはこれが「ノンフィクション愛読書賞」を指しているのかも知れない。

　『人間の土地』のフランス語版と英語版との間には大きな異同があり、英語版『風と砂と星たちと』の第4章「自然現象」はフランス語版にはない。したがってフランス語版の方は一章少なく8章の構成であり、英語版は9章の構成になっている。日本語訳はすべてフランス語版からの翻訳であるため、その英語版の一章は掲載されていない。この一章は「操縦士と自然の力」というタイトルで翻訳され、『人間の大地』（サン＝テグジュペリコレクション3、みすず書房、2000年刊）に収録されている。『人間の土地』は、1938年2月のガテマラでの事故後、3月末頃から療養先のニューヨークで書き始められた。フランス語版に採録されなかったその一章は、『夜間飛行』で描かれたような、パタゴニア便が直面するアンデス山脈越えの突風との戦いを描いた『風と砂と星たちと』の中で「もっとも力強い章のひとつ」と評されている。サン＝テグジュペリはフランスのガリマール社に直接電話をし、もとの原稿に挿入するよう頼んだものの、すでに組み版が終わっており印刷には間に合わなかった。週刊誌「マリアンヌ」は1939年8月16日号に、『人間の土地』の欠けたその一章を、「パイロットと自然の力」というタイトルのもとに掲載している。この章の執筆当時のサン＝テグジュペリの様子については、訳者ルイス・ガランチエールの証言が興味深い。フランスに戻ろうとしていたサン＝テグジュペリには4日間の猶予しかなかった。すでに追加原稿として渡すことを約束していたそのある程度の長さのある一章を、ガランチエールによれば、サン＝テグジュペリは、出発前のせいぜい48時間以内に、一気に書き上げたらしいということがわかっている。

(37) プレイヤード版『サン＝テグジュペリ全集』第1巻（*Pl I*,〈*Note sur le texte*〉《*Terre des hommes*》, p.1011. ）参照。

(38) 「パイロットと自然の力」（週刊『マリアンヌ』誌第356号、1939年8月16日刊行。《*Marianne*》no. 356, le 16 août 1939. *Pl I*,《*Le Pilote et les puissances naturelles*》《*Appendice*》, p.292. ）『風と砂と星たちと 』（*Wind, Sand and Stars*, New York, Reynal & Hitchicock, 1939. p.86. ）

(39) *Pl I, ibid.*, pp.287-290.《*Wind, Sand and Stars*》, pp.77-82.

(40) *Pl I, ibid.*, pp.290-291.《*Wind, Sand and Stars*》, pp.84-85.

(41) *Pl I, ibid.*, pp.293.《*Wind, Sand and Stars*》, p.88.

84   第 I 部 「人間」

（42）*Pl I, ibid.*, pp.294.《*Wind, Sand and Stars*》, p.90.

（43）『人間の土地』の土地の中にも、ファビアンが陥ったような不測の事態に雲の上を
　　飛行する場面を描いた似たような記述がある。「すると突然、雲を突き抜けたときに
　　見出されるあの静かで平坦で単純な世界が、わたしには未知の価値を帯びるのだっ
　　た。その優しさは落とし穴だった。そこ、わたしの足の下に広がる白く巨大な罠の
　　ことをわたしは想像した。想像できるだろうが、わたしの下には人間のうごめきも、
　　喧噪も、町々の活気ある荷車の行列もなく、より絶対的な沈黙とより決定的な平和
　　が支配していたのだ」（ *TH*, p.175. ）。

（44）『戦う操縦士』はフランス語版、英語版（『アラスへの飛行（*Flighi to Arras*）』ともに、
　　レイナル・ヒッチコック社から 1942 年 2 月にニューヨークで出版された。執筆時
　　期は 1941 年 1 月末頃から、春から夏にかけての入院治療をはさんで、年内、ある
　　いは遅くとも 1942 年 1 月上旬には完成されていた。フランス語版には出版社とし
　　て「フランス出版株式会社（ Éditions de la Maison Françaises, Inc. ）」という名が表
　　紙に記載されているが、これはレイナル・ヒッチコック社の別名である。レイナル・
　　ヒッチコック社はフランス語の本を出すとき、この社名を使っている。ほとんど知
　　られていないことだが、『戦う操縦士』は、実はそれとよく似た題材のもうひとつ別
　　の本、リチャード・ヒラリーの『空を突き抜けて（ *Falling Throuh Space* ）』ととも
　　に、レイナル・ヒッチコック社から同時刊行されている。リチャード・ヒラリーは
　　イギリス空軍戦闘機のパイロットで、作品の内容はおもにドイツ・イタリア空爆に
　　ついてのドキュメンタリーである。『戦う操縦士』に登場する飛行機は戦闘機ではな
　　く、ドイツ軍に占領された北フランスのアラスの町を偵察飛行する偵察機であった。
　　サン＝テグジュペリはその偵察機のパイロットを務めていた。『空を突き抜けて』と
　　『戦う操縦士』は、おそらくは書店では並べて販売されていたものと推測される。空
　　爆と偵察の違いはあるにせよ、両者はドイツ戦線を扱ったいわゆる「戦記物」とし
　　て位置づけられていたことは間違いない。『空を突き抜けて』は、連合軍側のけっし
　　て一方な視点からのみ書かれてはおらず、「レオナルド・ダ・ヴィンチの国を攻撃し
　　てよいのか、ゲーテの国を攻撃してよいのか、どうして攻撃するのか」という自問
　　自答が終始主人公にはある。『戦う操縦士』と並べて販売されていたとしても、大き
　　く見劣りする本ではなかったことは確かである。

　　　また 1942 年にドイツ軍の検閲によって、削除されたガリマール社版『戦う操
　　縦士』第 3 章冒頭近くの 7 文字「このばかげた戦争を始めたヒトラー Hitler qui a
　　déclenché cette guerre démente 」ということばは、アメリカで出版されたフランス
　　出版株式会社のフランス語版、レイナル・ヒッチコック社版の英語版ではそのまま

第1章「人間というもの」　85

認められる。フランスでは、戦後出版されたガリマール社の版でもこの7文字は欠落したままであり、日本語訳においても同様である。それは、フランスにおける版としては、1999年に改訂されたプレイヤード版『サン＝テグジュペリ全集』において初めて復活することになった。また興味深いことに、1943年の発売禁止処分を受けて、戦時中地下出版された『戦う操縦士』の版は、検閲を受けた版をもとにしていると見られ、この7文字は削除されたままである。

(45) サン＝テグジュペリはルイス・ガランチエールと1938年2月のガテマラでの飛行機事故を機会に友人となった。『戦う操縦士』の英訳に際しては、文章の校正に関して直接やりとりをしている。たとえば、サン＝テグジュペリは1942年1月付けのガランチエール宛の手紙で、最終段階の校正において、こと細かくガランチエールに修正の指示を出している。「― 165ページ5行目、『静かな』を消してくれ。― 167ページ22行目、(『わたしたちの救いについて』と書き加えてくれ) 疑いようなく、わたしには不可能なことだが。― 173ページ8行目、『見出すだろう』を『再建するだろう』に書き換えてくれ。― 172ページ冒頭、『種』にしてくれ。(『種子』が多すぎる。)〔……〕」(*Pl II*,〈*À Lewis Galantière*〉《*Lettres amicales et professionnelles*》, p. 1000.) 先にサン＝テグジュペリの文体の特徴として「くり返し」を取り上げたが、それはけっして無意味なことばのくり返しではないことが、上のガランチエールとのやりとりからもわかる。「種」と「種子」には意味上の違いはないにもかかわらず、単語を言い換えるように指示している。

　　ガランチエール訳の英語版『アラスへの飛行』とフランス語版『戦う操縦士』の二つのテクストの間には、意訳の域を超えた明らかな異同が散見される。英訳中のガランチエールとのやりとりの中でサン＝テグジュペリ自身がテクストを変更したのか、あるいはやりとりの後でフランス語の方を書き換えたのかは断定することができない。しかしおそらく英語版のテクストは、フランス語のテクストをもとに推敲されたものであろうと推測される。章立ても違っており、英語版ではフランス語版の章立てを再編成しているからである。英語版は24章構成、フランス語版は28章構成になっている。『戦う操縦士』については、最終的なテクストは英語版の方ではないかと、筆者は考えている。

(46) フランスにおける地下出版の『戦う操縦士』の版には2通りあり、ひとつは1943年12月にリヨンを拠点として対独レジスタンス運動に加わっていた印刷業者ガストン・リビィによって印刷販売された版、もうひとつは北フランスのリールを拠点としたレジスタンス・グループによって1944年に印刷販売された版である。

(47)「アメリカ人への手紙」(*Pl II*,〈*Aux Américains*〉, p.47.) この資料の複製は『イカー

ル』誌第 78 号に掲載されている（『イカール』誌、1976 年秋季号《Icare》, no 78, automne 1976, p.39. 参照）。このテクスト自体は発表されなかった。フランス情報省大臣ジュリアン・カーンは、アメリカの参戦反対の世論の指導者のひとりだったチャールズ・リンドバーグに対抗する世論を喚起するため、当時アメリカで大人気だったサン＝テグジュペリを利用しようとした。カーンは 1940 年 5 月 24 日、サン＝テグジュペリが所属する第 33 飛行連隊第 2 小隊のアリアス少佐に向け、書簡を送る（プレイヤード版『サン＝テグジュペリ全集』第 2 巻、Pl II,《Aux Américains》,《Notice》, p.1223. 参照）。サン＝テグジュペリとリンドバーグは旧知の間柄であっただけに、サン＝テグジュペリはリンドバーグの発言に大きな失望感を抱いていた。彼はこの時期以降、リンドバーグとは顔を合わせてはいない。サン＝テグジュペリは大臣の意向を受け、1940 年 6 月頃に、リンドバーグのプロパガンダに対抗してアメリカ人を参戦に向け説得する内容の文章を書いた。それは大まかに言えば、「坂道のモラル」を敷衍したような文章である。サン＝テグジュペリの論点は、小さな自国に所属するか、人類全体に所属するかという選択の必要性を訴えることにある。それがアメリカの参戦を正当化する根拠だと、サン＝テグジュペリは考えた。彼は 1940 年 6 月頃、ドロシー・トンプソンのインタビューに応じている。トンプソンは、それを彼女が連載していた『ニューヨーク・ヘラルド・トリビューン』紙 ― パリに本部を置く世界的な英字新聞 ― のコラム「時代の記録（On the record）」にサン＝テグジュペリのことばを引用しつつ、フランスの現状を報告する内容の記事を書いた。引用されているサン＝テグジュペリのことばはそれほど長いものではないが、以下のようなものである。「わたしたちはなぜこの戦争の渦中にいるのか、なぜヒトラーのような人間がいるのか、なぜわたしたちの文明全体が崩壊しようとしているのか、その理由は、事態が今までそういうものではなかったからである。わたしたちのことばと行動は同一ではない。わたしたちはある事柄を話し、それを信じていると主張するが、わたしたちが語る事柄は行動には置き換わらない。そして行動は『信念』からも『ことば』からも乖離してしまっている。そういうわけで、わたしたちは個人的にばらばらな総体ではないのに、どんな組織においても、心は分断され、社会は分断され、それゆえわたしたちはひとつの無能の集団になってしまった。自由であるということは、信頼できるということを意味する。そうでなければ、誰ひとり自由の中で安全ではいられない。<u>民主主義とは兄弟愛でなければならない</u>（A democracy must be a brotherhood）。そうでなければ、それは偽りだ。」（ドロシー・トンプソン「時代の記録」『ニューヨーク・ヘラルド・トリビューン』紙、1940 年 6 月 7 日号 21 面参照。Dorothy Thompson, 'On the reord' in《New York Herald

Tribune》, June 7, 1940.）。─プレイヤード版『サン＝テグジュペリ全集』その他の書籍で、この新聞が『ニューヨーク・トリビューン』紙と記載されているのは誤りで、正しくは『ニューヨーク・ヘラルド・トリビューン』紙である。─ それを読んだチャールズ・リンドバーグの妻アン・モロー・リンドバーグは 1940 年 6 月 7 日の日記に、こう書き記した。「ドロシー・トンプソンのすばらしい社説を読んだ。それといっしょに、なぜ戦うのかというサン＝テグジュペリのさらにすばらしい文章を読んだ。このようなすばらしい人々と反対の立場に立つことはむずかしいと思う。（あなた、サン＝テックス、それにカレル ─ わたしは D.T. をこの銀河系の中で押しやることはできないだろう！）サン＝テグジュペリが言うことばの真実はあまりに深い。だが、わたしはわたしの心の中心からそれに同意することができない」（アン・モロー・リンドバーグ『日記と書簡　1939 ～ 1944』Anne Morrow Lindbergh, *Diaries and Letters 1939-1944*, New York, Harcourt Brace Jovanovich, 1980, p.103. 参照）。

（48）サン＝テグジュペリはヴィシー政府による「国民議会（Conseil national）」のメンバーに登録されていたが、それは彼自身の意志によるものではなかったらしい。1941 年 1 月 31 日発刊の『ニューヨーク・タイムズ』の報道によれば、彼は「国民議会」を拒絶している。1941 年 1 月 31 日金曜日発行の『ニューヨーク・タイムズ』第 6 面には、小さなニュースとしての扱いながら、「サン＝テグジュペリ、ヴィシー政府の任命を嫌う」というタイトルのもとに、サン＝テグジュペリへのインタビューをもとにした短い記事が掲載されている。記事の全文は次のようなものである。「─作家にして飛行家である彼は、もし求められたていたとしたら、拒否していただろうと語る ─アントワーヌ・ド・サン＝テグジュペリ氏、フランスの飛行家であり作家である彼は、昨日のインタビューの中で、フランスの既存の政党に代わる新しい国家の母体を組織するため、フランスにおけるヴィシー政府によって任命された<u>委員会</u>（the committee）に加わる気持ちはまったくないと否定した。委員会への彼の参加の報道が、昨日ヴィシー政府から出された公文書の中に含まれていた。ド・サン＝テグジュペリ氏は、およそひと月前にアメリカにやってきたが、彼は『自分が政治家ではない』とし、書くことによって自分にできる影響力を行使する方を望むと説明した。しかし彼の参加が公式に報道されたわけではなく、『意見を求められたとすれば、わたしは現在の同意したとされることについては、そういう気持ちはなかった』と言ったのである。フランスで、その著書によって、特に若者の間で非常に多くの賞賛者を勝ち得たこの飛行家は、彼のアメリカ訪問は彼の出版社の勧めによって成されたものであり、<u>現在彼の戦争体験についての本を書いているところ</u>であり、けっしてなにかの『使命』を帯びたものではなく、その他政治的な企てではないという

ことを強調した。彼は、彼がここにいることで広まっている『うわさ』について、彼は憤慨して拒絶した。フランスで休戦協定が結ばれるまで、彼は飛行小隊を指揮していたのである。」ここで執筆中の戦争体験についての本とは『戦う操縦士』のことを指している（《*New York Times*》, Friday 31, Janualy 1941, pages 6.）。

(49)「ピエール・ダロス宛の手紙」（1944 年 7 月 30 日付）（*Pl II*,〈*Lettre à Pierre Dalloz*〉《*Lettres amicales et professionnelles*》, p.1050.）。

(50)「ピエール・シュヴリエ宛の手紙」（1944 年 7 月 30 日付）（*Pl II*,〈*Lettre à Pierre Chevrier*〉《*Lettres amicales et professionnelles*》, p.980.）。

第2章 「砂漠」のイメージ

> 「砂漠が美しいのは、どこかに井戸をかくし
> ているからだよ……」
>
> 『星の王子さま』

「不毛の土地」

「砂漠」はサン＝テグジュペリ文学の原風景であり、最も重要な舞台装置で
ある。サン＝テグジュペリの「砂漠」についての記述は多い。「砂漠」はまず
「不在」の土地として描かれる。大空の下、無限に広がる砂と砂丘以外、なに
も目に見えるもののない土地、空虚な「空間」であり、人はたったひとりそ
こで自分自身と向かい合うことになる。1927年10月19日から1929年5月
までの約1年半、サン＝テグジュペリはモロッコの中継地点の要所キャップ＝
ジュビーに中継基地主任、飛行場長として配属されていた。その地で、彼の
出版された作品としては最初の小説『南方郵便機』が執筆されることになる。
サン＝テグジュペリは「砂漠」を熟知していた。

「砂漠」は一見草木も生えず、生き物のいない「不毛の土地」である。また
同時に、一見そこは人の気配のない、砂と灼熱の太陽の光に囲まれた空虚な「空
間」「広がりの無力さ」（*CDL*, p.368.）を感じさせる「土地」でもある。サン＝
テグジュペリ自身の砂漠での遭難体験をもとに書かれた『星の王子さま』でも、
はじめて「砂漠」に降り立った「王子さま」が出会うのは「ヘビ」だが、その「ヘビ」
と会話を交わす場面で、「ヘビ」は「王子さま」に「ここは砂漠だからですよ。
砂漠にゃだれもいませんよ」（*PP*, p.285.）と言う。「王子さま」はあてもなく「砂
漠」を歩く。

90   第1部「人間」

　王子さまは砂漠をよこぎっていったが、1本の花に出くわしたきりだった。
それは花びらが3枚の、どうってこともない花だった……
　「あの、人間たちって、どこにいるんでしょうか」と、王子さまはていね
いにたずねた。
　花は、ある日隊商がとおるのを見かけたことがあったので、こう答えた。
　「人間たちですか。そうね、6、7人はいると思いますよ。なん年か前に見
たことがあります。でも、どこにいけば見つかるか、わかりませんね。風に
はこばれているんですよ。根がないものですからね、たいそう不自由してい
ますよ」（*ibid.*, p.288.）。

　「砂漠」はこのような不毛の広がりである。ひとたび飛行機が「砂漠」に不
時着するようなことがあれば、それは直接パイロットの生死にかかわる問題
となる。サン＝テグジュペリは数度、「砂漠」への墜落体験をしており、サン
＝テグジュペリは「砂漠」の怖さを知るとともに、それ以上に「砂漠」を愛し
ていた。

「砂漠の美しさ」

　サン＝テグジュペリは「わたしはいつも砂漠が好きだった」（*ibid.*, p.303）
と書いているように、彼は「砂漠」の美しさを知っており、一見無慈悲で苛
烈なこの土地を愛していた。『星の王子さま』の中で、「王子さま」は夕日を
ながめるのが好きである。小さな自分の星の上で、わずかに椅子をずらせな
がら、一日に44回も夕日を見たことがあるほど、夕日が好きだった。夕日が
好きなのはサン＝テグジュペリも同様である、特に「砂漠」の夕暮れが、彼は
好きだった。砂漠の「夕暮れ」については、『人間の土地』の中に次のような
一節がある。

　すると砂は金色に輝く（Et le sable se dore）。この惑星はなんと荒涼として
　いることか！〔……〕わたしは飛行という領域に生きている。わたしは夜が
　やってくるのを感じる。人々は寺院に引きこもるように、夜の中に閉じこも

第2章「砂漠」のイメージ　91

る。そこで人々は大切な典礼の秘密を携え、救いのない瞑想の中に引きこもる。俗世間のすべてはすでに姿を隠し、消え去ろうとしている。その景色全体は、まだ金色の光に養われているが、なにかがもうそこから姿をくらまそうとしている。そして<u>わたしは言う。わたしはなにも知らない、この時刻程に価値のあるものをわたしはなにも知らない、と</u> (je ne connais rien, je dis : rien, qui vaille cette heure-là)。飛行への愛を経験したことのあるものなら、わたしの話を理解することができるはずだ (*TH*, p.238-239.)。

　ここで彼の見た「夕暮れ」は、飛行機で上空から眺められた砂漠の「夕焼け」である。彼は「夕暮れ」がもっとも好きな景色だった。サン゠テグジュペリは砂漠を形容するとき、決まって「金色」ということばを使う。彼にとって、その「金色の」砂漠の光景、「広大な金色の地球の表面 (grandes surfaces dorées)」(*ibid.*, p.239.) は、夕暮れ時、「この時刻程に価値のあるものをわたしはなにも知らない」と最大限の賛美をもって語られるほどすばらしい眺めだったのである。

　しかし「砂漠」は、昼間は灼熱の太陽に炙られ、夜は凍りつくような寒さに凍える、寒暖の差の激しい過酷な土地である。それでもサン゠テグジュペリはその「砂漠」を愛する。

　　<u>昼の焼けるような暑さの下を、夜に向かって歩き、裸の星々の氷の下で昼の焼けるような暑さを願う</u> (Sous la brûlure du jour, marcher vers la nuit, et sous la glace des étoiles nues souhaiter la brûlure)。雪の伝説である夏と太陽の伝説である冬からなる北の国々は幸いだ。蒸し風呂のような暑さの中で、なにもさほど変化はしない熱帯は気の毒。しかし、<u>昼と夜が、単純に人間たちをひとつの希望から他の希望へと揺り動かすこのサハラもまた幸せだ</u> (heureux aussi ce Sahara où le jour et la nuit balancent si simplement les hommes d'une espérance à l'aute) (*ibid.*, pp.228-229.)。

　「昼の焼けるような」暑さの中で、夜の「氷」のような寒さを思う。そして「裸の星々の氷」の下で、昼の「焼けるような暑さ」を願う。「砂漠」は過酷な土

92 第Ⅰ部「人間」

地でありながら、サン゠テグジュペリが「砂漠」を愛するのは、そこに「希望」
があるからである。「ひとつの希望から他の希望へと」移るように、人々は昼
を生き、夜を過ごすからである。

「砂漠」はただ「渇いた」「不毛」の広がりであるだけではなく、「美しい土地」
であることも確かなのである。「砂漠」はその昼の過酷さに比べて、夜が美し
い。サン゠テグジュペリは「砂漠」の夜の美しさについてしばしば語ってい
る。たとえば『人間の土地』の中では「砂漠」このように美しく描かれている。
「以前分厚い砂漠の地方に不時着して、わたしは夜明けを待っていた。<u>金色の
砂丘はその流れるような光を月に与えていた。</u>陰になった斜面は光の境界線
のところまで登っていた。陰と月光の砂漠の造船所の上には、中断された仕
事と同じように罠の沈黙が支配していた。その中心でわたしは眠りについた」
(*ibid*, p.206.)。彼はまた、砂漠の中継地で働いていたときの思い出を次のよ
うに綴っている。「砂漠」は夜も美しい。

　　<u>砂漠の要塞のテラスで星々と語り合って過ごした夜もまた本当の話だ。</u>見
　張るものといえばほかにはなかった。飛行機に乗っているときと同じように、
　今度は不動のものとして星々はそこにすべてそこにそろっていた。
　　飛行機に乗っていて夜があまりに美しすぎると、飛ぶがままに任せ、もう
　操縦をしない。〔……〕そしてゆっくりと機体を立て直す。すると村は本来
　の場所に戻る。落としてしまった<u>星座</u>(la constellation)をもとの場所に戻す。
　村だって。そうだ。星の村だ。しかし要塞の高台から眺めると、凍ったよう
　な砂漠、不動の砂の波しかない。<u>星座はきちんとあるべき場所にある</u>(Des
　constellations bien accrochées)(*ibid*., p.217.)。

「砂漠」の美しさがもっとも印象的に描かれているのは『星の王子さま』に
おいてではないだろうか。

　「星が美しいのは、目に見えない花のせいさ……」
　わたしは「もちろんそうさ」と答え、それから、なにもいわずに月の光に
　照らされた砂丘のつらなりをながめていた。

第2章「砂漠」のイメージ　93

「砂漠ってきれいだな（Le désert est beau）」と、王子さまは言った……

それはほんとうだった。わたしはいつも砂漠がすきだった。砂丘にすわる。なにも見えない。でも、なにかがだまって光っているのだ……

「砂漠が美しいのは、どこかに井戸をかくしているからだよ（Ce qui embellit le désert, c'est qu'il cache un puits quelque part）……」と、王子さまは言った（*PP.*, p.303.）。

「わたし」と「王子さま」のふたりは、「砂漠」の中に「井戸」を探して、あてもなく夕日の中を歩き始める。『星の王子さま』の「砂漠」の描写には、「砂漠」の隅々まで知り尽くしていたサン゠テグジュペリならではの経験が生かされている。

「孤独」と「不在」の土地

『人間の土地』の第6章「砂漠の中で」には、サン゠テグジュペリのキャップ゠ジュビー滞在中に経験した逸話が数多く記されている。そこは「大海原に迷い込んだ小島ほどに、どんな人間の生活からも隔絶された」（*TH*, p.216.）場所だった。そこでの彼の生活はきわめて質素なものだった。「わたしはキャップ゠ジュビーで数ヶ月間、飛行場長を勤めるだけのただのパイロットであり、すべての財産として、スペインの要塞を背に建つバラックひとつと、そのバラックの中に洗面器ひとつ、塩水の入った水差しひとつ、短すぎるベッドひとつを持っているだけだった」（*ibid.*, p.227）。彼にはもうひとつ、モール人の奴隷で召使いのバルクと呼ばれる老人がいた。彼の住むバラックは海に面していた、スペインの要塞をのぞけば、それ以外は「砂漠」に取り囲まれていた。サン゠テグジュペリはまず、「砂漠」について次のように述べている。

わたしは孤独を知っている（je connais la solitude）。砂漠の3年間がわたしに孤独の味をしっかりと教えてくれたのだ（Trois années de désert m'en ont bien enseigné le goût）。そこでは、鉱物質の風景の中ですり減ってゆく

94   第 I 部「人間」

若さを恐れることはない。自分から遠く、老いて行くのは世界全体のよう
に思われるからだ。木々は果実を実らせ、大地は小麦を生み、女たちはも
うすでに美しい。しかし季節は進む。急いで帰るべきだろう……地上の富
は、砂丘の細かい砂のように指の間から滑り落ちて行く (les biens de la terre
glissent entre les doigts comme le sable fin des dunes)。

　　人間は普通、時の流れを感じることはない。彼らはかりそめの平和を生き
ている。しかしわたしたちはそれを感じていた。ひとたび寄港地にたどり着
いたにもかかわらず、あの貿易風が相変わらず前進するようにと、わたした
ちを押しやるような時には (ibid., p.214.)。

　　サン＝テグジュペリは「砂漠での 3 年間がわたしに砂漠の味を教えてくれ
たのだ」と書いているが、ここで「3 年間」と記されているのは、1927 年か
ら 1929 年までの日付を指しているだけであり、実際は正味 1 年半程である。
そして彼はキャップ＝ジュビーで「砂漠の味」を知り、「孤独」を知った。し
かしこのことばは、彼のまわりに誰も人がいなかったということを意味して
はない。現地人の部落もそばにあったし、スペインの領地が実効支配してい
たキャップ＝ジュビーには、兵士たちも、また総督もいた。いざとなったとき、
モール人から身を守ってくれるのはスペインの駐留軍だったのである。さら
に彼には召使いのバルクがいたし、猿やフェネックなどさまざまな動物も飼
っていた[1]。サン＝テグジュペリがここで言う「孤独」とは必ずしも、まわり
に何もないという意味ではないのである。「わたしは孤独を知っている」とい
うことばは、ひとりぼっちで寂しいという意味ではなく、「自分自身と向き合
うことを妨げるもの」の「不在」という意味に理解すべきである。実際「砂
漠」の中での思索がサン＝テグジュペリにもたらしたものは非常に大きかった。
「最初に旅をしたときから、わたしは砂漠の味を知った (j'ai connu le goût du
désert)」(ibid., p.216.) と彼は書いているが、「砂漠」という「不在の土地」で、
人が「知る」「味」とは、まず「孤独」の「味」に他ならない。「不在の土地」
では「地上の富は、砂丘の細かい砂のように指の間から滑り落ちて行く」と
あるように、あらゆる人間の「目に見える」富、豊かさは、そこでは虚しい
ものになってしまう。サン＝テグジュペリの作品の中で「砂漠」における「孤

独」を描いた記述は数多い。そしてさらに興味深いことは、彼が「砂漠」における その「孤独」、そして「砂漠」そのものを内面化していることである。

　〔……〕わたしたちは砂漠を愛した（nous avons aimé le désert）。
　砂漠は一見空虚さと沈黙に過ぎないのは、砂漠が一時の恋人には身を委ねないからである。〔……〕人間の帝国は内面的なものだ（L'empire de l'homme est intérieur）。そうして砂漠は、砂やトゥアレグ人や武装したモール人たちからできているのではまったくない。
　今日わたしたちは渇きを知った。わたしたちが知っていた井戸が砂漠の広がりの上に光を放っているのを、わたしたちは見出すだろう。目に見えないひとりの女は家中に魔法をかけることができる。井戸は、愛と同じように遠くまで及ぶものだ。〔……〕
　わたしたちはゲームの規則を承認した。ゲームはその姿にわたしたちを作り上げる。サハラ砂漠、それが姿を現すのはわたしたちの内部においてなのだ（Le Sahara, c'est en nous qu'il se montre）。砂漠に近づくこと、それはオアシスを訪ねることではない。それは泉をわたしたちの宗教にすることなのだ（c'est faire notre religion d'une fontaine）（ibid., p.215.）。

　「砂漠」を真に「知る」ということは、「砂漠」の外面的な特徴、その「空虚さと沈黙」を「知る」ことではない。「サハラ砂漠、それが姿を現すのはわたしたちの内部においてなのだ」と、サン＝テグジュペリは書いているように、真に「砂漠」を「知る」ことは「砂漠」を内面化することに他ならない。「人間の帝国は内面的なもの」である。「わたしたちにとって砂漠とはなにか。砂漠はわたしたちの内部に生まれるものだった（Le désert pour nous？ C'était ce qui naissait en nous）」（ibid., p.218.）。「砂漠」という「渇き」の「土地」を内面化すること、それは「泉をわたしたちの宗教にすること」、つまり「泉」という現実の存在をいわば「目に見えない」「崇拝」の対象にすることである。「砂漠」という「渇き」の「土地」とわたしたちの心がひとたび同化するとき、「井戸」も「泉」も、わたしたちの「宗教」、つまり「心の糧」になる。「砂漠」はまた、その外見上の「不毛さ」とは裏腹に、人間の心に「思索」という「豊かな」

96 第Ⅰ部「人間」

果実をもたらす「土地」へと変貌するのである。さらに注目すべきことは、「泉」あるいは「井戸」はほとんどの場合、サン゠テグジュペリにとって「内面の」「泉」であり、「心」の「井戸」であるということである。『星の王子さま』の中で、「わたし」は「王子さま」という不思議な少年に連れられて「井戸」に向かい、それを見出すが、見出された「井戸」は「砂漠」にあるような「井戸」ではなかった。それは「わたし」が少年時代に練れ親しんだ田舎の民家の「井戸」と同じだったのである⑵。それはつまり、「わたし」が「王子さま」と歩いた「砂漠」の道のりは、実は「わたし」の記憶の奥底への遡行の道程であり、「わたし」がそこに見出した「井戸」は「わたし」の心の中にある少年時代の「井戸」だったとも読み取ることができる。「〈砂漠を知ること〉は泉をわたしたちの宗教にすることなのだ」と書かれているが、「わたし」が見出したその「井戸」から飲んだ「水」は「心にいい水」だった。神に祝福された少年時代の「井戸」の「水」は、ちょうどイエスがサマリアの女に約束した「水」、「わたしが与える水を飲むものは決して渇かない」⑶と、イエスが言う「心にいい水」を連想させ、「渇いている人はだれでも、わたしのところに来て飲みなさい。わたしを信じるものは、聖書に書いてあるとおりその人の内から<u>生きた水</u>（eaux vives）が川となって流れ出るようになる。」⑷と『聖書』に書かれている「生きた水」のイメージとなって自然に心に思い浮かぶだろう。そうするとこの導き手である「王子さま」に、幼子キリスト、イエスの面影を投影したいという思いが浮かぶことも、けっして不自然なことではない。

　「砂漠」は「不在の土地」である。砂漠での遭難体験のひとつを回想した『人間の土地』の記述の中に、次のような一節を見出すことができる。

　　〔……〕わたしは砂漠に墜落したこの肉体ではもはやなかった。わたしはその家の子どもであり、そこではたくさんの思い出とにおいと、玄関の涼しさと、家を活気づけるたくさんの声があふれていた。沼の蛙の鳴き声さえもがわたしのところにやってきた。わたしにはわたし自身を認識するために（me reconnaître moi-même）無数の目印が必要だったのだ。<u>砂漠の味がどんな不在でできているのかを知るために</u>（pour découvrir de quelles absences était fait le goût de ce désert）。蛙さえもが沈黙する<u>無数の沈黙でできたこの</u>

沈黙にひとつの意味を見つけ出すために（pour trouver un sens à ce silence fait de mille silence）（*ibid.*, p.207.）。

「砂漠」という「無数の沈黙でできたこの沈黙」は彼に夢想をかき立てる。そして「砂漠の沈黙」に「ひとつの意味」を見つけること、それはとりもなおさず、「砂漠の味がどんな不在でできているのかを知る」ことであり、それはまた「わたしがわたし自身を知る」こと、自分自身と出会うことなのである。サン゠テグジュペリにとっては、その舞台装置として「砂漠」が必要だったというのである。サン゠テグジュペリの作品の中で「砂漠」における「孤独」を描いた記述は数多い。彼は「砂漠」におけるその「孤独」、「砂漠」そのものを内面化してゆく。

砂漠はわたしたちにとってなんだろう。それはわたしたちの中で生まれつつあるものだった（Le désert pour nous ? C'était ce qui naissait en nous）。わたしたちがわたしたち自身について知りつつあるものだ（Ce que nous apprenions sur nous-mêmes）。わたしたちもまた、その夜、従妹や大尉を愛していたのだ……（*ibid.*, p.218.）。

「砂漠」は「不在の土地」であり、そこにおいて人間は極限まで「孤独」だが、その極限状態において、「砂漠」は「目に見えるもの」の「不在」の土地になる。そして「砂漠はわたしたちにとってなんだろう。それはわたしたちの中で生まれたものだ」と言うことができるほどに、「砂漠」は「自分自身」との出会いを可能ならしめる特権的な土地になるのだ[5]。あるいは「神」との出会いを可能ならしめるほどに。舞台装置のない舞台こそが、心のドラマを展開する上でもっとも好都合な舞台なのである。『聖書』において「砂漠」が象徴的に「神」との「出会い」の場所であったように、サン゠テグジュペリにおける「砂漠」も「出会い」の場所である。かねてから聖人は「砂漠」へと赴いた。サン゠テグジュペリと同様、シャルル・ド・フーコー神父は「砂漠」に向かった。ジャン゠リュック・マキサンスはその著『砂漠の呼び声』の中で、フーコー神

父とサン＝テグジュペリとの類似について述べている[6]。「なにもない土地」「不在の土地」は、「自己自身」との「出会い」の場所、あるいは他者との真の「出会い」を妨げるものの「不在」の場所である。聖者にとっては「神」との「出会い」を妨げるものの「不在」の土地なのである。「砂漠」はひとたび内面化されたとき、それはもはや「不毛な土地」ではなく、豊かな精神的実りをもたらす「内面の土地」に変容するのである。そして「砂漠」の「井戸」は「人間」の「心」の中にもあるものなのだ。

「渇き」の土地

『人間の土地』の「砂漠のただ中で」という章には、サン＝テグジュペリ最大のリビア砂漠での遭難事故の体験についての記述があるが、サン＝テグジュペリとプレヴォーがベドウィンの遊牧民に救助されるまで3日間歩き続け、まったくなんの手がかりのない「砂漠」のただ中で、彼らが決断した進路は、最終的には「東北東」の方角だった。

　3日後、決定的にわたしたちの機体を見捨て、転倒するまでまっすぐに歩くことを決めたとき、わたしたちが出発したのはまだ東の方角だった。正確に言えば、東北東の方角 (vers l'est-nord-est) だ。それはすべての理性的判断に反すると同時に、あらゆる希望にも反していた。ひとたび救助されてみて、他のどんな方角に向かっても、わたしたちは生還する見込みはなかったということが、あとでわたしたちにはわかることになる。なぜなら、北の方角へ向かった場合、力尽き果て、海までたどり着くこともできなかっただろうから。それがわたしにはどれほどばかげたものに映ったとしても、わたしたちの選択に重きをなすどんな示唆もなかったために、かつてあんなにも探し回った友人ギヨメをアンデスで救ったというだけの理由から (pour la seule raison qu'elle a sauvé mon ami Guillaumet dans le Andes)、わたしはこの方角を選んだように、今になって思えるのだ。その方角は、わたしにとって、漠然となりながら生命へとむかう方角 (la direction de la vie) になっていた

のだ（*TH*, p.247.）。

　サン＝テグジュペリとプレヴォーは、あらゆる論理的な判断を無視し、親友ギヨメをアンデスで救ったというだけの理由から、「東北東」の方角に歩き、奇跡的に救助される。生死のぎりぎりの境界において、無意識にせよ親友を救出したときの方角を目指したということは、彼らの「絆」の強固さを改めて感じさせる事実である。

　救助されるまでの3日間、サン＝テグジュペリは「渇きの土地」で生死の境をさまよう。リビア砂漠はサハラ砂漠より過酷な土地である。サハラ砂漠では40パーセントの湿度があるにもかかわらず、リビア砂漠では18パーセントしかない。「生命は水蒸気のように蒸発してしまい、〔……〕飲まずにいれば、19時間しかもたない」（*ibid.*, p.251.）。彼は「渇きの土地」を次のように描いている。

　　西風が吹いている。それは人間を19時間で干からびさせる風だ。ぼくの食道は、まだ閉ざされてはいないが、こわばって痛い。なにかがこするようなものが、もうそこにはある。〔……〕わたしは大きな心の干からび以外、わたしの中になにも見出さない。もう倒れそうだが、ちっとも絶望感はない。苦しみさえもない。わたしにはそれが懐かしい。苦しみさえ、わたしには水のように甘く感じられるだろう（le chagrin me semblerait doux comme l'eau）。人は自分を憐れみ、友人のように自分を嘆く。しかしわたしにはもうこの世に友人はいないのだ（je n'ai plus d'amis au monde）（*ibid.*, p.265-266.）。

　「渇き」の極限状態にあって、もはや苦痛さえも感じない彼は、死の一歩手前にあると言うことができる。「苦痛さえ、わたしには水のように甘く感じられるだろう」という一文は悲痛である。その苦しみを一層深刻なものにしている感情は、「わたしにはもうこの世に友人はいないのだ」という孤独感である。熱砂の上を一日中歩き回り、飛行機のある場所に戻ったときのサン＝テグジュペリのしみじみとした感慨は次のようなものだった。「わたしたちは焚

き火に火を付けるのに、夜が真っ暗になるまで待った……　しかし、<u>人間たち</u>
<u>はどこにいるのだろう</u>（où sont les hommes ?）……」（*ibid.*, p.239.）。「砂漠」
は「孤独」の土地でもある。この問いかけのことばは読者の胸に迫る。サン＝
テグジュペリは『星の王子さま』において、「砂漠」に降り立った「王子さま」
が「ヘビ」に出会う場面で、この同じ問いを「王子さま」に言わせている。「『<u>人</u>
<u>間たちはどこにいるの</u>（Où sont les hommes ?）」と、ようやく王子さまはい
った。『<u>砂漠にいると、ぼくちょっとひとりぼっちだって気がするよ</u>……（On
est un peu seul dans le désert）』」（*PP.*, p.286.）。サン＝テグジュペリは書く、「わ
たしたちは飲むものを求めている。だが<u>わたしたちはまた人と通じ合うこと</u>
<u>を求めているのだ</u>（nous demandons aussi à communiquer）」と（*TH*, p.249.）。
彼らの「焚き火」は無駄だった。それは「聞き届けられることができない祈り」
（*ibid.*, p.250.）のように消えてしまう。サン＝テグジュペリは人を探し、せめ
てもその痕跡を求めて炎天下の「砂漠」を「渇きに死にそうになり」（*ibid.*,
p.255.）ながら歩き回る。町や修道院の蜃気楼が見えては、そして消えて行く。
とうとう彼は次のように叫ぶ。

　　そうだ、戻ることにしよう。でもまずは人間たちを呼ぼう。
　　─おーい！
　　<u>なんてことだ。この惑星には人間が住んでいるというのに</u>（Cette planète,
　bon Dieu, elle cependant est habitée）……
　　─おーい！　人間たち！　……
　　声がかれる。もう声が出ない。こうして叫んでいる自分がばからしく感じ
　られる……　だが、もう一度声を上げてみよう、
　　─人間たちよ！（*ibid.*, p.256.）

　この叫びは、「水」を求める人間の叫びであると同時に「出会い」を求める
「孤独」の叫びでもある。この一節は『星の王子さま』の中で、地球に降り立
った王子さまが、地球全体を見渡すために高い山に登り、友だちを求めて次
のように呼びかける声に不思議なほど共鳴している。

「こんにちは」と、王子さまは、いきあたりばったりに呼びかけてみた。

「こんにちは…… こんにちは…… こんにちは…… 」と、こだまが答えた。

「だれなの」と、王子さまがは聞いた。

「だれなの…… だれなの…… だれなの…… 」と、こだまが答えた。

「友だちになって、ぼくひとりぼっちなんだ」と、王子さまは言った。

「ひとりぼっちなんだ…… ひとりぼっちなんだ…… ひとりぼっちなんだ
…… 」こだまが答えた（*PP*, p.289.）。

「この惑星には人間が住んでいる」はずなのに、「砂漠」の中の「わたし」
と同様、「王子さま」も人間に出会うことができない。「ぼく、ひとりぼっち
なんだ」ということばは、こだまとなってはね返り、いっそう強く王子さま
の孤独を印象づけている。

　サン゠テグジュペリの遺作『城砦』においても『星の王子さま』同様、主
な舞台は「砂漠」である。この小説は彼にはめずらしく一人称で書かれ、「砂
漠」の王国の父王がその息子である「わたし」に向かって、教訓的な話をし
て聞かせるという設定、あるいは「わたし（王）」の独白が主な形式である。
『人間の土地』に描かれていた「渇きの土地」のイメージは、『城砦』の中では、
次のような一節の中にその反響を聞き取ることができる。たとえば冒頭近く、
第1章に次のような文章を見出すことができる。

　太陽は地下の蓄えの水までも飲み干し、まれにしかない井戸の水をのん
でしまった（Il absorba jusqu'aux réserves souterraines et but l'eau des puits
rares）。そして砂漠の金色のかがやきまで飲み干してしまったため、砂漠は
あまりに空虚で白いものになり、われわれはその地方を「鏡」と名付けた
ほどだった。というのは、鏡はもはやなにも持たないのに、それがいっぱい
に映す像は重さも、寿命もないからだ。鏡はときとして塩の湖のように、わ
たしたちの目を焼くのだ。〔……〕光の鳥もちにくっついたまま、彼らは歩
いていると思い込んでいる。永遠に呑み込まれたまま、彼らは生きていると
信じている。彼らは隊列を前に進める、どんな努力もその広がりの不動性に

は打ち勝つことができない場所で。存在もしない井戸に向かって歩きながら（Marchant sur un puits qui n'existe pas）、夕暮れ時の涼しさを喜ぶ。もはやそれも無駄な猶予であるにもかかわらず（*CDL*, p.368.）。

「太陽は地下の蓄えの水までも飲み干し、まれにしかない井戸の水をのんでしまった」とあるように、実際「砂漠」には滅多に「井戸」は存在しない。そして「砂漠」が人に引き起こす「渇き」と「井戸」が与える「水」のうるおい。「砂漠」と「井戸」はこのように対照的な一対のイメージである。『星の王子さま』には、「存在もしない井戸に向かって行きながら」、「王子さま」と「わたし」が「砂漠」の中の「井戸」を求めて果てしなく歩く場面が思い出されるが、「王子さま」と「わたし」は謎めいた「井戸」を見つけるにもかかわらず、『城砦』にはそのような、おとぎ話的な要素はないのである。

「出会い」の土地

しかしサン゠テグジュペリはこのように「通じ合う」ことの不可能性を具象化した「不在」の「土地」である「砂漠」を、「出会い」の「土地」、正確に言うならば、真の「出会い」を妨げるものの「不在」の「土地」として描くことになるだろう。愛機コードロン・シムーン機でリビア砂漠に同僚のプレヴォーとともに不時着。3日間ほとんど飲まず食わずで歩き通した彼は、生と死のぎりぎりの一線で救われるが、彼らを救ったベドウィンの遊牧民との「出会い」は次のように描かれている。

アラビア人はただわたしたちを見つめただけだった。彼は手でわたしたちの肩を押した。わたしたちは彼のするとおりにした。わたしたちは寝そべった。ここにはもはや人種はない、言語も差別も…… あるのは、わたしたちの肩の上にその大天使の手を置いた貧しいこの遊牧民だ（Il y a ce nomade pauvre qui a posé sur nos épaules des mains d'archange.）。〔……〕
水！
水よ、おまえには味も、色も、においもない。おまえを定義することはで

きない。おまえが誰かを知らず、ただ味わうだけだ。おまえが命にとって必要なのではない。おまえが命なのだ。おまえはわたしたちに、感覚によっては説明できない喜びを流し込む。おまえによって、わたしたちの内にあきらめていたあらゆる力が戻って来る。おまえの神の恵みによって、わたしたちの内に、私たちの心の枯れたすべての泉が開くのだ（Par ta grâce, s'ouvrent en nous toutes les sources taries de notre cœur.）（*TH*, pp.267-268.）。

『人間の土地』のこの箇所は、サン=テグジュペリの一種神秘的な体験として受け取ることもできるかも知れない。彼の「肩に手を置いた」貧しい遊牧民を、彼は「大天使」と呼ぶ。さらに「おまえの神の恵みによって、わたしたちの内に、私たちの心の枯れたすべての泉が開くのだ」という表現は、明らかに、先に述べた『聖書』「ヨハネによる福音書」の「渇いている人はだれでも、わたしのところに来て飲みなさい。わたしを信じるものは、聖書に書いてあるとおりその人の内から生きた水が川となって流れ出るようになる。」というイエスのことばが下敷きになっている。さらに、その「生きた水」は、『星の王子さま』に描かれている「心にいい水」を連想させる。「水」は「生命」を支える物質というだけではなく、それは「心」にいいもの、「心の泉」でもあるのだ。

　地球にたどり着いた王子さまが最初に降り立った場所は「砂漠」である。『星の王子さま』のドラマ後半の舞台が「砂漠」であることには特別な意味がある。

　　王子さまは砂漠をよこぎっていったが、1本の花に出くわしたきりだった。
　　それは花びらが3枚の、どうってこともない花だった……（*PP*, p.288.）。

「砂漠」はこのように広大な砂の土地であり、「目に見えるもの」としての「砂漠」は生きもののいない、果てしなく不毛な広がりにすぎない。ところが、それがこの小説の中では重要な意味を持っている。「目に見えるもの」の「不在」の土地である「砂漠」は、逆に「目に見えないもの」を見ることを妨げるものの「不在」の土地として、私たちの前に立ち現れる。「舞台装置」のない舞台こそが、まさしく『星の王子さま』のドラマを展開する上で好都合な舞台

104　第 I 部「人間」

なのである⁽⁷⁾。「砂漠」で「わたし」は、不思議な少年「王子さま」と出会う。
この「出会い」は、サン゠テグジュペリがリビア砂漠でベドウィン人と出会い、
救われたように、「わたし」の忘れかけていた「子どもの心」を蘇らせてくれる。
しかも「王子さま」はまるで奇跡のように、「わたし」の「渇き」をいやす「井
戸」に導く。「わたし」の「渇き」は体の「渇き」だけではなかった。その「井
戸」の「水」は、イエスがサマリアの女に約束した「水」、「わたしが与える
水を飲むものは決して渇かない」という、「心にいい水」だったのである。

　「王子さま」は「わたし」と「出会う」前に、「キツネ」と出会い、お互い
離れられない仲になっていた。「王子さま」が「キツネ」と出会った場所は、
厳密に言えば「砂漠」ではない。「王子さま」は「バラの園」からの帰り道で
「キツネ」と出会う。「キツネ」の巣穴のイラストも周囲が緑色に塗られており、
草原を思わせる。しかしこの「キツネ」は明らかに、サン゠テグジュペリに
とって親しい存在だった「砂漠のキツネ」、フェネックである。『人間の土地』
の中でサン゠テグジュペリがフェネックの足跡を辿り、巣穴まで行く場面があ
るが、「キツネ」の巣穴も地面に掘った穴として、それに似せて描かれている。
そして「仲良くなること」を「キツネ」は「絆を作る (créer des liens)」と表
現する。「絆」は晩年のサン゠テグジュペリにとって、鍵となる重要な概念の
ひとつであり、彼は『戦う操縦士』以降、『城砦』へと「絆」のイメージを展
開して行くだろう。

　先に述べたように、「砂漠」は「不毛」の土地であると同時に「渇き」の土
地である。飛行機の修繕もうまくゆかず、貯えの水もなくなってしまい「の
どがかわいて死にそう」(ibid., p.302.) な「わたし」の様子を見て、王子さま
は「ぼくものどがかわいちゃった……井戸をさがそうよ……」(ibid., p.303.)
と申し出る。果てしない「砂漠」の中で井戸を探すのはばかげているとは思
いながらも、「目に見える」「砂漠」に隠された「目に見えない」「井戸」を探
して、「わたし」は王子さまとともに歩き出す。

　　「砂漠ってきれいだな」と、王子さまはまたいった。
　　それはほんとうだった。わたしはいつも砂漠がすきだった。砂丘にすわる。
なにも見えない。なんにも聞こえない。<u>でも、なにかがだまって光っている</u>

第 2 章「砂漠」のイメージ　105

のだ……（Et cependant quelque chose rayonne en silence...）

　「砂漠が美しいのは、どこかに井戸をかくしているからだよ……」と、王子さまがいった（Ce qui embellit le désert, dit le petit prince, c'est qu'il cache un puits quelque part...）。

　わたしはとつぜん、この砂のふしなかがやきの意味がわかった（Je fus surpris de comprendre soudain ce mystéieux rayonnement du sable.）。まだ小さなこどもだったころ、わたしは古い家に住んでいた。その家には、なにか宝がうまっているという、いいつたえがあった。〔……〕家全体が魔法にかかっているようだった（il enchantait toute cette maison.）。わたしの家は、そのおく深くに、ひとつのひみつをかくしもっていたんだ（Ma maison cachait un secret au fond de son cœur...）。

　「そうさ」と、わたしはいった。家にしろ、星にしろ、砂漠にしろ、その美しさのみなもとは、目には見えないんだ！（ce qui fait　leur beauté est invisible）」（ibid., pp.303-304.）。

　「目に見える」「砂漠」には「目に見えない」「井戸」が隠されている。それは「ひっそりと光っている（rayonne en silence）」。「わたし」は「砂漠」が「光る（rayonnement）」わけがわかったと思う。「砂漠」の「井戸」はちょうど「古い家」の地下に隠された「宝」のようで、「家」がその「宝」によって「魔法にかかって（いた）（enchantait）」のと同じように、「砂漠」は隠された「井戸」によって「光る」というのである。作者は「砂漠」の「光」あるいは「砂漠」が「光る」と言うとき、決まって〈rayon〉ということばとその派生語〈rayonner〉、〈rayonnement〉という語を用いていることに注目したい。実は、「砂漠」に隠された「光る」「井戸」のイメージは『星の王子さま』だけに限ったものではなく、例えば『人間の大地』には、上の一節と非常によく似通った次のような箇所がある。

　今日私たちは渇きを知った。今日になってはじめて私たちの知っていたあの井戸が砂漠の広がりの上に光っていることに気づくだろう（il [ce puits] rayonne sur l'étendue.）。ひとりの目に見えない女性はこうして家全体に魔法をかけることができる（Une femme invisible peut enchanter ainsi toute une maison.）。井戸（Un puits）は愛と同じように遠くまでおよぶものだ（*TH*, p.215.）。

　ここでもやはり「井戸」は「砂漠」の上に「光る（rayonne）」。そして「砂漠」は「目に見えない」「女性」によって「魔法をかけられた」「家」に喩えられている。「家」の地下に埋められている「宝」も、「家」を魔法にかかったように美しいものに見せる姿の見えない「女性」も、「砂漠」を美しく輝かせる「目に見えない」「井戸」のメタファーであることは明らかである。では、「光」あるいは「輝き」を表すフランス語は数多くあるにもかかわらず、作者がこの語を反復するのはなぜだろうか。「光る」「輝く」を表すフランス語の動詞といえば、〈briller〉（光り輝く）、〈scintiller〉（きらきら光る）、〈luire〉（つややかに光る）、などという語がすぐに思い浮かぶ。「砂漠」が「光る」、「水」が「光る」のであれば、〈rayonner〉（光線を放つ）よりはむしろ〈briller〉や〈scintiller〉などの方がずっと適当であるような気がする。しかし、ここにはおそらくけっして見過ごすことのできない理由があるはずである。〈rayonner〉とそれ以外の動詞を比べて明らかなことは、〈rayonner〉以外の動詞がどれも「光」の「反射」であるのに対して、〈rayonner〉は「光源」からの「光」であるということである。これらのテクストに表された「光」は「反射」ではなく「光源」からの「光」でなければならない。その「光源」こそが「井戸」であり、「砂漠」に「目に見えない」「光源」— フランス語で〈source de lumière〉（光の泉）— 隠された「井戸」があることを表現するためには、おそらく〈rayonner〉以外の動詞はあり得なかったのではないだろうかと想像されるのである。

　「ぼく」と王子さまは「砂漠」に隠された「目に見えない」「井戸」を求めて、あてもなく歩き出した。のどが渇いて死にそうな「ぼく」のかたわらで、王子さまの方はさほど渇きに苦しめられているようには見えない。「ぼくは」王子さまに次のように尋ねる。

　　「じゃあ、きみものどがかわくんだね」と、わたしは王子さまにきいた。
　　王子さまはわたしの質問には答えず、ただ、こう言っただけだった。
　　「水は、心にもいいのかもしれないな（L'eau peut aussi être bonne pour le cœur）……」（*PP*., p.303.）。

第2章「砂漠」のイメージ　107

「水は、心にもいいのかもしれないな（L'eau peut aussi être bonne pour le cœur）……」という王子さまのことばは[8]、二人が一晩中「砂漠」を歩き通して、やっと見つけた井戸から汲んだ水を飲んだときの「わたし」の気持ちとみごとに呼応している。王子さまは言う。

　　「ぼく、その水のみたいな（J'ai soif de cette eau-là）。飲ませて」と、王子さままは言った。
　　そのときわたしにはわかったんだ。王子さまの探していたものが。
　　〔……〕それは、お祭りの日のようにおいしい水だった。食べものとはちがうものだった。星空の下を歩き、かっ車の音楽と、一生けんめいうででもち上げて、やっとのんだ水だったからだ。それはプレゼントのように、心にいいものだった（Elle [l'eau] était bonne pour le cœur comme un cadeau.）（ibid., pp.306-307.）。

「ぼく、その水のみたいな」と訳されている〈J'ai soif de cette eau-là〉は、そのまま訳せば「ぼくはその水に渇いている」である。ただ喉が渇いているわけではない、どんな水でもいいからのみたいわけではない。「その水」に渇いている、と王子さまは言っている。「それ〔水〕はプレゼントのように、心にいいものだった」。王子さまの言うとおり、「水」は「心にもいいもの」であることに、「わたし」は気づいた。「食べものとはちがうもの」、物質としての、「目に見えるもの」としての「水」ではなく、「心にいいもの」、「目に見えないもの」を「心」に感じさせてくれる「水」だったからなのである。この「心」にいい「泉」のイメージは『城砦』の中にも見出される。たとえば次のような一節がある。

　　〔……〕その子どもはまばたきをする。眠りから覚めたばかりだからだ。そして彼は眠りから引き離されたみずみずしい子どもの香りをさせて、おまえの膝の上にいる。おまえが彼を抱きしめるとき、彼は首のまわりに、おまえがそれに渇いている心の泉のようななにか（quelque chose qui est fontaine pour le cœur et dont tu as soif）を、おまえのために作り出す。（子どもたちの中にあって、彼らはまったく知ることができずにいる泉、心老いたすべて

108 第I部「人間」

のものが飲みに来て若返る泉 (une source qui est en eux et qu'ils ne peuvent
point connaître et à laquelle tous viennent boire, qui ont vieilli de cœur, pour
rajeunir) から彼らが奪い去られることは、子どもたちにとってとても不愉快
なことだ。) しかし口づけはまだされていない。子どもは樹を見る。おまえ
は子どもを眺める。なぜなら、年に一度雪の中に咲くめずらしい花のような
すばらしい驚きを摘み取ることが問題なのだから (*CDL*, p.624.)。

『城砦』の中で、父王が「わたし」に向かって言う、「わたしが望んでいるのは、
彼らが泉の生きた水 (eaux vives) を愛することだ」 (*CDL*, p.370.) ということ
ばがあるが、人が渇いている「水」そして「子ども」が持っているその「心の泉」、
王子さまが「ぼく、その水のみたいな」といった「心にいい水」とはその「水」
のことであり、この「生きた水」には聖書的な意味合いが含まれているよう
に思われるのである[9]。

第 2 章「砂漠」のイメージ　　109

註記

(1) 1928 年、キャップ゠ジュビーから妹のガブリエルに宛てて次のように書き送ってい
る。「ぼくは<u>フェネック、孤独なキツネ</u>を 1 匹飼っています。猫より小さくくらいで
すが、耳がとてつもなく大きいのです。こいつは愛くるしい動物です。残念ながら
野生なのでなつきません。ライオンのように真っ赤になって怒ります」（*Pl I*,〈*Lettre
à Didi*〉《*Correspondance*》p.771.）。「飼いならす（apprivoiser）」ことがむずかし
いこの「キツネ」が『星の王子さま』の中で王子さまと仲良しになることになるが、
「キツネ」は王子さまに向かって「仲良くなる」という意味で「飼いならす」という
同じことばを使っている。

(2) サン゠テグジュペリが少年時代おもにヴァカンスを過ごしたフランス、リヨン郊外
の村、サン゠モーリス・ド・レマンスの館の入り口正面の前庭には、『星の王子さま』
に描かれている「井戸」のイラストとよく似た、つると滑車のついた石組みのフラ
ンス、プロヴァンス地方によく見かける古い井戸がある（口絵〔4〕参照）。

(3) 『聖書』「ヨハネによる福音書」第 4 章第 13 節。

(4) 『聖書』「ヨハネによる福音書」第 7 章第 37-38 節参照。この「心にいい水」という
表現の起源には『聖書』の語彙が背景にあると考えられる。たとえば「エレミヤ書」
の「<u>生ける水の源であるわたし</u>」（moi la source d'eau vive）（『聖書』「エレミヤ書」
第 2 章 13 節。）あるいは「渇いている人はだれでも、わたしのところに来て飲みな
さい。わたしを信じるものは、聖書に書いてあるとおりその人の内から<u>生きた水</u>（eaux
vives）が川となって流れ出るようになる」（『聖書』「ヨハネによる福音書」第 7 章第
37-38 節参照）。この「水」は「命の泉」（source ce vie）（『聖書』「詩編」第 36 番 10 節）
または「永遠の命にいたる水」（source d'eau jaillissant en vie éternelle）（『聖書』「ヨ
ハネによる福音書」第 4 章 14 節）と同一視される。

　　アンドレ・ドゥヴォーはこの「心にいい水」について、「砂漠の砂の中で行き場を
失った飛行士を救うことができる『水』が、『こころにもいいのかも知れない』と、
『王子さま』とともに確信し、サン゠テグジュペリは、常に垣間見られそして渇望し
てきた『泉』、存在の無数の困難によって隠されてきた『泉』を探すのである。」と、
述べている。（アラン・ウジオー編著『神の前の作家たち』に掲載されたアンドレ・
ドゥヴォー著「アントワーヌ・ド・サン゠テグジュペリあるいは神への渇き」参照。
André Devaux, *Antoine de Saint-Exupéry, ou la soif de Dieu, in Les écrivains face à
Dieu*, sous la direction d'Alain Houziaux, Paris,　Éditions In Press, 2003, p.85.）また
「心にいい水」はイエスがサマリアの女に約束した「水」、「わたしが与える水を飲む

ものは決して渇かない。」(『聖書』「ヨハネによる福音書」第4章第13節参照) という一節を想起こさせる。

(5)「砂漠」の原住民との出会いについて書いた本としては、同時代の、例えばポール・クローデルの序文を付して出版された有名なミシェル・ヴィューシャンジュの『サマラ』(Michel Vieuchange, *Samara*, Paris, Plon, 1932.) を挙げることができる。ヴィューシャンはフランスの探検家。この本は、ヨーロッパ人として初めて「サマラ」の遺跡を訪問したときの記録である。砂漠を横断する紀行文、「砂漠」とその原住民ベルベル人についての記述は興味深い。

(6)「わたしたちのふたりの人物〔フーコー神父とサン゠テグジュペリ〕は、戦争の動乱の中でもそれぞれの義務を放棄しはしない。彼らが互いに、共通して砂漠の呼び声 (l'appel du désert) に惹きつけられているとしても、彼らは同じように、妥協することのない愛国心を公言している。それは、戦前戦後というふたつの時代のコンテクストの中に位置づけられるとき、論理以上のものだ。それゆえ、潜在的な英雄 (つまり、サン゠テグジュペリ) が意識的にか無意識的にかは計り知れないにせよ、使命として戦死という道に踏み出そうとすることはさほど驚くべきことではない、同様に力ある聖人が信仰の殉教者として死ぬことを夢見たことも。例外的な人生、例外的な結末。この場合、謎めいたというべきか。」(ジャン゠リュック・マキサンス著『砂漠の呼び声』参照。Jean-Luc Maxence, *L'Appel du désert*, Presse de la renaissance, 2002, pp.229-230.)。

(7) ギイ・グラヴィス演出、主演の3人芝居『星の王子さま』は、舞台セットのない簡素な演出だが、それは小説のイメージを忠実に舞台化したとも言え、非常に優れた作品である。

(8) 註4参照。

(9) 註4参照。

第3章「庭師」のイメージ

> 庭師は愛によって、あらゆる土地、地上のあら
> ゆる樹木に結びついていた。
>
> 『人間の土地』

　サン=テグジュペリは小説作品、エッセー、また書簡類において「庭師」と
いうことばを頻繁に用いている。それは初期のテクストから最晩年、死の前
日の手紙に至るまで、つねに見出すことのできることばである。ここではサ
ン=テグジュペリにとって「庭師」[1]とはなんであったのかを考察してみたい。
　サン=テグジュペリが『星の王子さま』を献げた彼の旧友でユダヤ人作家レ
オン・ヴェルトは、サン=テグジュペリの死後、1948年に最初の伝記を執筆
したルネ・ドランジュの『サン=テグジュペリの生涯』の付録の文章として、
ヴェルトとサン=テグジュペリとの思い出を綴った「ありのままのサン=テグ
ジュペリ」という記事を掲載しているが、その中でヴェルトは「庭師」につ
いて次のような興味深い指摘をしている。

　サン=テグジュペリの作品には頻繁に繰り返されるひとつのテーマがある。
それは一種の固定観念のように現れる。彼の書簡の中においても同様である。
それは庭師 (jardinière) のテーマだ。「私は、庭師になるように生まれつい
ていたのだ (J'étais fait pour être jardinier)」。
　その庭師はある時はバラの世話をし、バラに突然の変化が起きないか見
張っている。またある時は鋤の一撃を食らわせることもある。庭師はまた秩
序と規範とポエジーの混ざり合った存在である (une incarnation de l'ordre,

112　第 I 部「人間」

de la discipline et de la poésie confondus）。庭師はバラの見張り番でありか
つ創造者である[2]。

「おそらく誰もサン＝テグジュペリ以上に、人々に共通の領域に属するもっ
とも単純な要素を使って、つまり花々や星々を使って、もっとも流麗なポエジ
ーを作る力を持ったものはいない」[3]と、レオン・ヴェルトは言う。そして彼は、
「庭師」のことを「秩序と規範とポエジーの混ざり合った存在」と定義している。
一見、サン＝テグジュペリの「庭師」のイメージをすべて言い尽くしたような
抽象的な表現だが、ただ彼において「庭師」は、単なる「ポエジー」の守護者
であり、「バラの庭師」を示すには留まらない。レオン・ヴェルトも自問する、
「しかし、どうして庭師はすべての庭と彼のすべての旅の庭師なのか」[4]と。
「庭師」ということばが最初に書かれるのは『南方郵便機』においてである。
小説の後半部分、飛行中の主人公ベレニスが飛行機の上から眺める地上の景
色を描写した一節に次のような表現を見出すことができる。

　　こうして年老いた婦人たちは広間の窓から自分たちが永遠であると感じる
　のだ。芝生はみずみずしく、庭師 (jardinier) はゆっくりと彼らの花に水をや
　る。彼女たちは庭師 (jardinier) の気持ちの安らぐその背中を目で追う。ワッ
　クスの匂いがつややかに光る床板から立ち上り、彼女たちを魅了する。家の
　中の秩序は心地よい。風と太陽と、幾本かのバラ (roses) を散らしたにわか
　雨を引き連れ、一日が終わった（CS, p.46）。

この場面では「庭師は」特別な存在とはいえず、いわば風景の一部のよう
に描かれている。ただその「庭師」が「バラ」の「庭師」であるということ
は注目に値する。なぜならば、サン＝テグジュペリのキーワードのひとつであ
る「庭師」の中で、最も重要なイメージはまずもって「バラの庭師」だから
である。
『夜間飛行』の中にも「庭師」のイメージを見出すことができる。そこで「庭
師」は大地と格闘する戦士のように描かれている。アエロポスタル社南米航
路の主任である主人公リヴィエールは、到着する便を待ちながらこう考える。

第3章「庭師」のイメージ　113

「〔……〕まるで飛行機が飛行中に分解したり、嵐が郵便機の進路を妨げたりするのも自分の意志であるかのように。私はしばしば自分の力に驚かされる。」

彼はまたこうも考える。

「それはたぶん明らかなことだ。芝生に対する庭師 (jardinier) の終わることのない戦いのようなものだ。彼の手の重みだけが、果てるともなく原始の森を準備している地球を押さえつけるのだ」(*VN*, p.141.)。

ここに表されているのは、「自然」という大きな力と「戦う」「庭師」の姿である。しかし「戦う人」のイメージは必ずしも「庭師」ではなくともよさそうである。サン゠テグジュペリ独特の「庭師」のイメージは、『人間の土地』を待って初めて現れる。サン゠テグジュペリの親友アンリ・ギヨメの遭難事件について語った一説の中に、ギヨメを「庭師」にたとえた記述が見出される。「人間であるということ、それは文字通り責任がもつということだ」(*TH*, p.197.) として、ギヨメの生還を「責任」ある行為として称えた後、それとは対照的な、生命を軽視する「勇気」の愚かしさと自殺者の「貧しさ」について述べ、それと対照的なある「庭師」の「死」について言及している。この時点で「庭師は」サン゠テグジュペリにとって欠かすことの出来ない用語になっていることを確かめることができる。

　この貧弱な運命に直面して、私はひとりの人間の真の死を思い起こす。それは庭師 (jardinier) の死だった。彼は私にこう言った。「ご存じでしょう…… 私は土を掘り起こしながら汗を流しました。リューマチで足を引きずっていたりすると、この奴隷労働をののしったものです。でも、今では大地を掘って、掘って掘りまくりたい気持ちです。掘ることは、私にはそれほど美しい仕事に思えるのです！　土を掘るときひとはほんとうに自由です。それに、だれが私の木を刈り込んでくれるというのでしょう？」彼はある土地を未開墾のままにしていた。彼は地球を未開墾のままにしていたのだ。彼は<u>愛によって大地のすべてと結ばれ、大地のすべての木々と結ばれていたのだ</u>(Il était lié d'amour à toutes les terres et à tous les arbres de la terre)。彼こ

114   第Ⅰ部「人間」

そ、寛容なるものであり、浪費家であり、大君主だったのだ。彼はギヨメと
同じように、その「創造」という名において、死と戦う勇敢な男であった（il
luttait au nom de sa Création, contre la mort）（*ibid.*, p.197.）。

「庭師」は「大地」に根ざし、「大地」とともに生き、そして死ぬ。冬のアン
デス山中で飛行機事故によって遭難し、6日後に奇跡的に自力で下山して助
かったサン＝テグジュペリの盟友ギヨメの生命力に「庭師」は比較されてい
る。そしてギヨメと同じように「庭師」の仕事は「創造」であると述べられ
ている。彼は「愛によって大地のすべてと結ばれ、大地のすべての木々と結
ばれて」いる。「庭師」とは「自然」との一体となった「存在」なのである。
『城砦』の中で父王は、息子王に向かって次のように語る。「労働はおまえが
世界と結びつくように強制するものだ。耕すものは石と出会い、天の水を警
戒したりそれを願ったりする。そうして自らを伝え、拡大し、輝くのだ」（*CDL*,
p.527.）。「庭師」はそのように、まず「大地」と結びついた存在である。
　サン＝テグジュペリの用語を使うならば、「庭師」とは、彼自身の「樹」と
「自らを交換する」もののことを指しているということもできる[5]。『城砦』
の次のような一節はそれを端的に表現している。「私たちの内、誰も死を怖
れるようなものはいないと申し上げることができます。しかしちょっとした
ばかげた事柄に震えていたのです。人生は少しずつおのれがその意味を交換
（échange）するのでなければ、意味のないものだということに私たちは気づき
ました。庭師（jardinier）の死は樹を損なうようなものではありません。しか
しもしあなたがその樹を脅かすなら、庭師（jardinier）はもう一度死ぬこ
とになるのです」（*ibid.*, p.385.）。

「樹」のイメージ

　サン＝テグジュペリは「樹」という語をさまざまなものの比喩としてしばし
ば用いている。『城砦』においては、特にそれは目立っている。例えば『城砦』
の中程の章の中で、父王は息子王に向かって次のように語る。

第3章「庭師」のイメージ　115

　「なぜなら、このわたしは<u>樹が秩序である</u>（l'arbre est ordre）と言うからだ。
しかし秩序は、ここではばらばらなものを凌駕する統一のことだ。なぜなら
ば、この木の枝はその鳥の巣を持ち、あの別の枝はそれをけっして持たない
からだ。その木の枝はその果実をつけ、あの別の枝はそれをつけないから
だ。その木の枝は空に向かい、あの別の木の枝は地に向かう。しかしそれら
は、<u>わたしの総体として</u>（mes généraux）、閲兵式のイメージにしたがって
いる。もはや互いに違いのないものだけが秩序の内にあると彼らは言うのだ」
（*CDL*, p.441）。

　この一節において「樹」は、「ばらばらなものを凌駕する」「統一」体、つまり「秩
序」のメタファーであり、さらには自らの王国を支える兵士たちが王自身と
一体化したもののイメージへと拡大されている。この一節の背景として、『聖
書』「ヨハネによる福音書」に記されたイエスのことばを思い起こすことはむ
だではないだろう。イエスは言う、「わたしはぶどうの木、あなたがたはその
枝である。ひとがわたしにつながっており、わたしもそのひとにつながって
いれば、そのひとは豊かに実をむすぶ」[6]。ただしイエスのことばの最も重要
なメッセージは、「イエス」における「統一体」としての「ぶどうの木」のイ
メージによって、信仰における「イエス」との一致を表現しているのであって、
生命の通った「統一体」という意味にはとどまらない。
　『城砦』において、また「樹」は「庭師」との関係で用いられる。

　ともかく私は、父が次のように語ったことを思い出す。
　「オレンジの樹を育て上げるためには肥料や堆肥を使い、つるはしを大地
に打ち込む。同じように枝の中から選んで選定をする。そうして初めてこの
ように、花をつけることのできる樹が立ち上がるのだ。しかし<u>庭師であるわ
たし</u>（moi, le jardinier）は、花のことや幸福のことを気遣い大地を掘り返す
ことはない。樹が花をつけるためには、まず樹がなければならないし、<u>幸福
な人間</u>（un homme heureux）がいなければならない。そのためにはまずはじ
めに人間がいなければならないのだ」（*ibid.*, p.549.）。

　「人間」がまず初めに存在しなければ、「樹」は育つこともできないし、花

116 第Ⅰ部「人間」

をつけることもできない。「樹」は人間が育て上げるものであり、「花」や「果実」はその「人間」の成果なのである。「幸福な人間がいなければならない。そのためには、まずはじめに人間がいなければならないのだ」という表現には、後に「庭師」のイメージが「人間」の「庭師」へと変化していくことを予感させる。サン゠テグジュペリは、上記の一節のように人間の「仕事」の成果を「樹」にたとえることが多い。そして「庭師」はそういった真に成されるべき仕事をする「人間」のことなのである。アメリカ亡命中に記された次のような手紙の一節から、サン゠テグジュペリにおける「樹」のイメージをより良く読み取ることができる。それは 1941 年 9 月 8 日付けて、ロサンゼルスから送られたピエール・シュヴリエ宛の手紙である。

　戦争以来私は変わった。「私自身」に関することすべてに対する完全な軽視に、私は到達した……　私は不思議なくらい病んでいる、ほとんどずっとだ、絶対的な無関心をもって。私は自分の本 (mon livre) [7] を完成させたい。それがすべてだ。私はそれと自分を交換する (Je m'échange là contre)。それは私に、まるで錨のようにつなぎ留められている。永遠の中で私はこう尋ねられるだろう。「おまえは自分の賜をどう使ったのか。人間たちに対しておまえはどう振る舞ったのか？」と。戦争で死ぬことがない以上、私は戦争とは別のものと自分を交換する。それについて私を助けてくれるのは、私の友人だ。〔……〕本は私の死後に刊行されるだろう。というのも私は書き終わりそうもないからだ。もう 700 ページ書いた。ちょっとした記事を書くように、この不純物の多い 700 ページを推敲していたら、少なくとも焦点を合わせるためだけでも、どうしても 10 年はかかるだろう。私は自分の力の許す限りただ書き続けるだけだ。私はこの世でこの仕事以外になにも、もうすることはない。私はもう私自身には意味を見出さない。自分が論争の対象になっていることも理解できないのだ。私は自分が脅かされ、弱く、時間も限られていると感じている。ギヨメは死んだ。私は早く私の樹を完成させたい (je veux vite finir mon livre)。私は早く私自身以外のものになりたいのだ (Je veux vite devenir autre chose que moi)。私はもう自分自身には関心がない [8]。

第3章「庭師」のイメージ　117

サン＝テグジュペリはここで、ネリー（ピエール・シュヴリエ）に本心を吐露している。彼は「私はそれ（自分の本）と自分を交換する」、「私は早く私自身以外のものになりたい」と書いている。「交換」の概念はサン＝テグジュペリ晩年の鍵概念であり、ここでは詳述することは避けるが、それは文字通り「犠牲」という意味ではない。サン＝テグジュペリにとって「交換」ということばは、「自分自身」を差し出すことにより「自分自身より尊いもの」を得る、という意味で使われているのである。そしてここに書かれている「本」とは、まさしく『城砦』という書物以外の何ものでもない。その「交換」の対象が「樹」に喩えられていることは注目すべきである。「自分自身との交換」に値する対象をサン＝テグジュペリは「樹」と呼んでいる。先の引用にあったように『城砦』の中で、父王は自分を「庭師であるわたし」と呼んでいるが、サン＝テグジュペリ自身もまた同じように「庭師」なのである。

「バラ」の「庭師」

サン＝テグジュペリが描く「庭師」の特徴的な姿は、「バラの庭師」となって表されていることを再度指摘したい。これはサン＝テグジュペリが人生の最後に到達した美しい文学的イメージのひとつである。レオン・ヴェルトが指摘しているように、確かにそれは詩的ではあるが、「バラの庭師」は単なるポエジーの具現化には留まらない。『城砦』を締めくくる最終章第219章の挿話は二人の年老いた「バラの庭師」の物語である。父王の宮殿に仕えていた二人の年老いた「バラの庭師」は兄弟のようにとても仲のよい友人同士だった。この世の成り行きが二人を引き離しひとりは国から国へと旅行し、艱難辛苦の果てに、彼はこの世の果てまで運ばれてしまった。長い時間が経過したあと、ある時地球の裏側から、その「庭師」の一通の手紙が父王の「庭師」のもとに運ばれてきた。「彼は幸福に顔を輝かせ、その幸福を分かち合おうと、まるで一編の詩を読んで欲しいとでも言うように、私にその手紙を読むように頼んだ。読みながら私がどんな感動を示すだろうかと、庭師は私の表情を窺っていた」（*CDL*, p.831.）。その「庭師」の手紙にはほんの二言三言しか書か

118　第 I 部「人間」

れていなかった。二人は書くことよりも鋤を使うことの方が似合っていたか
らである。その手紙は次のように締めくくられていた。

　　「今朝私はバラの木を刈り込んだ……。」それから私は表現不可能に思わ
　れる本質的なもの（l'essentiel）について思いを凝らせながら、彼らもそうし
　たであろうように、うなずいたのである（idem.）。

「本質的なもの」（l'essentiel）とは、次章で考察するように、「真実」の一
側面を捉えた表現であり、「もっともたいせつなもの」を表すサン＝テグジュ
ペリのキーワードのひとつである。親友から手紙を受け取った宮廷の「庭師」
の方は、返事を書こうと何日も何日も考えあぐね、やっと父王のもとに書き
上げたばかりの手紙の返事をもってくる。父王はその返事を読み愕然とする。
そこにはただこう書かれていたのである。

　　「今朝私もバラの木を刈り込んだ……。」私は黙った。その手紙を読みな
　がら、本質的なもの（l'essentiel）について考えていた。それは私の前により
　はっきりとその姿を現しはじめていた。主よ、彼らは「あなたを」称えてい
　たのです。それと知らずに、バラの木を超えて「あなた」の内で結び合って
　いたのです（ibid., p.832.）。

サン＝テグジュペリは「バラ」の「樹」を通して、「神」の内に結び合う「庭
師」の姿をこのように描いている。「おまえたちを引き離しうるような距離も
時間も存在しない」（ibid., p.830.）(9)、また「彼らの神とは、夜明けのバラに
他ならない」（ibid., p.833.）と父王は語るが、サン＝テグジュペリが描く「バ
ラの庭師」の姿とは、「おのれ自身」と「おのれ自身より尊いもの」である「バ
ラ」とを「交換」したものの姿であるということができるだろう。そして「バ
ラの庭師」はまた、同時にサン＝テグジュペリ自身の「人間の理想像」であっ
たということができるのではないだろうか。
　『星の王子さま』の主人公「王子さま」もまた「バラの庭師」であったとい
うことは注目に値する。「王子さま」は毎日「バラ」の手入れをする。水をや

り、「バラ」が寒いといえば、覆いをかけてやり、風が嫌いだといえば、風よけをおいてやる。「王子さま」は「バラ」のために誠心誠意世話をする（*PP*, pp.256-259.）『城砦』の「庭師」のように、「王子さま」はよき「バラの庭師」なのである。物語の最後に「王子さま」は「バラ」のために、「バラ」との「絆」のために自分自身を投げ出す。「王子さま」は「自分自身よりも尊いものと自らを交換する」（*CDL*, p.386.）のである。よき「庭師」とは自らと「バラ」とを「交換する」ことのできる「庭師」なのである。

　『星の王子さま』の中で「王子さま」が「バラ」に特別な思いを寄せるように、サン゠テグジュペリは「バラ」に特別の思いをもっている。『城砦』の中で、父王がその愛人について語るとき、愛人は「バラ」に喩えられる。

　　確かに私は、おまえに会えるという喜びの中で、おまえのもとへと急いだ。わたしはおまえに伝言を伝えた。私はおまえを満たした。私にとっての甘い喜び、愛も、私が私自身についておまえに望んだ選択だったのだ。おまえと結ばれていると感じるために（afin de me sentier lié）、私はおまえにさまざまな権利を与えた。私には根と枝が必要だったのだ。おまえの側にいようと私は申し出た。私が栽培するバラの樹も同様である（Ainsi du rosier que je cultive）。私は私のバラに樹に服従するのだ（Je me soumets donc à mon rosier）。私の尊厳はいかほども、私が結ぶそのような契約によって傷つけられることはない。そして私はそのように私の愛に身を捧げるのだ（je me dois donc ainsi à mon amour）（*ibid*., p.713.）。

「おまえと結ばれていると感じるために」（afin de me sentir lié）と書かれているが、「結ばれる」時の「結ぶもの」である「絆」はサン゠テグジュペリの最重要なキーワードのひとつである。父王は、彼が栽培している「バラ」に「服従し」、その「愛に身を捧げる」というのである。これはまさに父王の息子あるいは「王子」[10] の「バラ」に対する態度と同じである。

　このように「愛」に自らを捧げる人、「自分自身よりも尊いものと自らを交換する」ことのできる人間こそ、サン゠テグジュペリにとって「人間」の自己実現の最終的な目標、そして「人間」の理想像だったのではないか、つまり

120 第Ⅰ部「人間」

彼にとって「庭師」は、「人間」の理想像アレゴリーのひとつだったのではないかと考えることができるのである。

「人間」の「庭師」

サン゠テグジュペリが描く「庭師」は「バラ」の「庭師」だけではない。彼は「人間」についても「庭師」ということばを使う。『人間の土地』の最終章には次のような情景が描かれている。それは夜行列車の中で、通りすがりに出会った名も知れぬ貧しい夫婦の間の小さな子どもを見かける場面である。

　私はひと組の夫婦の前に腰を下ろした。男と女の間に子どもがいて、どうにかこうにか自分の窪みを見つけ、眠っていた。けれども、彼は眠りの中で寝返りを打った。するとその顔が常夜灯の下に表れた。ああ！なんと感嘆すべき顔だろう！　彼はこの夫婦から生まれた一種の黄金の果実だ。魅力と優美さの傑作がこれらの重苦しいぼろ切れから生まれたのだった。私は彼のつややかな額と柔らかでやさしい唇に身をかがめた。私は思った。これこそ音楽家の顔だ。これこそ少年モールツアルトだ (voici Mozart enfant)。ここにこそすばらしい人生が約束されている、と。伝説の小さな王子さまたち (les petits prines) は彼と異なるものではない。保護され、いつくしまれ、教育されたならば、彼になれないものなどないだろう！　庭の剪定の時、新しいバラが生まれると、すべての庭師は感激する (Quand il naît par mutation dans les jardins une rose nouvelle, voilà tous les jardiniers qui s'émeuvent)。そのバラは隔離され、育てられ、大事にされる。しかし人間のための庭師は存在しない。少年モーツアルトは他の少年と同様金打ち機にかけられるのだろう。モーツアルトもカフェ・コンセールの悪臭の中で、腐った音楽を最上の喜びとするのだろう。
　私は自分の車室に戻った。私は思った。彼らは自分たちの運命に苦しむこともないだろうと。私をここで苦しめるのは慈愛ではない。永久にふさいでは開かれる傷に同情することが問題なのではない。その傷を負うものはそれを感じることはないのだ。ここで傷つき損なわれるものは、個人ではなく、

第3章「庭師」のイメージ　121

人類というべき何ものかだ。私はほとんど憐憫というものを信じない。私を苦しめるもの、それは庭師の視点 (le point de vue du jardinier) だ。私を苦しめるもの、それはこの悲惨さではない。悲惨さの中になら、結局怠惰と同じように身を落ち着けることができる。〔……〕私を苦しめるもの、それは窪みでもこぶでも、その醜さでもない。それはいわば、これらの人間ひとりひとりの中にある、虐殺されたモーツァルト（Mozart assassiné）だ（*TH*, pp.284-285.）。

　サン゠テグジュペリは薄暗いコンパートメントの中で偶然出会った貧しい夫婦の子どもに「少年モーツァルト」の姿を認める[11]。彼はそれを「小さな王子さまたち」(les petits princes) と複数形で表現しているが、「小さな王子さま」(le petit prince) とは邦題『星の王子さま』のフランス語の原題に他ならない。おとなになる過程でその「モーツァルト」は「虐殺」されてしまう。もとはひとりひとり「少年モーツァルト」だったにもかかわらず。サン゠テグジュペリはその「虐殺」されない「モーツァルト」の姿を、『星の王子さま』のなかで「小さな王子さま」(le petit prince) として描こうとしたのだといっても間違いではないだろう。そして「ここで傷つき損なわれるものは、個人ではなく、人類というべき何ものかだ。」と書いているように、ひとりひとりの中にいる無限の可能性を秘めた「少年」を失うことは、もはや「個人」の問題ではなく、「人間全体」の問題だというのである。そして彼を苦しめるのは「庭師」の視点だという。苗木に水をやり、肥料を施し、剪定をし、立派な花を咲かせる「人間の庭師」がどうしても必要だというのである。ここで「庭師」は単に「バラ」という樹木に限定されず、「人間」にまで拡大されているのを見て取ることができる。

　サン゠テグジュペリは死の前日、最後の偵察飛行に向かう前、2通の手紙を机の上に残していった。一通はピエール・シュヴリエ宛であり、もう一つは友人で建築家・作家のピエール・ダロス宛のものであった。そのダロス宛の手紙とは次のような文面である。

　　親愛なる、親愛なるダロス〔……〕たぶんあなたは私がこの大陸で、私が

122　第Ⅰ部「人間」

ありのままに認めている唯一の人間だ。現代についてあなたがどのように考えているか、私は知りたかった。私は、絶望しているのだ。あらゆる観点、あらゆる面で私が正しかったのだとあなたが思ってくれていると、私は想像している。なんという悪臭だろう！私が間違っているとあなたがいってくれたらどんなにかいいことだろう。あなたからの証言がもらえれば、私はどんなにかうれしいことだろう。〔……〕

　ここでは憎しみの浴槽からは遠いが、部隊の親切さにもかかわらず、私はそれでも人間的な悲惨さを少し感じている。私には話し相手になるようなものはだれひとりとしていない。共に生きる人間を持つということは、それだけでもたいしたことだ。だがなんという精神的な孤独だろう。

　もし撃墜されたとしても、私は絶対に何も後悔しないだろう。未来の<u>シロアリの巣</u>は私に嫌悪をもようさせる。そして私は彼らのロボットの美徳を憎んでいる。<u>私は、庭師になるように生まれついていたのだ</u>（Moi, j'étais fait pour être jardinier）。

　あなたを抱擁する。

サン＝テックス⁽¹²⁾

　サン＝テグジュペリが特に『人間の土地』以降の作品、書簡類で用いる「シロアリ」あるいは「シロアリ」の「巣」ということばは、非常に重要な表現である。「シロアリ」あるいはその「巣」のイメージによって、彼は「個別性」を失った「人間」を表現しようとした。ここでは「ロボット」ということばも用いられているが、その意味は「シロアリ」とほぼ同義である。「個別性」を失った「人間」には、「精神」の視点、「普遍的なもの」を目指して「自己実現」をしてゆく「人間」としての基本的な可能性が奪われている。サン＝テグジュペリはそこに現代人の悲劇を見通していた。「庭師」のイメージは、サン＝テグジュペリの考える「人間というもの」の「個別性」と「普遍性」を獲得した存在、「人間の土地」と「へその緒」のように「生きた」強い「絆」で結ばれた人間のことである。「庭師」には「自分自身よりも尊いものと自らを交換する」ものの姿、時空を超えた「愛」に殉ずるもののすがたが反映されている。サン＝テグジュペリの生涯最後のことばは「私は、庭師になるように

生まれついていたのだ」（Moi, j'étais fait pour être jardinier）ということばで
ある。彼が『城砦』において、また『星の王子さま』において、あれほど美
しく「バラ」の「庭師」を描いたことも、「自分自身よりも尊いものと自らを
交換する」こと「自己犠牲」— サン＝テグジュペリはそれを「交換」と表現
するのだが — を通して人間の「真実」、真の「愛」を伝えたかったからに他
ならない。またサン＝テグジュペリ自身、そのような人間であり続けたかった
からに違いないのである。「庭師」とはサン＝テグジュペリの「人間」の理想
像であり、それは「絆」と自分自身を「交換」する「人間」のことである。

124   第 I 部「人間」

　　　註記

(1) サン゠テグジュペリの日本語の翻訳書ではこの「庭師」(jardinier) ということばは「園丁」などと訳されることが多いが、この論文では〈jardinier〉がもつニュアンスをもっとも正確に伝える語として一貫して「庭師」という訳語を用いることにする。

(2) レオン・ヴェルト著「わたしが知っているとおりのサン゠テグジュペリ」(Léon Werth, *Saint-Exupéry tel que je l'ai connu...*, in René Delange, *op.cit.*, Paris, Éditions du Seuil, 1948, p.192.) 参照。

(3) *idem.*

(4) *idem.*

(5) 「自分自身よりも尊いものと自らを交換する」人々の姿は『戦う操縦士』の中でも描かれている (*PG*, pp.220-227.)。そこでは「交換」ではなく、「犠牲」ということばが使われ、サン゠テグジュペリの最終的な鍵概念である「交換」にまで到達していないが、いわんとすることは同じである。

(6) 『聖書』「ヨハネによる福音書」第 15 章 5 節、参照。

(7) ここでいう「自分の本」とは『城砦』を指す。

(8) 「ピエール・シュヴリエ宛の手紙 (1941 年 9 月 8 日付)」(*Pl II*, 〈*À Pierrre Chevrier*〉, *op.cit.*, p.951.)。

(9) 『星の王子さま』における「王子さま」の「死」は、まさに「距離も時間も」超越するような死に方であったことを思い起こす必要がある (Cf. *PP*, pp.309-317.)。

(10) 『城砦』は亡き父王が息子王に向かって述べた教訓を「わたし」である息子王がつたえる、という一人称の多い文体で書かれている。その息子王とはだれだったのか、『星の王子さま』とは執筆時期が重なることを考えると、『星の王子さま』の「王子さま」と『城砦』の「息子王」には何らかのつながりがあるのではないかという推測にも、根拠がないとも言えないかも知れない。『城砦』の一人称の独善的な語りは、しばしばニーチェの『ツァラトゥストラはこう語った』と比較される。ニーチェが若い頃からの愛読書であったことは事実だが、サン゠テグジュペリの場合、『城砦』はあくまで草稿に過ぎず、これをどのように小説に仕上げて行こうとしていたのかは以前不明である。作家にはさまざまな執筆の方法があり、モーリアックのように、一人称である程度まで書き上げてから三人称で再び書き直すというような書き方をする作家もいる。サン゠テグジュペリが『城砦』の中で、父王と息子王の独断論的、一方向的な一人称の語り口はニーチェの作品に類似していることは確かだが、その後サン゠テグジュペリがテクストをどのように推敲しようとしていたかはわからず、

はたして一人称の語りのままであったか、これを三人称に直したかもわからず、『ツァラトゥストラはこう語った』のようなものになったかどうかは予測不可能である。ただ『城砦』における「神」のイメージは、けっしてカトリックの「神」のイメージと同一ではないことは確かである。ただサン゠テグジュペリの思想は、神亡きあとの超人を称揚するようなものではけっしてなく、彼はあくまで「人間というもの」を見据え、人間同士の関係性の問題を描こうとしている。それが結果として非常にカトリック的なヴィジョンに通じているように筆者には思われるのである。

(11) サン゠テグジュペリが熱愛する音楽家は、第一にモーツアルトであるということも、考察に加える必要があるかもしれない。

(12) 「ピエール・ダロス宛の手紙」(1944 年 7 月 30 日付)(*Pl II* 〈*À Perre Dalloz*〉, *op.cit.*, pp.1050-1051.)。

第II部
「本質的なもの」

第1章「本質的なもの」と「真実」

真実とは世界を単純化する言語のことだ。
『平和か戦争か』

　サン＝テグジュペリには独特な言い回しがしばしば認められるが、「本質的なもの」という表現もそのひとつである。―〈l'essentiel〉は「大事なこと」という意味で日常的に使われることばであることは確かだが ― 彼はあえて「本質」とは書かず、「本質的なもの（l'essentiel）」と形容詞を代名詞的に使うことが多い。また「本質的なもの」はときには「真実（vérité）」と言い換えられ、「真実」の、「目に見えない」現実的具体的意味内容は「実質（substance）」と呼ばれる。たとえば、先に引用した『星の王子さま』の中のキツネと王子さまの会話にその用例を見出すことができる。

　「おれのひみつっていうのはこういうことさ。とてもかんたんなことなんだ。心で見なくちゃ、ものごとはよく見えないってこと。<u>本質的なもの</u>（l'essentiel）は目に見えないのさ」
　「本質的なものは、目には見えない」と、王子さまはくり返した。〔……〕「人間たちときたら、この<u>真実</u>（vérité）を忘れてるのよ〔……〕」（*PP,* p.298.）。

「心で見なくちゃ、ものごとはよく見えないってこと」というキツネのことばにある「心」は、思想家サン＝テグジュペリの用語を正確にあてはめるな

130 第Ⅱ部「本質的なもの」

らば「精神（l'esprit）」と言われるべきところである。このように「本質的な
もの（l'essentiel）」はしばしば「真実（vérité）」と言い換えられる。さらにこ
のふたつのことばは、このすぐ先の箇所で「いちばんたいせつなもの（le plus
importantn）」という最上級の表現の下に統合されるのを見ることができる。

　わたしは、月の光にてらされた王子さまの青白い額と、閉じた瞳と、風に
　ゆれる髪のふさを見つめていた。わたしは思った、「わたしがこうして見て
　いるのは、ぬけがらのようなものに過ぎない。いちばんたいせつなもの（Le
　plus important）は目には見えないんだ……（ibid., p.304.）。

サン＝テグジュペリの遺作『城砦』は大半が『星の王子さま』と同時期、
おもに亡命先のアメリカで執筆されたものだが、やはりそこでも「本質的な
もの」が「真実」と言い換えられている用例を見出すことができる。

　〔……〕燃える火の中ですでにぱちぱちはじけだした若枝のようにうでを
　よじりながら、女は神の憐れみを求めて叫んでいた。
　　父は私に言った。「あの女の声を聞くがいい。彼女は本質的なもの（l'essetiel）
　を見出したのだ……」
　　しかしわたしは子どもで、臆病だった。
　　「たぶん女は苦しんでいるのでしょう。それにたぶん怖がってもいるのか
　もしれません……」と、わたしは父に答えた。
　　父は私に言った。「彼女は、つつましい群れにこそふさわしい家畜小屋の
　病である苦しみと恐怖を乗り越えたのだ。彼女は真実（vérité）を見出した
　のだ」（CDL, p.370.）。

見出されたものは「本質的なもの」とまず表現され、次いでそれは「真実」
と言い換えられている(1)。「本質的なもの」とは「真実」であり、それは「目
に見えないもの」、「見出されるもの」である。このようにサン＝テグジュペ
リが用いる「本質的なもの」と「真実」ということばの差異はごくわずかで
あることがわかる。「本質的なもの」と「真実」とは、ある事象が異なった視
点から捉えられたときの判断を意味している。「本質的なもの」とは物事の中

心、核心にあり、その事象の「本質」を成すものであり、「真実」とは嘘、偽りのないその事象の「真相」である。また「本質的なもの」は抽象概念ではあるが、具体的な事実についても適用されることがあり、「真実」は抽象的な概念としてしか用いられていない。後段に見るように、サン＝テグジュペリは彼自身「真実」を、3度定義し直している。彼にとって「真実」とは、第一義的には「あるものをしてそのものたらしめるもの」のことである。これはむしろ「本質的なもの」ということばの定義に近いようにも見える。サン＝テグジュペリは他のどの作家よりも、ことばの厳密な定義にこだわり、正確にことばを使った作家だが、「本質的なもの」と「真実」の用法には、混同が見受けられると言わざるを得ない。そしてその定義は敷衍され、「真実とは普遍的なものを導き出す言語である」と言われる。またさらに、「真実とは世界を単純化する言語」だとも定義されることになる。

　サン＝テグジュペリは、「真実」を「あるものをそのものたらしめるもの」と呼んでいるが、しかしある「もの」を「そのもの」たらしめる「もの」こそ、「本質的なもの」なのではないか、という疑問が生じないだろうか。「本質的なもの」と「真実」は定義されているようでいて、サン＝テグジュペリの語法においては、厳密には区別のむずかしい非常に微妙な類義語なのである。そしてさらに彼は、この「真実」の「内実」、「真実」の「現実的意味内容」を表す「実質（substance）」ということばをそれらに加えることが多い。「本質的なもの」と「真実」と「実質」はサン＝テグジュペリの中ではひと続きの概念の連鎖を成しているように見えるのである。

　『城砦』と同時期に、亡命先のアメリカで1943年に出版された『ある人質への手紙』の中に、この概念の連鎖の例を見出すことができる。

　　どのような実質（substance）か……　ここでそれを言い表すのはむずかしい。その反響だけを捉えて本質的なもの（l'essentiel）を見落とす危険があるのだ。不十分なことばはわたしの真実（vérité）を取り逃がしてしまうだろう。船乗りたちの微笑み、そしてあなたの微笑み、わたしの微笑み、女中の微笑みの中のある実質（substance）、つまりわたしたちを通り、かなり見事なある微笑みの実質（substance）に到達するまで何百万年も前からあれほど苦労してきたあの太陽のある種の奇跡を救い取るためなら、わたしたちはたやす

く戦っただろうと言えるかどうか、わたしには断言することができない。

　本質的なもの（l'essentiel）にはたいていの場合重さがない。本質的なもの（l'esentiel）とは、ここでは外見上は微笑みに過ぎない。しかしひとつの微笑みはしばしば本質的なもの（l'essentiel）だ。人は微笑みによって報いられる。人は微笑みによって償われる。微笑みによって愛される。ある微笑みの実質（substance）によって、人は死ぬこともできるのだ[(2)]。

　『ある人質への手紙』はレオン・ヴェルトのために書かれた本である[(3)]。この一節はサン＝テグジュペリがレオン・ヴェルトらとともにとあるソーヌ川の川岸で過ごした、夕べの思い出をつづった文章である。サン＝テグジュペリは次のように書いている。「真の奇跡とはなんと静かなものだろう。本質的な出来事（Les événements essentiels）とは、なんと単純なものであることか。わたしが語りたい瞬間について、私には言うべきことが少なすぎて、夢の中でもう一度それを生き、その友に語りかけるしかないのだ」[(4)]レオン・ヴェルトによれば、それはソーヌ川沿いのトゥルニュの町の近くのフルールヴィルという村で、昼食を取ったときの話である。

　「『ある人質への手紙』の第3章は、ひとつの奇跡、つつましい奇跡の物語以外の何ものでもない。しかしそれは友情の奇跡であり、ある微笑の質と完璧な時間の奇跡である。〔……〕風景については彼はほとんど語っていないが、それはわたしたちにとって重要なものだった。靄と太陽の中に囚われた、対岸に木々の立ち並ぶ安宿のテラスから、ソーヌ川はとても広く、あまりに広いのでわたしたちにはメコン川を思わせた。彼には描写をするという習慣がない。彼は画家のまねはしない。風景を素描するということをしない。だいじなことは、『ある微笑みの質…… ある奇跡』なのだ」[(5)]。

　上のサン＝テグジュペリのテクストの一節には、「人は微笑みによって報いられる。人は微笑みによって償われる。微笑みによって愛される。」と書かれているが、互いに「微笑み」を交わす仲間たち、この文章の中でサン＝テグジュペリは、過ぎ去った平和と喜びの時を回想している。たったひとつの「微笑み」が喜びにとって「本質的なもの」であり、「喜び」を「喜び」たらせる

もの、つまり「真実」である。非常に回りくどい言い回しだが、ここには「本質的なもの」が「真実」であり、その現実的意味内容、つまり内実を「実質」と呼ぶサン＝テグジュペリ独自の一連の概念の連鎖を認めることができる。これらの抽象的な単語は、サン＝テグジュペリの文章の中でしばしば見出されるものである。「本質的なもの」はしばしば「真実」と言い換えられるが、サン＝テグジュペリにおける概念の優先順位としては、「真実」が最上位にあり、そして「本質的なもの」、その具体的現実的な意味内容である「実質」という順番が認められることは確かである。

「真実」と「本質的なもの」

　サン＝テグジュペリは小説においても、エッセーや書簡類においても「真実」ということばを多用する。それが「本質的なもの」に置き換わる用例を見たが、ここで「真実」ということばそのものがどのように使われているか、その諸相を概観したいと思う。「真実」ということばが最も多く使われているのは、おそらく『人間の土地』ではないだろうか。『人間の土地』では、多くの場合「真実（vérité）」は「自然・本性（nautre）」とほぼ同義に用いられていることを指摘することができる。

　　わたしにあるイメージが浮かび、君がことばでは表現できないながらもその自明性が君を方向付けるような真実（vérité）を理解することができた。渡りの時期に鴨が飛び立つとき、彼らが占領している土地に不思議な群れができる。アヒルたちは三角形の飛翔に惹かれたように、いつもとはちがう羽ばたきをする。野生の呼び声（L'appel sauvage）は彼らの内になにかわからない痕跡を目覚めさせたのだ。〔……〕ガゼルの真実（vérité）が恐怖を味わうことにあるとするならば、ジャッカルなどどうでもいいことなのだ。恐怖はガゼルたちに自らを超越し、もっとも高度なアクロバットを強要するのだから。ライオンなどどうでもいいのだ。ガゼルの真実（vérité）が太陽の下で、爪の一撃によって引き裂かれることにあるのなら（*TH*, pp.274-275.）。

鴨たちが渡りに飛び立つときに、なにものかに誘われるようにアヒルが騒ぐことはアヒルの「真実」と表現され、ガゼルがジャッカルやライオンに襲われることも、ガゼルの「真実」と述べられている。ここでは「真実」はほぼ「本能（instinct）」あるいは「自然・本性（nature）」という意味に近い。野生動物にとって確かに「本質的なもの」は彼らの「自然」であるに違いない。それが「アヒルをしてアヒルたらしめるもの」だからである。

「人間」における「本質的なもの」と「真実」

「本質的なもの」はさまざまな事象に適応されうるが、もっとも重要な用例は、それが「人間」に関して用いられる場合である。サン゠テグジュペリはスペイン市民戦争に取材したルポルタージュ「平和か戦争か」においても、それを載録した『人間の土地』においても、政治的な立場としては、基本的には人民戦線側に立っていることは間違いないが、どちらが正しいのか、あるいはどちらでなければならないのかというような政治的判断については一切言及していない。彼はアナーキストには「アナーキストたちの真実」（*ibid.*, p.277.）があると書く。つまり真実は双方にあると、サン゠テグジュペリは語る。「わたしたちは、わたしたちの推論の結果である方法について分裂しているのであって、目的についてではない。目的は同じなのだ」（*idem.*）。彼の視点はまったく政治的なものではないということがわかる。サン゠テグジュペリにとって問題なのは、常にそこにいる「人間」の「真実」、「人間というもの」の存在における「本質的なもの」とその「意味」なのである。『人間の土地』の中の「人間」の章には、やはり「本質的なもの」と「真実」の言い換えの例を見出すことができる。

　　人間の要求を理解し、人間を彼が持つ<u>本質的なもの</u>（l'essentiel）において知るためには、あなたがたの<u>真実</u>（vos véerité）の自明性を互いに対立させてはならない。あなた方は正しい。〔……〕
　　その<u>本質的なもの</u>（l'essentiel）を引き出そうと努めるためには、一時分裂を忘れなければならない。分裂はひとたび認められれば、揺るぎないコーラ

ンの真実（vérités）とそこから派生する狂信とを引き寄せる。人間を右の人間と左の人間とに分けて並べることはできる。せむしとせむしでないもの、ファシストと民主主義者に分けることはできる。それらの区別は批判しようのないものだ。だがご存じのように、真実（la vérité）とは世界を単純化するもの（ce qui simplifie le monde）であり、カオスを創り出すものではない。真実（la Vérité）とは普遍性を引き出すことば（le langage qui dégage l'universel）なのである。〔……〕真実、それは証明されるものではなく、単純化するものだ（La vérité, ce n'est point ce qui se démontre, c'est ce qui simplifie）（ibid., p.278.）。

「真実とは世界を単純化するものであり、カオスを創り出すものではない」と、サン＝テグジュペリは言う。ライプニッツの有名なことば、「ことばの藁を事物の穀粒と取り違える」ものこそが「カオス」を創り出すのであって、「次第に矛盾してくることばは、不十分な言語である。それはけっして現実ではない」[6]と、彼はことばの誤用とことばがもたらす幻想を警戒する。「本質的なもの」は世界を単純化する「真実」を示すことばである[7]。ここでサン＝テグジュペリが問題にしているものは、個々人という「人間」のさまざまな差異を超えた「人間というもの」の存在、普遍的な「人間」存在である。「人間」における「本質的なもの」はその差異を超えたところにある。「人間」を区別する言語は無数にある。宗教であれ、政治信条であれ、体の特徴であれ、それらは確かに現実に存在する。しかしそれらを超越した言語によってしか、「人間というもの」という普遍的な存在は想定しえない。「人間」における「本質的なもの」である「真実」を表すためには、「人間というもの（l'homme）」という代名詞的な表現がどうしても必要なのである。

　それならば「人間」にとっての「真実」とはなんであろうか。サン＝テグジュペリはこう書いている。「わたしたちの外側にある共通の目的によって兄弟として結ばれるとき、そのときはじめてわたしたちは呼吸するだろう。経験はわたしたちに教えてくれる。愛するとは互いに見つめ合うことではなく、ともに同じ方向を眺めることなのだと。」（ibid., p.276.）そのような視点から、下の一節におけるような考察は生まれるのである。

自分の中に眠っている未知の人間を疑いもしなかった男、バルセロナのアナーキストの地下倉で、犠牲と正義の揺るぎないイメージと助け合いのために、ひとたびその人間が目をさますのを感じた男は、もはや真実（vérité）以外のものを知ることにはならないだろう。〔……〕もしメルモーズが、心に勝利を抱いてアンデスのチリ側の斜面の方に沈み込んで行くとき、彼は間違っている、商人の一通の手紙などおそらく彼の命を賭けるに値しないものだと反論したとするならば、メルモーズはあなたを笑い飛ばすだろう。真実（vérité）、それは彼がアンデスを越えるとき彼の内に生まれる人間なのだ（*ibid.*, p.277.）。

つまり「人間にとって真実とは、人間を人間たらしめるもの」（*ibid.*, p.278.）に他ならないのである。

『夜間飛行』の中で、南米航空路の主任である主人公リヴィエールは、ファビアンの乗った郵便機が消息を絶ち、彼の心が仲間への愛と主任としての責任の間で揺れ動き、引き裂かれるとき、彼は「人間」のイメージを「人間というもの」へと昇華する。

　　「人間の生命以上に価値あるものはないとしても、あたかも価値において、なにかが人間の生命を超えるかのようにいつもわれわれは行動している（nous agissons toujours comme si quelque chose dépasse, en valeur, la vie humaine）……でもそれはなんなのか。」
　　そしてリヴィエールは遭難した搭乗員のことを思い、胸が締め付けられた。橋を作る行為と同じく、行動というものは人々の幸福を打ち砕く。リヴィエールは「なんの名においてなのか」と自問せざるをえなかった。
　　彼は思った。「消えてしまったかも知れないあのふたりも幸せに暮らすことができただろう。」彼は夕べのランプの金色に照らされた聖域の中で傾けられたふたりの顔を思い浮かべていた。「なんの名においてわたしは彼らをそこから引き出したのか。」なんの名においてリヴィエールは彼らを個人的な幸福から引き離したのか。最初にすべきことはそれらの幸福を護ることではないのか。しかし彼自身がそれを打ち壊している。しかしいつの日か、最

後にはまるで蜃気楼のように、金色の聖域が花開くことだろう。老いと死とは彼自身よりも情け容赦なくそれらを破壊する。おそらく救うべきより永続する他のなにかがあるのだ（Il existe peut-être quelque chose d'autre à sauver et de plus durable）。リヴィエールが働いているのは、人間というもののそうした側面を救い出すためなのかも知れないではないか（peut-être est-ce à sauver cette part-là de l'homme）。そうでなければ彼の行為は正当化されないものだ（*VN*, p.151-152.）。

「価値において、なにかが人間の生命を超えるかのように」人間が「行動」するのはなぜか。それは「人間」には「救うべき、より永続する他のなにかがある」からに違いない。この「人間」を超えた「人間というもの」という存在のために「人間」は行動する。もしそうでなければ、郵便機の乗組員たちの死も、戦争の不条理も、「人間」は乗り越えることができないだろう。さまざまなテクストの中で常に力説しているように、サン＝テグジュペリにはまず「人間というもの」が存在し、それがすべてに優先するのである。

　スペイン市民戦争に取材したルポルタージュ『平和か戦争か』は、サン＝テグジュペリの驚くべき密度の高い思索の断片の集積だが、その中に戦争の矛盾について述べた次のような一節がある。

　　戦争の恐怖をいくら描いても、わたしたちには戦争に反対する理由は見つからない。それに生きることの喜びと無益な死の残酷さを際立たせて事足りると思っていても、同じように戦争に反対する理由は見つからないだろう。〔……〕わたしたちが救いを見出すのは、論理の中にではない。ともかく死者の数は多いのだ……　どの数にもとづいて、その死が許容されるべきものだと言えるだろうか。わたしたちはそのような惨めな算術（cette misérable arithmétique）の上に平和を築くことはできないだろう[8]。

　彼は「戦争は冒険ではない。戦争は病気だ。チフスのように」（*PG*, 146.）と言う。― 彼は「戦争」と「冒険」を区別して次のように書いている。「冒険はそれが築き上げる絆（des liens）、それが提示する問題、それが生み出す

138 第Ⅱ部「本質的なもの」

創造の上にある。貨幣の表裏の単なるゲームを冒険に変えるためには生か死かを身に引き受けるだけでは十分ではないのだ」(*idem.*)。—「惨めな算術」、数の上に立った論理が「人間というもの」に関しては、すでに破綻していることを、彼はくり返し述べるだろう。『城砦』の中で、サン＝テグジュペリは「息子王」のことばを通して、<u>なぜなら、わたしは算術をまったく信じないからだ</u>(Car je ne crois point en l'arithmétique)。悲嘆も喜びも増えることはない。だから、わたしの帝国の民の内、<u>もしひとりでも苦しんでいるのなら、その苦しみは民全体の苦しみと同じだけ大きい</u>(si un seul souffre dans mon peuple, sa souffrance est grande comme celle d'un peuple)」(*CDL* p.449.)と書いているが、後述するように、数の論理がすでに破綻している「人間」のイメージとして、彼は「シロアリ」と「シロアリの巣」のイメージを重ね合わせるだろう。そして「もしひとりでも苦しんでいるのなら、その苦しみは民全体の苦しみと同じだけ大きい」と書くことによって、「ひとつはすべてであり、すべては同時にひとつである」というより高い世界観、止揚され、純化されたビジョンに道を開くことになるだろう。『平和か戦争』の中で、彼は自問する。

「戦争が不条理で恐ろしいものであることを知っているのに、どうしてわたしたちは戦争をするのだろう。その矛盾はどこにあるのか。戦争の<u>真実</u>、差し迫っているがゆえに恐怖も死をも超越する<u>真実</u>とは、どこにあるのか。」その<u>真実</u>に到達するならば、その時こそ、わたしたち自身よりも強い、盲目的な運命に、わたしはちは身を投じることはないだろう。その時こそ、わたしたちは戦争から救われるだろう[9]。

しかし「<u>真実とは、証明されるものではまったくない</u>(Une vérité, ce n'est point ce qui se démontre)。<u>世界を単純化するもの</u>(c'est ce qui simplifie le monde)のことだ〔……〕<u>新しい概念</u>(nouveau concept)がつくり出されたときに初めて、人間は救われるのだ。人間はその時代の世界を考えるためにひとつの言語を作り上げつつ進歩して行く」[10]と、彼は書く。そしてこの表現はすぐあとのところで反復されている。「真実とは(la vérité)、知っての通り、

世界を単純化するものであって、カオスをつくり出すものではない（c'est ce qui simplifie le monde, et non ce qui crée le chaos）真実とは普遍的なものを導き出す言語なのだ（La vérité c'est le langage qui dégage l'universsel）」（*TH*, p.278.）[11]。その「新しい概念」とは、上に述べたサン＝テグジュペリの晩年の世界観、「ひとつはすべてであり、すべては同時にひとつである」という彼の世界認識、彼が「人間というもの」の救いをそこに求めた最終的なヴィジョンだったのではないだろうか。

　サン＝テグジュペリをミスティック（神秘主義者）と捉える人は意外に多い。しかし筆者はそうは考えてはいない。彼は飛行機を操縦しながら大自然の猛威と戦い、砂漠に不時着して、夕焼けにこの地上で最高の美を感じ、夜空の星座を眺めそれらと対話した。パイロット仲間の友人を次々に失っていく中、彼は最後まで生き残ったひとりだった。サン＝テグジュペリは非常に宗教的であると捉えることはできる。しかし宗教的であることとミスティックであることは同じではない。彼は人間の力をはるかに超える偉大なるものと絶えず接してきたが、彼は幻を見る人でも、幻を追う人でもない。事実、彼は自分の思想に「神秘」という語をあてはめることはない。彼の経験は彼に「真実」を見据える視力を与えた。それは彼を信じる人にした。「本質的なものは目に見えない」ことは確かである。彼はあくまで現実に身を置き、その「目に見えないもの」を信じる。彼が信じるのは幻のように実体のないものではない。それは第一に「人間というもの」の「真実」である。サン＝テグジュペリは「自己」を「超越」することによって、「自己完成」を目指すべきであると説く。多くの研究者が指摘するように、これはベルクソンの「生の飛躍」に近い。そして彼は「個別性」を超えた「普遍的な」「人間というもの」の存在を信じるのである。サン＝テグジュペリは「人間というもの」の「本質的なもの」である「絆」を救うために、「交換」という概念用いるようになるだろう。「交換」は、サン＝テグジュペリにとって、「人間」の「真実」として描かれるだろう。

140　第Ⅱ部「本質的なもの」

　　　　註記

(1) このような言い換えの例は数多く見出すことができる。たとえば『人間の土地』の
　　中には次のような一節を見出すことができる。「<u>本質的なもの</u>（l'essentiel）、わたし
　　たちはそれを予見することができない。わたしたちのひとりひとりは、何も喜びを
　　約束してはくれないところでもっとも暖かい喜びを知った。それはわたしたちに強
　　いノスタルジーを残したがために、もしわたしたちの悲惨さが喜びを約束したので
　　あったとするなら、わたしたちはその惨めな状態にいたるまで懐かしいのだ。わた
　　したちは何を知っているだろう。わたしたちを豊かにする未知の条件があるという
　　こと以外に。人間の<u>真実</u>（vérité）はどこにあるのか。」（『人間の土地』*TH*, p.279.）
　　サン＝テグジュペリはまた「真実」について、「真実とは井戸のように掘り下げられ
　　るものだ」（*CDL*, p.374.）とも、書いている。

(2)『ある人質への手紙』（*Pl II, Lettre à un otage*, pp.96-97.）ここでも〈l'essentiel〉が
　　〈vérité〉に言い換えられている例を見ることができる。このように〈l'essentiel〉と
　　〈vérité〉は、サン＝テグジュペリが好んで使う重要な語彙である。

(3) サン＝テグジュペリは、レオン・ヴェルトの『三十三日』をアメリカで出版するた
　　めに原稿を出版社に持ち込んだ。出版契約が結ばれたにもかかわらず、この本はア
　　メリカでは出版されなかった。サン＝テグジュペリは本の出版を信じていたために、
　　『戦う操縦士』の中で、その本について言及している。またサン＝テグジュペリは当
　　初『三十三日』の序文を書く予定だった。その原稿が大きくふくらみ、『ある人質へ
　　の手紙』として独立して発表されることになったのである。『ある人質への手紙』は
　　1943年3月頃から書き始められ、6月3日にニューヨークでブレンタノス社から出
　　版された。『ある人質への手紙』（Antoine de Saint-Exupéry, *Lettre à un Otage*, New
　　York, Brentano's, 1943.）参照。フランスではサン＝テグジュペリの死後、ガリマー
　　ル社から1944年に出版されている。

(4)『ある人質への手紙』（*Pl II, Lettre à un otage*, p.95.）

(5) レオン・ヴェルト著「わたしが知っているとおりのサン＝テグジュペリ」参照（Léon
　　Werth, *Saint-Exupéry tel que je l'ai connu...*, in René Delange, *op.cit.*, p.183.）。レオ
　　ン・ヴェルトはサン＝テグジュペリが書かなかった逸話の詳細について、「わたしが
　　知っているとおりのサン＝テグジュペリ」の中で語っている。ヴェルトに言わせれば、
　　「アリ」のような格好をしたウエトレスを、サン＝テグジュペリの筆は「聖職者のよ
　　うなウエトレス」に再創造する。サン＝テグジュペリはふたりの水夫を登場させる
　　が、船主の妻は切り捨てている。ヴェルトも書いているように、「異物」を「無視」し、
　　排除して、主題だけを浮かび上がらせるように、「微笑み」の「実質」、ふたりの「喜
　　び」の「時間」に「本質的なもの」である「真実」のみを抽出し、表現しようとし

ているのである。このときのエピソードについては先に引用したように、サン＝テ
グジュペリが 1940 年駐留していたラオンから、ヴェルトに宛てた手紙の中での触
れられている。「わたしは時々あなたと長い議論をしますが、わたしは偏ってはいま
せんし、ほとんどいつもあなたが正しいと思っています。でも、レオン・ヴェルト
さん、わたしはソーヌ川の岸辺で、ソーセージとカンパーニュパンをかじりながら、
あなたとペルノ酒を一杯やるのが好きです。その瞬間が、どうしてわたしにあれほ
ど充実した味わいを残すのか、私にはうまく言い表すことができません。でもそれ
を言う必要はないのです。あなたはわたしよりもずっとよくそれがわかっているの
ですから。わたしはとても満足でした。もう一度やりたいものです。<u>平和というも
のは抽象的ななにかではありません</u>（La paix ce n'est pas quelque chose d'abstrait）。
それは危険や寒さの終わりではないのです。そんなことはわたしにはどうでもいい
ことです。〔……〕しかし平和とは、レオン・ヴェルトといっしょにソーヌ川の岸辺
でソーセージとカンパーニュパンをかじることが意味を持つということです。ソー
セージに味わいがなくなるのがわたしは悲しいのです。〔……〕トニオ」（「レオン・
ヴェルトへの手紙」1949 年 2 月付参照　*Pl II*,〈*À Léon Werth*〉《*Lettres amicales et
professionnelles*》p.1021.）。
　　レオン・ヴェルトがサン＝テグジュペリの文章について、とくに注目するのは彼
の「ポエジー」である。「彼の書物のあるもの、彼の手紙のあるものの中で、サン
＝テグジュペリは安宿のテーブルや、いっぱいのペルノ酒や、田舎風ソーセージに
ついてほのめかしている。〔……〕豚肉屋や酒屋という世界があった。彼はそこから
<u>ポエジー</u>の一世界、現実であるがゆえに、<u>ポエジー以上のポエジー</u>の一世界をつく
り出す。」レオン・ヴェルト著「わたしが知っているとおりのサン＝テグジュペリ」
前掲書参照（Léon Werth, *Saint-Exupéry tel que je l'ai connu...*, in René Delange,
op.cit., p.186.）。あるいは、「彼は一羽のカナリアが自分の籠を愛するように、自由
を与えられたのにまたそこに戻って来るように、家庭を愛したのではなかった。彼
が家庭について愛していたのは、家庭というものの性格、あるいはむしろその<u>ポエ
ジー</u>だった。詩人がひとつのイメージを見つけたとき、彼はそれを繰り返すのでは
なく、新しい別のイメージを見つけなければならない。サン＝テグジュペリの浮気
の感覚もそのようなものだった。」レオン・ヴェルト著「わたしが知っているとお
りのサン＝テグジュペリ」前掲書参照（Léon Werth, *Saint-Exupéry tel que je l'ai
connu...*, in René Delange, *op.cit.*, p.189.）。レオン・ヴェルトはこれ以外の文章の
中でも、特に詩人としてのサン＝テグジュペリ、サン＝テグジュペリの「ポエジー」
に注目している。

142 第II部「本質的なもの」

(6)「平和か戦争か」（*Pl I,* 〈*La Paix ou la Guerre?*〉《*Articles*》p.346.）

(7)『人間の土地』にこのような一節がある。「ニュートンは創造的な行為を成したのだ。彼は牧場でリンゴが落ちるのと同時に太陽が昇ることを表現しうる人間の言語を打ち立てたのだ。真実(vérité) は、証明されるものではない。それは単純化するものだ」（*TH*, p.278.）。

(8)「平和か戦争か」（*Pl I,* 〈*La Paix ou la Guerre?*〉*op.cit.*, p.345.）

(9) *ibid.* p.346. サン＝テグジュペリのことばは、第二次世界大戦後 70 年を経た今日でも、私たちの心に響く。彼はこうも言っている。「戦争の恐怖の光景を描くだけでは、戦争に反対する理由を見出すことはけっしてできないだろう。しかし、生きることの心地よさと無益な死の残酷さを際立たせることだけで満足していても、やはり戦争に反対する理由を見出すことはけっしてできないだろう」（*ibid.*, p.345.）。わたしたちが現在陥っている状況も、昔と少しも変わってはいないのではないか。「戦争」は確かに「悲惨」なものである。けれども「戦争」の「真実」は、戦争の悲惨さにあるのではない。「人間」ひとりひとりが、「個別性」を超えた「普遍性」の内に、「人間というもの」の中で互いに結び合わされない限り、「戦争」はなくなることはないだろう。サン＝テグジュペリが問うているように、わたしたちが成すべきことは、戦争の「真実」を見つけ出すことである。「個別性」を超えた「普遍性」の中で「人間というもの」のイメージを浮かび上がらせるために、サン＝テグジュペリは『人間の土地』以降、人と人とを「結びつける」「絆」というイメージを主要なモチーフのひとつとして取り上げて行くことになるだろう。

(10) *ibid.* p.346. これと同じような内容の表現がディオデーム・カトルー中尉宛の書簡に見出される。「人間は神になれない限り、その言語において真実は矛盾したまま表明される。そして人は誤りから誤りへと真実に向かうのだ。」（「ディオデーム・カトルー中尉宛書簡」1943 年夏、チュニスにて執筆 〈*Lettre au lieutenant Diodème Catroux*〉《*Écrits de guerre : l'Afrique du nord*（1943 - 1944）》*Pl II*, p.340.）参照。この書簡は『ル・モンド』紙 1950 年 7 月 29 日号に「サン＝テグジュペリ未刊行書簡」として発表された（〈*Une lettre inédite et un enseignement - de Saint-Exupéry*〉, *Le Monde*, 29 juillet 1950.）参照。調査の結果、ディオデーム・カトルー中尉宛に書かれ、投函されなかった書簡であることがわかった。内容からしてサン＝テグジュペリによって書かれたものであることは疑いようがない。また「ル・モンド」に掲載された文章と、プレイヤード版のそれとの間には異同は見られない。

(11)「平和か戦争か」にもほぼ同様の記述を見出すことができる。ただそこには「真実とは普遍的なものを導き出す言語なのだ。」という一文が欠如している（*ibid.* p.347.）。

第2章 「目に見えるもの」と「目に見えないもの」

> 「子どもに喜びを準備する手に幸いあれ。いつどこ
> で将来それが花を咲かせるかは誰にもわからない。」
> ダグラス・ウィリアム・ジェロルド

　サン＝テグジュペリのテクストにおいて、「目に見えるもの（visible）」と
は必ずしも「視覚的に捉えられうるもの」ということを意味しない。サン＝
テグジュペリにとって、「目に見えるもの」とは「目に見えないもの（invisible）」
の対義語としてあくまで存在し、「目に見えないもの」とは、多くの場合「内
面化されるもの」という意味である。サン＝テグジュペリの作品の中で、その「目
に見えるもの」と「目に見えないもの」の対比がおもしろく、しかも美しく
描かれているのは『星の王子さま』であると言って間違いないだろう。「目に
見えるもの」と「目に見えないもの」だけではなく、『星の王子さま』の中で
は、実はさまざまなイメージが対になるものとして提示されている。「おとな」
と「子ども」、「砂漠」と「バラの庭園」、「渇き」と「心にいい水」、「ヒツジ」
と「キツネ」、そして3組の「おとなたち」、命令する「王さま」と命令に従
う「点灯夫」、自己顕示欲のかたまりの「うぬぼれ屋」と自己嫌悪のかたまり
の「酒のみ」、星を自分のものにしようという所有欲のかたまりの「ビジネス
マン」と星についての知識を独り占めにする「地理学者」。さらによく見ると、
「友情」と「愛」、「幸福」と「不安」、「旅」と「定住」、「空間」と「時間」、「問
い」と「答え」、物事の「しるし」とその「意味」など、物語を構成する主要
なイメージは、ほとんど常に対になるものとして提示され、物語はその見事
なバランスの上に成立していることがわかる。それはまさにポエジーの幾何

学を構成していると言うことができる。

　サン＝テグジュペリは 1940 年 6 月に休戦協定が結ばれ、7 月に動員解除になると、その年の暮れ、12 月 31 日にアメリカに渡る。それはアメリカの出版社、レイナル・ヒッチコック社からの求めに応じたものだった[1]。『星の王子さま』はサン＝テグジュペリの滞在先のアメリカで「クリスマスのための童話」として、友人だったレイナル・ヒッチコック社の社長、カーチス・ヒッチコックの依頼を受けて書かれ、1943 年 4 月 6 日にレイナル・ヒッチコック社から初版が刊行された。サン＝テグジュペリは 4 月 20 日に、船でアフリカに向けてアメリカを発つが、発売される前の 1 冊を受け取っていただけで、ほんとうに発売されたのかどうかも知らなかった[2]。『ニューヨーク・タイムズ』は 1943 年 4 月 11 日日曜号の「ブックレビュー」の中で発売されたばかりの『星の王子さま』を書評に取り上げており、発売当初この本がどのように受け取られていたかを知る上で興味深い。

「孤独な宇宙の王子さま」

　アントワーヌ・ド・サン＝テグジュペリが執筆、挿絵を描き、キャサリン・ウッズによって翻訳された『星の王子さま』(91 ページ) レイナル・ヒッチコック社から出版された。(定価 2 ドル)

　サン＝テグジュペリの新しい本は、『夜間飛行』や『人間の土地』、『戦う操縦士』とはとても趣を異にする本である。そして、しかもなおそこには、孤独な高い宇宙の、同じように見事に明瞭で純化された特質がある。その宇宙は、ひとりの人間の精神が物事の意味について思索し、問い、不思議に思う領域である。『星の王子さま』はちょっとした子ども向けのお話という外見を取りながら、実はおとなのためのたとえ話 ― 冒険をする「王子さま」の繊細で楽しいイラストを伴った寓話である。この本はそれ自体かわいらしい物語だが、詩的な哲学へのあこがれを包み隠している ― けっして四隅をこぎれいに鋲で留められたような寓話ではなく、むしろ真に重要な問題についての考察である〔……〕[3]。

発売当初から、『星の王子さま』は子ども向けに書かれていたとはいえ、「おとなのためのたとえ話」「寓話」という捉え方をされていたことがわかる。「孤独な宇宙の王子さま」という副題も非常に興味深い。さらに「詩的な哲学へのあこがれ」を持った本という見方は的を射ているのではないだろうか。『星の王子さま』についてよく言われることだが、サン＝テグジュペリを神秘家のように捉える人は多い。しかしむしろそれは逆で、サン＝テグジュペリはもともと徹底した現実主義者であり、神秘主義ほど彼から遠いものはない。サン＝テグジュペリは現実を直視し、現実を凝視すればするほど、そこに「目に見えない」「本質」を、「人間」の「真実」を見極め、そこから類い希な文学的ヴィジョンを引き出し得たのだと、考えるべきである。そして『星の王子さま』も、他の作品とまったく同列に議論されるべき重要な文学作品であり、子ども向けに書かれたといっても、けっして幼稚であることを意味するものではない[4]。さらに『星の王子さま』ともっとも関係の深い作品は、実は『城砦』であることは疑いようがなく、それらは平行して考察することも可能であると思われる。

　サン＝テグジュペリが『星の王子さま』を献げたレオン・ヴェルトは、ルネ・ドランジュの伝記『サン＝テグジュペリの生涯』の付録として、「わたしが知っているとおりのサン＝テグジュペリ」という比較的短い一章を寄稿しているが、その中にサン＝テグジュペリと「子ども」を結びつける次のような興味深い証言を書き残している。

　<u>サン＝テグジュペリは自分からこども時代を追い払うこことがなかった</u>（Saint-Exupéry n'avait point chassé de lui son enfance）。<u>おとなたち</u>（Les grandes personnes）は、妖しげな光に十分に照らされておらず、まとまりのない記憶の残りかすや断片によってしか、自分たちの同類を認識しない。しかし子どもは<u>絶対的な光</u>（une lumière absolue）の中でそれらを見る。すべてのものは子どもにとって、「人食い鬼」や「眠れる森の美女」と同じ明証性を持っているのだ。子どもは確信の世界の中に生きている。サン＝テグジュペリはその確信を人々に表現するすべをもっていた[5]。

146 第Ⅱ部「本質的なもの」

　レオン・ヴェルトが言うように、サン゠テグジュペリはいつも内心に子ど
も時代を抱えていたし、彼自身、「わたしはどこから来たのか。わたしはわた
しの子ども時代のものだ（Je suis de mon enfance）。わたしの子ども時代のも
のだ。ある国のものであるように〔……〕」（PG, p.158.）と書いている。『戦
う操縦士』の中で、戦火のアラス上空でドイツ軍爆撃機につかまり、逃げ惑
うとき、サン゠テグジュペリは「最高の保護の感情を見出すために、記憶の中で、
少年時代にまで遡る」（ibid., p.186.）。彼の脳裏に浮かぶのは、不思議と少年
時代、それに親しかった家政婦ポーラの姿である。「― ジグザグに飛んでくだ
さい、大尉どの！― これは、新しい遊びさ、ポーラ！　右に一踏ん張り、左
に一踏ん張りして、射撃をかわす。ぼくが木から落ちてこぶをいくつもこし
らえたことがあったね。あなたはたぶん、アルニカの湿布で手当てしてくれた。
今度はすごい分量のアルニカが必要になりそうだ。わかるかい、それにして
も…… これはすばらしい夕暮れの青さだ！」（ibid., p.183.）サン゠テグジュ
ペリはまた、「私は以前おとなたち（les grandes personnes）をあまり尊敬して
いなかった」（ibid, p.206.）と、述べているが、サン゠テグジュペリは「子ど
も」の無邪気さでだけではなく、「子ども」の「心」を持って、「子ども時代」
の記憶に支えられながら、「精神」の高みから見下ろすように『星の王子さ
ま』という物語を書いたのだと言うことができる。ヴェルトの言う「絶対的
な光」ということばは示唆に富んでいる。後述するように、サン゠テグジュ
ペリが描く夜空の「星」は、この小説の中で、時間も空間も超越したような「絶
対的な光」を放っていると言うことができないだろうか。

　『星の王子さま』の起源については、重要な論文がすでにフランスでもっと
も権威ある学術論文誌に発表されている。発表当時はセンセーショナルな反
響を呼んだが、近年この論文に言及する人は少なくなっている。しかし『星
の王子さま』の成り立ちを考える上で非常に重要であると思われるので、こ
こであらためて取り上げてみたい。それはドニ・ボワシエ著「サン゠テグジ
ュペリとトリスタン・ドレーム：『星の王子さま』の起源」という論文である[6]。
その中でボワシエは、フランス20世紀の詩人トリスタン・ドレームの小説
『少年パタシュ（Patachou, Petit Garçon）』と『星の王子さま』との類似点を、
語彙とその用法など表現のレベル、さらには文学的なイメージにおいても詳

細な比較研究を行っている。語彙の面では、主人公の「少年」、「飛行機」、「星」、「おとなたち」「箱」、「ヒツジ」、「小羊」、「口輪」、「宝」、「火山」、「バラ」、「バオバブ」、「ゾウ」、「ボア」、「狩人」、「キツネ」、「ヘビ」、「砂漠」、「夕日」から「井戸」にいたるまで、おそらくサン＝テグジュペリがドレームから借用したと考えるに足る証拠が列挙されており、非常に説得力がある。確かに「星」、「飛行機」、「ヒツジ」、「砂漠」、「夕日」と「井戸」を除けば、それ以外のイメージはサン＝テグジュペリの他の作品の中にはほとんど見ることができない。語彙とそのコンテクストのレベルにおける詳細な一致を見る限り、サン＝テグジュペリが『少年パタシュ』からほとんどの主要なイメージを借用し、『星の王子さま』を作り上げたということは、ほぼ間違いないように思われる。『星の王子さま』を書くにあたってサン＝テグジュペリに影響を与えたと思われる作品は他にもあるとしても[7]、少なくとも直接的な影響は『少年パタシュ』から受けているであろうことは、ほぼ確かであると言うことができるのではないかと推察される。だからといって『星の王子さま』が剽窃であるとまでは言い切れず、作品の魅力が損なわれるというわけでもない。サン＝テグジュペリは『少年パタシュ』から主要なモチーフを借用し、彼自身の想像力によって新たに組み上げ、美しく独創的なイメージを紡ぎ出したのである。ここでは、サン＝テグジュペリ自身の確実にオリジナルであると考えられるイメージ、テクストの中に隠されている最も重要な彼の晩年の文学的ヴィジョンそして世界観を読み取ってみたい。

　『星の王子さま』は登場するさまざまな作中人物の姿、その言動、「王子さま」の由来とその死、そしてときにアレゴリックであり、また象徴的でもある数々のイラストとともに、謎めいた小説である。しかしこれを神話から、あるいはミスティックな観点、さらには心理学的観点から読み解こうという試みには、筆者は組しない[8]。『星の王子さま』の読解において最も重要なことは、さまざまなイメージを通して作家の持っている文学的なヴィジョンを導きだし、その意味を考察することである。「パイロット」は夢を見て「王子さま」という子どもの頃の「自分自身」に再会し、少年時代に帰り、「心の泉」を見出した。「王子さま」の亡骸がなかったことからしても、「王子さま」は死んだのではなく、「わたし」が夢から覚めただけだ。あるいは「王子さま」は単純に「異星人」であり、その「異星人」がやって来たときと同様、不思議な

帰還の仕方をしただけだ、などなど。しかし、『星の王子さま』というそもそもイマジネーションの世界に外形的な論理的整合性を求める読み取り方自体が誤っており、それこそまさに「おとな」のものの見方である。『星の王子さま』の読解において「いちばん大切なこと」は、イマジネーションの持つ力を理解することである。見事に美しく文学的なイメージに昇華されているとはいえ、『星の王子さま』も彼の他の作品とまったく同様に、その核心部分はサン＝テグジュペリの実体験から生まれ出たものであると、筆者は考えたい。どんな作家も、その実人生の中で得られた経験をもとに創作をすることは間違いないが、サン＝テグジュペリの文学において実体験そのものが作品世界に占める比重は非常に高い。彼は実体験をそのまま文学的に表現するか、実体験に基づく考察を文学的イメージに昇華するかのどちらかである。『星の王子さま』はサン＝テグジュペリ生前最後の作品である。したがって小説の中にちりばめられたイメージは、彼が長い年月をかけて醸成し、出来上がった、彼にとってはまさに最終的な文学的イメージの結晶であり、同時に彼の世界観であるということを忘れてはならない。

　「本質的なもの (l'essentiel) は目に見えない」(*PP*, p.298.) と、「キツネ」は「王子さま」に言う。「目に見えない (invisible)」は『星の王子さま』の中ではキーワードのひとつであることは間違いないが、〈invisible〉という語は、サン＝テグジュペリの他のテクストの中ではそれほど使用頻度の高い語ではない。キツネとの会話以外には、「よい草のよい種と悪い草の悪い種とがあった。でも種は<u>目に見えない</u> (invisibles)」(*ibid.*, p.248.) という表現がある [9]。サン＝テグジュペリが『星の王子さま』執筆当時直面していた戦争の現実も同様である。「メランコリックで、一面ブルーの戦争」(*PG*, p.183.)。戦争の本質は「目に見えない」のである。「戦争の筋肉組織は<u>目に見えない</u> (invisible) からだ。人が与える一撃を受け取るのは子どもだからだ。戦争と出会って、人が標的にするのは、子どもを産もうとしている女たちだからだ」(*ibid.*, p.174.) と、彼は『戦う操縦士』の中で書いている。『星の王子さま』のなかで、特にキツネとの重要な会話においては、それは「心」との関係で用いられている点が最も重要である。

　「ねえ、こうしてくれるとうれしいな。<u>ぼくも星をながめるよ。する</u>

と、ぜんぶの星が、さびたかっ車のついた井戸のある星になるだろう（je regarderai les étoiles. Toutes les étoiles seront des puits avec une poulie rouillée）。ぜんぶの星がのむ水をぼくにくれるんだ……」

わたしはだまっていた。

「そうしたら、ほんとにおもしろいよね！　5億の鈴がきみのものになるし、5億の泉がぼくのものになるんだ……」（*PP*, p.315.）。

「ひとつ」の「星」を眺めると、「ぜんぶの星が、さびたかっ車のついた井戸のある星に」なり、「5億の鈴がきみのものになるし、5億の泉がぼくのものになる」。「ひとつ」は同時に「すべて」に置き換わる。これは非常に不思議な感じ方であると言わざるをえない。「ひとつはすべてであり、すべてはひとつである」。この『星の王子さま』の中で、もっとも美しくもっとも文学的に昇華されたこのヴィジョン、あるいは後述するように、サン゠テグジュペリの思想の核心とも言うことができるこのヴィジョンがこの小説の根底にあり、このヴィジョンに向かって小説はその歩みを進めて行くと、言うことができるのである。このヴィジョンは小説の中で5度繰り返されている[(10)]。

「目に見えるもの」

『星の王子さま』の物語には、「目に見えるもの」と「目に見えないもの」という一対の対照的なイメージが常にプロットの背後にあり、冒頭から結末に至るまで終始王子さまのドラマを支えている。小説家は自らの手になる数多くの美しい挿絵とともに、様々な「目に見えるもの」のイメージを通して、絶えずそれらと対蹠的なイメージである「目に見えないもの」の存在に読者の目を向けさせようとしているのである。「本質的なものは、目に見えないのさ」（*ibid.*, p.298）とキツネは王子さまに言うが、キツネのことばを通して小説家が語りかけようとする「目に見えない」「本質的なもの」とはいったい何なのだろうか。ここでは「目に見えるもの」と「目に見えないもの」という一対のイメージを取り上げ、それらの対比を通して『星の王子さま』の物語を読み解いてみたい。

150　第Ⅱ部「本質的なもの」

『星の王子さま』という小説全体をいくつかの部分に分けるとするならば、おそらく３つのに分けるのが適当ではないかと思われる。第１部は第１章から第９章まで、小説の導入部で、飛行士である「ぼく」との出会いと小さな星における王子さまの生活が描かれた部分、第２部は第10章から第15章まで、自分の星を旅立った王子さまが地球に降り立つまでに立ち寄る６つの星の住人との出会いが描かれた部分、そして第３部は第16章から最終章まで、地球に降り立った王子さまが星に帰るまでに経験する出来事を綴った部分である。先に述べたように、この小説の構造はふたつの対になるイメージの対立の上に成り立っている。ここでは、「目に見えるもの」と「目に見えないもの」、そして「おとな」と「子ども」(11) というイメージについて考察してみたい。「目に見えるもの」と「目に見えないもの」のイメージという観点から見るならば、第１部は「目に見えるもの」と「目に見えないもの」のイメージが小説家自身の手になる複数のイラストによって読者に鮮明に印象づけられ、いわばイメージの導入部を成しており、続く第２部におけるアレゴリックな６つの星の住人によって提示される「目に見えるもの」に取りつかれた人々の観察を通して、読者の関心を第３部における「目に見えないもの」の本質へと向かわせようとする構造であることがでわかる。

「目に見えるもの」と「目に見えないもの」のイメージの対立の中心にあるのは、キツネのことばである。第３部、地球に降り立った王子さまは、砂漠をはじめ様々な土地を訪れた後、キツネと出会い仲良しになるが、すぐに別れの時が来る。第21章で、キツネは王子さまへの「おみやげ」(idem.) として、ある「秘密」(idem.) を贈り物にする。王子さまとの会話の中で、キツネはその「秘密」、「目に見えないもの」の大切さを次のように説いている。

　　「おれの秘密っていうはこういうことさ。とてもかんたんなことなんだ。<u>心で見なくちゃ、ものごとはよく見えないってこと</u> (On ne voit bien qu'avec le cœur)。<u>本質的なもの</u>は目に見えないのさ (l'essentiel est invisible pour les yeux.)」
　　「本質的なものは、目には見えない」と、王子さまはくりかえした。〔……〕
　　「人間たちときたら、<u>この真実</u>を忘れてるのよ (cette vérité)〔……〕」

(*idem.*)。

　キツネは「本質的なもの」は「目に見えないもの」なのであり、それは「真実」であると言っているのである。「心で見なくちゃ、ものごとはよく見えないってこと」というキツネのことばは、「感覚」によって捉えうる存在物の外見を乗り越えてその「核心」に入り込むことを意味している。その「心」、「本質的なもの」を見通す「心」という表現は、サン＝テグジュペリのその他のテクストの中では用いられない言い回しである。「心」は曖昧な表現であり、「理性」も「感情」もすべて「心」という概念に包含される。もしこの小説が童話でなかったならば、そしてもしそこにサン＝テグジュペリ本来の用語をあてはめるとするならば、それは「精神（l'esprit）」と言われるべきところだろう[12]。『城砦』の中でも、彼は「心が魂の上位にあることは、そして感情が精神の上位にあることはよくないことだ」（*CDL*, p.442.）と記している。サン＝テグジュペリはここで「精神」という語を用いることを避けた代わりに、小説の最後に、「精神」の高みからの眺望を、「精神」ということばを用いずに、シンボリックな美しい星空のイメージに凝縮させ、繰り返し表現しているのである。

　第1部ではこの「目に見えるもの」と「目に見えないもの」のイメージの対立は、文章というよりはむしろイラストによって印象的に表現されていることに注目する必要がある。小説の書き出しは次のようなものである。「わたしは、6つのとき、いちど『実話集』という題名の原生林について書かれた本の中で、すごい絵を見たんだ。それは、けものを、丸のみにしようとするボアの絵だった。これがその絵の写しだ」（*PP*, p.235.）[13]。そして次に作者は自ら描いた挿絵を提示する。さらにすぐにその透視図である絵に読者の注意を向けようとする。両者ともゾウを呑み込んだ同じボアの外側と内側の絵であり、初めの絵が「目に見えるもの」そのもののイメージを表現しているのに対して2番目の絵は「目に見えないもの」のイメージを「目に見える」姿に置き換えたイメージだと考えることができるだろう。さらに重要なのは、巻頭に登場するこれら2枚の挿絵が巻末に掲載されている別の2枚の挿絵と見事に対応しているということである。それは、毒蛇に足をかませた王子さまが今まさに砂漠に倒れ込もうとしている様子を描いた挿絵と、まったく同じ

152 第Ⅱ部「本質的なもの」

砂漠の絵でありながら王子さまのいない挿絵である。ボアの外側を描いた絵と目に見える王子さまの姿を描いたイラストは、ともに「目に見えるもの」のイメージを形象化した挿絵であり、ボアの内側を描いた絵と「王子さま」のいない砂漠の風景を描いたは「目に見えないもの」のイメージを形象化した挿絵である。この小説は、「本質的なものは目に見えないのさ」というキツネのことばを中心に、「目に見えるもの」に囚われて「本質的なもの」を見ることができずにいる「おとなたち」の話に始まり、最後に「目に見えない」王子さまの姿を「心で見る」ことを読者に求めるという展開であることがわかるはずである。

　ボアに続いて登場する羊の箱の挿絵も、ボアの外側の絵と同様に「目に見えるもの」のイメージの表現であることは明らかである。王子さまから羊の絵を描いてほしいとせがまれた「わたし」は、王子さまが望むような羊がどうしても描けなかった。「わたし」は仕方なく穴の開いた箱の絵を描き、その中に羊がいるからと言って王子さまに渡す。王子さまは喜んでその絵を受け取るが、驚いたことに、王子さまには「目に見える」箱の中の「目に見えない」羊が見えるのである。こうして王子さまは「おとな」の対極にある存在として示される。王子さまが羊を欲しがっていたのは、王子さまの小さな星にはバオバブの種があって、芽吹いたバオバブを羊に食べさせようと考えたからであった。「目に見えないもの」は良いものばかりとは限らない。成長すると小惑星を破裂させかねない危険な大木も、最初は「見に見えない」一粒の小さな種にすぎない。このように「悪」もまた「目に見えないもの」である[14]。

「おとな」と「こども」

　わがままなバラの花との関係に疲れた王子さまは、住み慣れた星を後にして旅に出る決心をする。地球にたどり着くまでに王子さまは6つのアレゴリックな星に立ち寄る。これらの星は一見ばらばらに見えて、実は共通点がある。挿絵からもわかるように、第一に小さな星にたったひとりで住んでいるということ、そして彼らがみな「おとな」であるということである。サン＝テグジュペリは『戦う操縦士』の中で、「わたしは以前おとなたち（les grandes personnes）をあまり尊敬していなかった」（*PG*, p.206.）と書いている。その彼が「尊敬」できない「おとなたち」のイメージが6つの星の住人という姿になり、滑稽に表現されている。「王さま」、「うぬぼれ男」、「酒のみ」、「ビジネスマン」、「点灯夫」、「地理学者」たちは、いずれも「目に見えるもの」に心奪われた「おとなたち（les grandes personnes）」である。「王さま」は自らの「権力」に、「うぬぼれ男」は他人の「称賛」に依存している。「酒のみ」は自己嫌悪に囚われ、「ビジネスマン」は「金銭」の虜である。「点灯夫」は「命令」に隷従している。「地理学者」は「知識」を集めようと必死である。これらの「おとなたち」のイメージも、対になる3組として提示される。「命令」をする「王さま」と「命令」に従う「点灯夫」、自己顕示欲のかたまりの「うぬぼれ屋」と自己嫌悪のかたまりの「酒のみ」、物質的財産を集める「ビジネスマン」と知的富を収集する「地理学者」。『星の王子さま』に描かれる「目に見えるもの」とは、「心にいいもの」である「目に見えないもの」の正反対に位置するイメージなのである。

　王子さまが最後に訪れたのは「地理学者」の星である。それまでに立ち寄った星と比べるととても大きなその星には、ひとりの老紳士がいて、何冊も分厚い本を書いている。「王さま」にとって自分以外のすべての人々が「家来」であったように、「地理学者」にとって自分以外の人間はすべて「探検家」である。彼は王子さまの星についても興味を示し、いろいろと詳しく知りたがる。しかし王子さまが星に残してきた「花」の話をすると、「地理学者」は「花」のことは書く必要がないとして、次のように言う。

　　「わしらは、花のことなんか書かんのじゃよ。」
　　「どうして！　すっごくきれいなんだよ（c'est le plus joli !）」
　　「<u>花は、はかないものだからだ</u>（Parce que les fleurs sont éphémès.）」
　　「"はかない"って、どういうこと。」〔……〕いちどききはじめたらけっしてあきらめない王子さまは、くり返しきいた。
　　「<u>それは"やがて消えてなくなる"っていう意味じゃよ</u>（Ça signifie"qui est menacé de disparition prochaine"）」
　　「ぼくの花もやがて消えてなくなるの。」

154　第Ⅱ部「本質的なもの」

「もちろんじゃ」(*ibid*., p.282.)。

　王子さまはこの時はじめて、「とっても美しい（C'est le plus joli.）」（もっとも美しい）自分の花が実は弱い生きものであること、「そのうち消えてなくなる」運命の「はかない」存在であることを知り[15]、花をひとりぼっちにしてきたことを後悔する。「地理学者」は「はかない」存在を相手にせず、「変わることがない」ものを問題にしていると言う。彼はできるだけ多くの「変わらない」「知識」を手に入れようとしている。しかし、ここで「地理学者」にとっての「知識」がちょうど「ビジネスマン」の「星」に不思議と類似していることに気づく必要があるだろう。できるだけ数多くの「星」を数え「星」の所有者を自任しようと、できるだけ多く「星」についての「知識」を手に入れようと、彼らがそうするのは彼ら自身の利益のためであって、けっして「星」のためではない。「地理学者」も「ビジネスマン」同様「目に見えるもの」に心奪われた「おとな」に他ならないのである。「地理学者」はだいじなことは「探検家」に任せ、自分は「探検家」のことばを書き写すだけである。しかも自分自身の住んでいる星については何も知らないという滑稽さがある。この「地理学者」によく似たイメージを『人間の土地』の中にも見出すことができる。それは1927年、サン＝テグジュペリがトゥールーズ＝カサブランカ＝ダカール線の初めてのフライトを任されたとき、地図を広げ、先輩パイロットだったアンリ・ギヨメの忠告をひとつひとつ地図に書き込んで行く場面である。

　こうしてわたしたちは世界のあらゆる地理学者には知られていない細部を、その忘却から、その計り知れない距離から引き出していったのだった。大都市を流れるエーブル川だけが地理学者たちの関心を引く（l'Èbre seul, qui abreuve de grandes villes, intéresse les géographes）。しかし30ほどの花々を養うモトリルの西にある草原に隠れたあの父なる小川には、関心がないのだ。「この小川には気をつけろよ、平原を台無しにしている……地図にこれも書き込んでおけ。」ああ！わたしはモトリルのヘビのような流れを思い出すだろう！〔……〕わたしはその農夫、その30頭のヒツジ、そしてその小

川について地図にしるしをつけた。わたしは地理学者たちが無視して通り過ぎるあの羊飼いの女を、その正確な場所に位置づけたのだ（Je portais, à sa place exacte, cette bergère qu'avaient négligée les géographes）（*TH*, p.176.）。

　ここでも「地理学者」は「エーブル川」という地図に記載のある川には興味を示すが、「草原に隠れた父なる川」や「羊飼いの女」には関心を持たない。第1章に「確かに地理を勉強したことは、すごくわたしの役に立った。ちらっと眺めただけで、わたしには中国とアリゾナ州の区別がついた。夜の飛行で迷ったときなど、それはとても助けになった」（*PP.*, p.236.）と書かれているが、この「地理学者」を「天文学者」に置き換えた場合はどうであったかと、考えてみる人はいないだろうか。むしろ『星の王子さま』の「地理学者」がしていることは「天文学者」のそれに近いのではないだろうか。サン゠テグジュペリは「天文学者」をしばしば批判的に描いている。『星の王子さま』の表現をあてはめるならば、「天文学者」もまた「おとな」である。「天文学者」は「星」の数を数え、その軌道を計算する。ビジネスマンと同じように新しい「星」を発見しようと夢中になっている。「王子さま」と出会ったならば、「王子さま」がにどこから来たのかを尋ね、その「星」を特定しようと躍起になることだろう。ただ「天文学者」は「王子さま」の「花」を「はかないもの」だと言うことはできず、第3部へのプロットのスムーズな移行はむずかしかったかも知れない。

　6つの星の住人たちはそれぞれに求めるものは違っても、みな「目に見えるもの」の価値に囚われた「おとな」たちのアレゴリーである。彼らは皆「目に見えるもの」に還元しうる「価値」や「利益」を追い求め、そして彼らはみな孤独である。ひとつの星にただひとり住む彼らを描いた挿絵は、一つの世界にたったひとり住む人間という、いわば極限の孤独のイメージではないだろうか。「目に見えるもの」に心奪われた人間は、みな孤独なのである。「王子さま」を取り巻くこのような「孤独」のイメージを背景に、「キツネ」が言う「目に見えない」「絆」のイメージはより鮮明に浮かび上がる。『星の王子さま』の中に描かれる「おとな」は、みな戯画化されているが、『人間の土地』の中で描かれている「おとな」のイメージはより現実的である。サン゠テグジュペリがパイロットになってまもなくの頃、住んでいる宿からトゥールーズの空港に向けて出勤するときの会社の乗り合いバスの中で、サン゠テグジュペ

156　第Ⅱ部「本質的なもの」

リは事務仕事の職員たちを見て次のように思う。

　　今ここでわたしの同僚である年老いた事務員よ、何ものもけっしてあなた
　を逃がしてはくれなかったが、それはあなたの責任ではない。あなたはシロ
　アリたちがそうするように（comme le font les termites）、光に向かうあらゆ
　る隙間を無理にセメントでふさぐことによって、自分の平和を築いたのだ。
　〔……〕あなたはさまよえる星の住人ではまったくない。あなたはけっして答
　えのない問いを自分に課すことはない（tu ne te pose point de questions sans
　réponse）。あなたはトゥールーズの小市民だ。時が来たとき、誰もあなたの
　肩をつかむことはなかった。今や、あなたが創造されたときの粘土は乾き、
　固まってしまった（la glaise dont tu es formé a séché, et s'est durcie）。今後
　あなたの中に、初めはいたであろう眠り込んだ音楽家、あるいは詩人、ある
　いは天文学者を目覚めさせることができるようなも人は誰もいないだろう
　（TH, p.180.）。

　後述するように、「シロアリ」あるいは「シロアリの巣」はサン＝テグジュ
ペリにとって非常に重要なメタファーである。ここでは「おとな」が「シロアリ」
に喩えられている。「あなたはけっして答えのない問いを自分に課すことはな
い」と書かれているように、「おとな」は自分自身の「存在」そのものについ
て問うことがない。「あなたが創造されたときの粘土は乾き、固まってしまっ
た」という表現は、明らかに神の人間創造の『旧約聖書』の物語が背景にあ
ると思われるが、その『聖書』の用語である「粘土（la glaise）」「渇き、固ま
ってしまった」ということは、その人間の「実質」が枯渇しているというこ
とを意味している。そこからは「音楽家」も「詩人」も「天文学者」も ― こ
こで「地理学者」は「おとな」として描かれているにもかかわらず、「天文学者」
はそうではないというのは興味深いことである ― 生まれることはできない、
というのである。さらに「おとな」について、同じような一節が見出される。

　　「物質的な富だけのために働くならば（En travaillant pour les seuls bien
　matériel）、わたしたちはわたしたち自身で自分たちの牢獄を築くことになる。

わたしたちは、生きるに値する何ものをも与えてくれない灰の金銭とともに<u>孤独にそこに閉じこもることになる</u>（Nous nous enfermons solitaires）」（*TH*, p.189.）。

「物質的な富」は「目に見えるもの」そのものである。「目に見える」「富」のために生きることは、自ら築いた「牢獄」に自らを閉じ込めるようなものである。「目に見えるもの」を追い、「いちばんたいせつな」「目に見えないもの」に気づかない人間を、サン＝テグジュペリは「おとな」と呼んでいるのである。

それに対して、「目に見えないもの」に「心」開かれた存在が「子ども」と呼ばれる。「<u>おとなたち</u>」は、妖しげな光に十分に照らされておらず、まとまりのない記憶の残りかすや断片によってしか、自分たちの同類を認識しない。しかし<u>子どもは絶対的な光</u>（une lumière absolue）の中でそれらを見る〔……〕<u>子どもは確信の世界に生きている</u>（Il vit dans un univers de crtitude）。サン＝テグジュペリは自分からこども時代を追い払うことがなかった」[16]と、ヴェルトが言うように、サン＝テグジュペリにとって「子どもは世界の要約である」（*CDL*, p.370）。サン＝テグジュペリは子ども時代という内面の王国を常に忘れることなく持ち続けた。

「目に見えないもの」

「砂漠」はサン＝テグジュペリ文学の原風景であり、その最も重要な舞台である。『星の王子さま』の後半に描かれている「砂漠」のイメージは、『人間の土地』の中の、特に彼が自身の遭難体験を語った「砂漠のただ中で」の章に描かれている「砂漠」のイメージと共通する部分が多いことを指摘しておきたい[17]。「砂漠」は「目に見えるもの」の「不在」の土地であり、またそれによって、逆に「目に見えないもの」を見ることを妨げるものの「不在」と土地として提示される。

王子さまは、バラの花の咲きほこっている庭で、星に残してきた花と「まったく同じ五千もの花が、ただひとつの庭に咲いている」（*ibid.*, p.290.）のを見る。王子さまは「たった一本きりの花だと思って、ぼくはいい気になって

158　第Ⅱ部「本質的なもの」

いた。でも、ありふれたバラを一本もってただけだった」（*ibid.*, p.292.）ことを知り、悲しくなる。王子さまが泣いているところにキツネが現れる。

　「いっしょに遊ぼうよ」と、王子さまはキツネにいった。「ぼくほんとに悲しいんだ……」
　「おまえといっしょになんか遊べないさ。<u>おれは飼いならされちゃいないんだぜ</u>（Je ne suis pas apprivoisé）」と、キツネはいった。〔……〕
　「いいやちがうよ」と、王子さまはこたえた。「ぼく、ともだちさがしてるんだ。"飼いならす"って、どういうこと（Qu'est-ce que signifie "apprivoiser"？）」
　「ほんとうにわすれられがちなことだがねえ、<u>そりゃ"仲良くなる"っていう意味なんだよ</u>（Cela signifie "créer des liens"）〔……〕」（*ibid.*, pp.293-294.）。

　キツネは王子さまと遊べない理由を「飼いならされちゃいないんだから」と表現している。原文の〈apprivoiser〉は文字通り動物などを「飼いならす」ことで、ここでキツネは自分が知っている語彙を使って「仲よくなる」ことをそのように表現しているのである[18]。また「仲よくなる」と訳されていることばは、原文では〈créer des liens〉（絆を作り出す）と書かれている[19]。「目に見えるもの」に心奪われた孤独な「存在」をここまで見てきた読者には、この「絆を作り出す」という表現はきわめて重要なものに思われる。「王子さま」を取り巻く「孤独」のイメージを背景に、「キツネ」が言う「目に見えない」「絆」のイメージはより鮮明に浮かび上がる。続けてキツネは次のように語る。

　「そうさ」と、キツネはこたえた。「おれにとっちゃ、おまえは、まだほかの十万もの子どもとちっともかわらないだたの子どもさ。おれにゃ、おまえなんて必要ない。おまえだって、おれのことが必要なわけじゃないだろ。でも、<u>もしおまえがおれを飼いならすなら</u>（si tu m'apprivoises）、<u>おれたちゃおたがいに必要なものになるのさ</u>（nous aurons besoin l'un de l'autre）。<u>おまえは、おれにとってこの世でたったひとつのものになるんだ</u>（Tu seras pour moi

unique au monde)、おれもおまえにとってこの世でたったひとつのものにな
る……（Je serai por toi unique au monde...）」（*ibid.*, p.294.）

「私」と「あなた」の関係性について、「キツネ」は「王子さま」にこのよ
うに語る。これは『星の王子さま』の中で、疑いようもなく最も重要な場面
である。その「飼いならす」（「仲よくなる」）ということばの意味を、「キツ
ネ」は「絆をつくる」（créer des liens）と説明していることに注目したい。「絆」
は「出来る」のもではなく、「つくる（創造する）」（créer）ものだというので
ある。『戦う操縦士』の中では「絆」を「こね上げる（pétrir）」と、サン＝テ
グジュペリは表現するだろう。ここでは「たったひとつの」の意味で〈unique〉
という語が用いられているが、この章の二章手前、第19章で「王子さま」は
高い山に登り、「ひとりぼっちなんだ」（Je suis seul）と叫ぶ。こだまがそれ
にこたえて「ひとりぼっちなんだ…… ひとりぼっちなんだ…… ひとりぼっち
なんだ…… 」（Je suis seul... je suis seul... je suis seul...）と繰り返す場面があ
る（*ibid.*, p.289.）。この「ひとりぼっち」という表現は、砂漠におりたってす
ぐの「王子さま」と「ヘビ」の会話の中にも見出される。地球に足を踏み入
れた「王子さま」はだれも見あたらないのに驚き、「地球にはだれもいないっ
てこと？」と、「ヘビ」に尋ねる。「砂漠にいると、ぼくちょっと、ひとりぼ
っちだって気がするよ」（On est un peu seul dans le désert...）。すると「ヘビ」
は答える。「人間たちの中にいたって、ひとりぼっちにゃかわりはないわさ」（On
est seul aussi chez les hommes.）（*ibid.*, p.286.）。砂漠にいても「ひとり」（seul）
であるし、人間たちの間にあってもやはり「ひとり」（seul）である。「キツネ」
が使う「たったひとつの」（unique）ということばと〈seul〉ということばは、
同じ「唯一の」を意味することばではあっても、両者の間にはニュアンスの
違いがある。〈seul〉は「ほかのものといっしょにいない」という意味での「唯
一の」であり、〈unique〉は「似たもののない」という意味における「唯一の」
である。ここで上の引用箇所における「たったひとつの」ということばは、「王
子さま」の「ひとりぼっちなんだ」という孤独の叫びと切り離し難く結びつ
いている。「個」として存在する二人の間を結びつける「絆」を「作る」こと
によって、はじめて「おたがいに必要なもの」になることができる。「王子さま」
は「たったひとり」（seul）であるからこそ、「キツネ」にとってほかのだれと

160   第Ⅱ部「本質的なもの」

も違う「この世でたったひとつのもの」(unique au monde) になることができ
るのであるし、「キツネ」もまた「たったひとり」であるからこそ ― サン＝
テグジュペリが「フェネック」のことを「孤独なキツネ」(renard solitaire) と
呼んでいることは、『星の王子さま』のこの場面とつながりがあるだろう ―「王
子さま」にとってほかのだれとも違う「この世でたったひとつのもの」にな
ることができるのである。そして同じように「王子さま」の「たったひとつ」
(seule)「バラ」も「この世でたったひとつのもの」(unique au monde) になる
ことができるのである。―『城砦』の中では、「なぜならある花とは、まずも
ってそれ以外のすべての花々の拒否なのだから。しかしその条件においての
み、その花は美しい」(CDL, p.387.) とさりげなく書かれている。―「王子さま」
は「キツネ」のことばによって「愛」の「秘密」を理解する。キツネが王子
さまに伝えたかった「秘密」、「目に見えない」「本質的なもの (l'essentiel)」
とは、「たったひとり」のかけがえのない存在が、「比べようのない」自分に
とって「この世でたったひとつのもの」になることに他ならない。そしてふ
たりを結びつけている「目に見えない」「現存在」をサン＝テグジュペリは「絆」
(lien) ということばで表現しているのである。「愛の絆」の存在について教え
を受けた「王子さま」は、文字通り「目に見えないもの」となって大切な「バ
ラ」のもとに帰って行く。ここで「バラ」を特定のなにものかへの「愛」の
比喩と捉える読解の方法も確かに可能ではあるだろう。しかし『星の王子さま』
の「バラ」は、サン＝テグジュペリにとって、「王子さま」が身をもって示し
たように、またサン＝テグジュペリ自身がそのように行動することになるよ
うに、「愛」という「自分自身よりも尊いもの」との「交換」のシンボルであ
ったと見るべきではないだろうか。後述するように、その「愛」は、彼のこ
とばを借りるならば「精神による愛」である。「王子さま」の「バラ」への「愛」
は、祖国への「愛」、妻への「愛」といった実在するもののアレゴリーではなく、
概念的な存在として捉えるべきであると思われるのである。

第 2 章「目に見えるもの」と「目に見えないもの」　161

註記

(1) サン゠テグジュペリのアメリカ滞在を「亡命」と記載している文献が多いが、彼自身はそれを否定している（第 1 部第 1 章、註 48 参照）。それは文字通り「政治亡命」というようなものではない。そもそもヴィシー政府の「国民議会」は誤解からにせよ、サン゠テグジュペリを委員のひとりに任命していたわけであるし、彼には逃げる理由はなかった。また「亡命」であるならば、再び戻る必要もなかっただろう。サン゠テグジュペリのアメリカ滞在は、『戦う操縦士』の出版予定という事情がまずあり、同時にアメリカの世論を参戦に向けて喚起するためできるだけのことをしたいという思いがあったためであろう。アメリカ滞在中のサン゠テグジュペリの生活については、サン゠テグジュペリの英語の家庭教師を務めたこともあるフランス人女性、アデル・ブルオーの『アメリカにおけるサン゠テグジュペリ 1942 ～ 1943 回想』に詳しく書かれている。原文は英語である。（Adèle Breaux, *Saint-Exupéry in America, 1942-1943 A Memoir,* Associated University Presses, Inc. Cranbury, New Jersey, 1971.）参照。

(2) サン゠テグジュペリは一冊しか手元にない本もなくしてしまったらしい。ほんとうに出版されたのかどうかもわからず、彼はレイナル・ヒッチコック社の社長、カーチス・ヒッチコックに宛てて次のように書いている。「〔……〕カーチス、力一杯あなたを抱擁する。『星の王子さま』についてぼくは何も知らないんだ（出版されたのかどうかさえ）。何も、まったく知らないんだ。どうなっているのか知らせてくれ。アルジェにいる友人宅に手紙をくれる方がいいと思う。彼はぼくがどこにいても手紙を届けてくれる。ジョルジュ・ペリシエ博士だ。住所はダンフェール・ロシュロー 17 番地。皆さんによろしく」（「カーチス・ヒッチコック宛の手紙」1943 年 7 月 8 日付. *Pl II*,〈*À Curtice Hitchcock*〉《*Lettres amicales et professionnelles*》p.986.）。このサン゠テグジュペリの手紙に対して、カーチス・ヒッチコックはすぐに返事を送った。「8 日付けのあなたの興味深く魅力的な長い手紙は、わたしたち皆に大きな喜びを与えてくれた。わたしの同胞と戦争へのわたしたちの努力について親切な指摘を読むことは、わたしたちにはうれしいことだ。— とてもうれしいばかりか、ほっとする。ここでは、現在ものごとはうまくいっているようだ。それが続いてくれることを願っている。〔……〕今、こちらからニュースがある。子どももおとなも『星の王子さま』をこの上なく熱狂的に受け入れてくれた。<u>批評は好意的だった。</u>あなたが自分で読めるように、2、3 の批評を送ろう。— 今ではあなたも英語がずっと上達しているから。英語版で 3 万部、フランス語版で 7000 部に達しようとしている。

ひどい暑さにもかかわらず、毎週500から1000部のペースで順調に販売数は伸びている。秋の初めからは新しいキャンペーンをするつもりだ。秋からクリスマスまで、本はこれまでよりもずっと売れるに違いない。ひとりの元気いっぱいの子どもがいるということだ。〔……〕」(「サン＝テグジュペリ宛のカーチス・ヒッチコックの手紙」1943年8月3日付　*Pl II*,〈*À Saint-Exupéry*〉《*Lettres amicales et profession-nelles*》p.986-987.)。

(3)『ニューヨーク・タイムズ・ブック・レビュー』(1943年4月11日日曜日)(《*New York Times Book Review*》Sunday, April 11, 1943. p.9.) 参照。発売当初から、「子ども向け」とは必ずしも受け取られていなかったようである。「孤独な宇宙の王子さま」という副題は非常に興味深い。評者はとくに「王子さま」の「星」への「帰還」に注目したようである。評者は「それ自体神秘的な意味を持っている (the Little Prince's taking off〔...〕has its own mystical implications)」と書いている。これは「神秘的なもの」というよりは、サン＝テグジュペリの人間関係、「愛するもの」のイメージとの関係で理解すべきであり、「王子さま」の「死」はサン＝テグジュペリが当時持っていた「愛」というもののイメージの具現化なのではないかと、筆者は考えている。『城砦』の中に「事物を結びつける聖なる結び目が読み取られるならば、<u>おまえたちを引き離すことの出来るような距離も時間も存在しない</u> (il n'y est ni distance ni temps qui vous puissent séparer)」(*CDL.*, p.830) ということばがあるが、「王子さま」の自分の「星」への帰り方は、まさしくそのようなものではなかっただろうか。

(4) ローラン・ド・ガランベールはその著『星の王子さまの偉大さ』で、いかに『星の王子さま』が子ども向けの童話ではないということを丁寧に論じているように見える (ローラン・ド・ガランベール著『星の王子さまの偉大さ』参照。Laurent de Galembert, *La grandeur du Petit Prince*, Paris, Éditions Le Manuscrit, 2003.) が、日本ではあまり見られないものの、『星の王子さま』をサン＝テグジュペリの主要作品のひとつとして、研究対象にしたモノグラフィーはけっして少なくない。しかし必ずしも学問的な研究が多いわけではなく、むしろ主観的な評論が多い。研究書として数例を挙げるならば、アンドレ＝A．ドゥヴォー著『サン＝テグジュペリの「星の王子さま」の偉大な教訓』(André-A, Devaux, *Les grandes leçons du《Petit Prince》de Saint-Exupéry*, Éditions《Synthèses》, 1954.)、ドイツのカトリック神学者・精神分析医オイゲン・ドレーヴァーマン著『本質的なものは目に見えない ―「星の王子さま」の精神分析的読解』(Eugen Drewermann, *L'essentiel est invisible ― Une lecture psychanalytique du Petit Prince*, traduit de l'allemand par Jean-Pierre Bagot, Paris, Éditions du Cerf, 1992.)、哲学者であり神学者でもあるポール・ムニエ著『星

の王子さまの哲学、あるいは本質的なものへの回帰』(Paul Meunier, *La philosophie du Petit Prince ou le retour à l'essentiel*, Outremont［Québec］2003.) などがある。ムニエの本では、登場人物ごと、重要な場面ごとに論考が展開されている。例えば、筆者は「王さま」と「点灯夫」は「命令」するものとされるものというひと組の存在、一対のイメージであると述べたが、ムニエは「王さま」と「うぬぼれ屋」がその「ひとつの同じヴィジョン、ひとつの同じ論理によって、外見上は異なるがふたりは唯一の誤りを共有している」としてひと組の存在と見なしている (ポール・ムニエ著『星の王子さまの哲学、あるいは本質的なものへの回帰』参照。(Paul Meunier, *La philosophie du Petit Prince ou le retour à l'essentiel*, p.135.)。— ローラン・ド・ガランベールはもうひとつの著作『サン＝テグジュペリにおけるイデオロギー』において、サン＝テグジュペリの思想を現代哲学の潮流の中において、その影響関係について考察している (ローラン・ド・ガランベール著『サン＝テグジュペリのイデオロギー』参照。Laurent de Galembert, *L'idéologie chez Saint-Exupéry*, Paris, Éditons Le Manuscit, 2003.)。

(5) レオン・ヴェルト著「わたしが知っているとおりのサン＝テグジュペリ」参照 (Léon Werth, *Saint-Exupéry tel que je l'ai connu...* , in René Delange, *op.cit.,* p.179.)。

(6) 筆者はサン＝テグジュペリを「剽窃の作家」とする記事をずいぶん前から、何度か雑誌などで目にしたことがあり、トリスタン・ドレームの名も見かけたこともあった。根拠となる肝心の論文については、その論文誌を定期購読していたため、以前目を通したことはあったものの、それほど重要な指摘であるとは、その当時は思わなかった。今回改めてその論文を仔細に読み、本書において取り上げるべき考察であると判断したため、要点を記載し、紹介することにした。サン＝テグジュペリ研究者の間では周知のこととは思うが、その論文は、フランスでもっとも権威ある学術論文誌に掲載されたものである。それはドニ・ボワシエが『フランス文学史誌 (*Revue d'Histoire Littéraire de la France*)』に発表した「サン＝テグジュペリとトリスタン・ドレーム：『星の王子さま』の起源」という論文である (『フランスの文学史誌』参照。Denis Boissier, *Saint-Exupéry et Tristan Derème : l'origine du Petit Prince*, in *Revue d'Histoire Littéraire de la France*（*RHLM*）, Paris, Armand Colin, jouillet-août 1997, 97e année - no 4, pp.622-649.)。その中でボワシエは、フランス20世紀の詩人で、今ではあまり読まれることはないが、ファンタジーあふれる作品で知られるトリスタン・ドレーム (Tristan Derème 1889-1941) の小説『少年パタシュ (Tristan Derème, *Patachou, Petit Garçon*, Paris, Éditions Émile-Paul Frères, 1929.)』(1929年刊行) — 邦訳 (堀口大学訳) は章ごとに区切った短編として出版されている — と

『星の王子さま』との類似点を、おもに語彙とその用法、さらにはことばのリズムにいたるまで、つまり表現のレベルでの徹底した比較検討を行っている。ボワシエの論述の仕方は、語彙の一致のみらず、疑問文の形式やある表現における音節の一致というところまで踏み込んだ厳密なものであり、フランス語ならではの問題が含まれているため、もしかすると意訳された日本語訳では一見それほど大きな一致とは感じられないかも知れない。しかし語彙の側面では、後述するように、主人公の「少年」、「飛行機」、「星」、「おとなたち」「箱」、「ヒツジ」、「小羊」、「口輪」、「宝」、「火山」、「ダイヤモンド」、「狩人」「バラ」、「バオバブ」、「ゾウ」、「ボア」「キツネ」「めんどり」「飼いならす」「秘密」「夕日」「ヘビ」「砂漠」から「井戸」にいたるまで、おそらくサン＝テグジュペリがドレームから借用したと考えるに足る証拠がコンテクストとともに列挙されている。「子ども」、「星」、「飛行機」、「砂漠」、「ヒツジ」、「飼いならす」、「夕日」と「井戸」を除いて、確かにそれ以外のイメージはサン＝テグジュペリの他の作品の中にはほとんど見られないものである。それらは『星の王子さま』においてだけ、突然出現した重要なイメージであると言ってよい。ボワシエの論文から例を挙げるならば、『星の王子さま』に登場する「おとなたち」について、ドレームは《adultes》あるいは《les parents》という使用頻度の高いことばではなく《grandes personnes》という語を使用しているが、それはサン＝テグジュペリの用法と同一である。さらに『少年パタシュ』に中では、「おとなたち」は次のように描かれている、「〔……〕子どもたちは、おとなたち（les grandes personnes）にできる以上に、はるかに宇宙の秘密を知っているんだ」と。あるいは内側の見えない「箱」だが、「王子さま」はその「箱」の中に「目に見えない」「ヒツジ」を見る。『星の王子さま』の中で、「箱」は「ゾウ」を呑み込んだ「ボア」のイラストの次に登場する、「目に見えるもの」から「目に見えないもの」へと読者の視点を切り替える役割を担う重要なイメージである。それは、トリスタン・ドレームの小説では、「箱」の中に「星」を閉じ込めて逃げないようにし、「目に見えないもの」にするという話である。そしてパタシュは言う、「生きている（vivante）箱を見においでよ！」。『星の王子さま』においても「ヒツジ」がその中にいる「箱」は「生きている」。「バオバブ」に関しては、『少年パタシュ』には、次のように書かれている。「もしきみの話を信用するとしたら、きみの策略は何百頭ものゾウ（centaines d'éléphants）を倒すことができたはずだ。ゾウたちはきみの夢の中のバオバブ（baobabs）に対して恐るべき防御を研ぎ澄まし、吠えたてたことになる。」ここで注目すべき類似点は、語彙が一致しているということにとどまらず、「ゾウ」は「バオバブ」に先んじて登場するということである。『星の王子さま』のイラストにおいても、「バオバブ」のイラストの前に積み重なった「ゾウ」

第 2 章「目に見えるもの」と「目に見えないもの」　165

のイラストが置かれている。ボワシエの論文では、文章表現のレベルにおいても重要な指摘がなされている。『少年パタシュ』の第 2 章の冒頭の書き出しは、「パタシュは 6 歳だ」とあるが、『星の王子さま』の冒頭の書き出しは、「わたしが 6 歳だったとき」である。これは明らかに一致しており、到底偶然とは思われない。また「狩人」についても、『少年パタシュ』には、「彼〔狩人〕は狩りをする。大きな猟銃を持ち、チロリアンハットのような帽子をかぶっている」と書かれているが、しかもそれは「先の尖った帽子」である。サン＝テグジュペリの描く「狩人」の姿はまさにそれと同じである。『少年パタシュ』の中では、「彼〔パタシュ〕は残念だった。彼は宇宙の中でたったひとり（unique）でいたかったのだから」と書かれている。これもまた「王子さま」の「孤独」のイメージに通じるものである。またさらに重要だと思われるのは、小説のテーマに関わる類似である。『少年パタシュ』の中に次のような一文がある。「1 本のバラが枯れてしまうことと、星がひとつ消えること、それは同じことじゃないっていうの。」『星の王子さま』の中で最も重要なヴィジョンであると筆者が考えるこのヴィジョンを、サン＝テグジュペリはドレームのイメージを借用しつつ、表現を自分なりに替えることによって、再創造しているのである。ボワシエの指摘はそれだけにとどまらない。『星の王子さま』の「バラ」の「4 本のとげ」ということばは 4 回くり返し登場し、重要なイメージだが、『少年パタシュ』の中では、花の敵である「ウサギ」の特徴として「4 本の固い口ひげ」、またビーバーについて「4 本の歯、というよりはむしろ 4 本の恐ろしいのこぎり」という表現を見出すことができる。もっとも決定的な類似であると筆者が捉えているのは、「井戸」のイメージである。『星の王子さま』では、「井戸」は突然姿を現し、物語の最後に登場し、「村の井戸」に似ているという 3 つの特徴がある。『少年パタシュ』においては、「井戸」は大まかに言って 3 度登場するが、3 度目に登場する「井戸」のイメージは 1 章全体にわたって描かれている（『少年パタシュ』参照. Tristan Derème, *Patachou, Petit Garçon*, J.&D. Éditions, 1989. pp.199-201.）。そこにおいても、「井戸」の 3 つの特徴はそのままあてはまる。パタシュの見つけた「井戸」は突然姿を現し、物語の最後に表れ、「村の井戸」である。『星の王子さま』のイラストに描かれた「井戸」が「プロヴァンスの井戸」であったということは、サン＝テグジュペリの豊かな想像力の産物と言うよりは、トリスタン・ドレームのイメージからの借用であったと認めた方が良さそうである。「王子さま」が地球に降り立つまでに旅をする「6 つの星の住人たち」に中では、「ビジネスマン」に『少年パタシュ』との類似が見出される。『少年パタシュ』には魚売りが登場する。彼は「金塊」を誰も掘ることのない鉱脈の中にもっているのだが、証書を「銀行」に入れて感嘆したりはしない。『星の王子さま』

の中では、「ビジネスマン」が「おまえが、誰のものでもないダイヤモンドを見つけたなら、そのダイヤモンドはおまえのものになるんだ」（*PP,* p.274.）と「王子さま」に話すが、「王子さま」はダイヤモンドの資産価値などには一切無頓着である。「パタシュ」もまた同様である。彼は言う、「ぼくは思うんだ。あるとき、ぼくの<u>ダイヤモンド</u>は小石のようなものだし、またあるときは小石が<u>ダイヤモンド</u>なんだ」と（*Patachou, Petit Garçon*, p.159.）。さらに「王さま」に関してだが、「王さま」を前にして「王子さま」は「あくび」をこらえきれず、思わず「あくび」をしてしまう。「パタシュ」は海の神にネプチューンに似た「白いおおきなあごひげをたくわえてた」クレマンとの会話の中で、「パタシュは彼の前にすわり、あくびをしてしまう」（*ibid.*, p.145.）。その他に、「線路交換手」と「改札係」の類似。星に明かりをつけたり消したりしている「点灯夫」にたいして「消えた流れ星」を欲しがる「パタシュ」。『少年パタシュ』には「地理学者」は登場しないが、「地理学」ということばは見出される。『星の王子さま』のなかで高い山に登った「王子さま」が呼びかけることばに、「こだま」が答える場面があるが、『少年パタシュ』に、「それは<u>こだま</u>なんだ、パタシュ。— そうさ！　<u>こだま</u>、それがポエジーだ」（*Patachou, Petit Garçon*, p.131.）と書かれているのを見出すことができる。また「王子さま」が頂上に立つ高い山は、『少年パタシュ』からそのイメージを借りていると、ボワシエは言う。『少年パタシュ』には次のように書かれている。「栄光の内に生きるのではなく、拍手喝采の音を聞きながら、ヒマラヤの頂上に座りに行くのはきっととても幸せなことだろう。山の頂上はとても寒いということを考えるんだ。そこではすぐに風邪をひいてしまう。それは危険な場所で、<u>そこではちょっとひとりぼっちだ</u>（l'on y est un peu seul）」（*ibid.*, p.17.）。「そこではちょっとひとりぼっちだ」という表現は、「砂漠」に降り立った「王子さま」が言うことばとほぼ同一である。「王子さま」は言う、「ぼく砂漠にいる<u>とちょっとひとりぼっちだって気がするよ</u>（On est un peu seul dans le désert）」（*PP,* p.286.）— この部分に関しては『城砦』との関係も考慮しなければならないと、筆者は考える。トリスタン・ドレームが『城砦』にまで影響を及ぼしていたとは、考えにくい。— ボワシエは、サン＝テグジュペリはトリスタン・ドレームのイメージをそのままコンテクストごと借用するのではなく、それを肯定的に使ったり、巧みに逆のイメージとして変換していると指摘している。「夕日」のイメージに限っては、ドレームからの借用とは思われない。サン＝テグジュペリがもっとも好んだ景色は「砂漠の夕焼け」だったからである。また、「王さま」については、ボワシエは類似点を指摘しているが、おそらく６つの星の「おとなたち」はサン＝テグジュペリのオリジナルなイメージであろう。—『星の王子さま』は大きく分けるとするならば、

第2章「目に見えるもの」と「目に見えないもの」　167

3部構成であり、その第2部分に相当する第10章から15章は、確かにその前後とは、趣を異にしている。― しかし以上述べたように、ボワシエの論には説得力があり、このように語彙のレベルにおける詳細な一致にとどまらず、文学的イメージにおいても類似を認めていることから、サン＝テグジュペリが『少年パタシュ』からほとんどすべての主要なイメージを借用し、テーマにおいても『少年パタシュ』の影響下において、まるで下敷きにするような形で『星の王子さま』を執筆したということは、ほぼ間違いないのではないかと思われる。

　ボワシエは次のように論を締めくくっている。「1942年春、アメリカの出版社からサン＝テグジュペリはクリスマスの童話の執筆を依頼される。その前年の10月24日、詩人トリスタン・ドレームは亡くなっていた。わたしは次のように推測する。1941年10月から1942年春にかけて、サン＝テグジュペリはドレーム死去の知らせを聞き、彼の作品をひとつあるいは複数読んだ。クリスマスの童話を書く必要から、彼は『少年パタシュ』を再読することにした。というのも、彼自身1936年に次のようにメモしているからである。『効果のまったくない素朴な部分は完全に忘れて、そのレトリックによって運び込まれる祈りやコンセプトに全面的に注目しつつ、子ども時代の本を読み直すこと』（*Carnet I, Pl I*, p.463）と。明らかな証拠がサン＝テグジュペリには認められる。ぴったりとした調子が見つからないことを心配する彼の目に前には、『少年パタシュ』があった。それは彼が熱望する傑作へたどり着くためのもっともよい近道だったのである」（ドニ・ボワシエ著前掲書。Denis Boissier, *op.cit.*, p.649.）。しかしながら、『星の王子さま』を剽窃の作品であると断定することは拙速であるし、その作品自体の魅力が減ずるというわけでもない。文書としての資料は残されていないが、サン＝テグジュペリが最初に『星の王子さま』の執筆を依頼されたのは、1941年1月頃であり、その頃彼は『戦う操縦士』の執筆を始めていた。『星の王子さま』にも手をつけていたようだが、春から夏にかけて体調不良が原因による手術入院などの事情もあり、実際には、『戦う操縦士』の出版後、1942年6月頃から1943年初冬にかけて、集中的に一気に書き上げられたようである（『星の王子さま』の出版経緯については、拙著『「星の王子さま」を読む』八坂書房、2000年、参照）。それは、極端に遅筆だったサン＝テグジュペリにしては異例の早さだった。彼はしかも同時期にイラストの制作も手がけている。当時、おそらく彼は、使えるものならば何でも使おうという心理状態だったのかも知れない。サン＝テグジュペリは『少年パタシュ』から主要なモチーフを借用し、それを彼自身の想像力によって新たに組み立て直し、そこから美しく独創的なイメージを紡ぎ出したのであろうということは、否定できないように思われる。また『星の王子さま』に見ら

れる形式的論理的な齟齬も、イメージ先行の形で書かれていたということに由来するものではないかと推測される。2013年にガリマール社から出版された『「星の王子さま」手書き原稿』（*Le Manuscrit du Petit Prince d'Antoine de Saint-Exupéry*, Paris, Gallimard, 2013.）では、サン＝テグジュペリの手書き原稿のファクシミリ版のすべてとそれを文字に起こした原稿が集められており、推敲の課程をつぶさに辿ることができる。サン＝テグジュペリは『星の王子さま』においても、書いては直しをくり返し、原型をとどめないほどに削除と訂正を行っていて、この小説が苦難の末に出来上がったものであることがよくわかる。トリスタン・ドレームの『少年パタシュ』から影響を受けたことは明らかだとしても、単なる下書きのように『少年パタシュ』をなぞったものでないことは確かである。

　『星の王子さま』には、確かにサン＝テグジュペリのオリジナリティーがある。ただこれまで成されてきた、シンボリックな、あるいはアレゴリックなさまざまなイメージに関わる精神分析的方法やミスティック、あるいはエゾテリックな読解の方法は、今となっては、作品というよりはむしろその論者の想像力による産物であり、どれほど意味のあるものなのか疑われるのも事実である。またトリスタン・ドレームの『少年パタシュ』は、『星の王子さま』以上の傑作だということは到底できないが、再評価されてもいい作品であることも確かである。

(7) サン＝テグジュペリの脚本による映画『アンヌ・マリー』に主演した女優アナベラ・パワー（シュザンヌ・シャルパンティエ）は、1941年夏にニューヨークでサン＝テグジュペリ彼が入院していたとき、病床の彼を見舞っている。『イカール』誌に寄稿したアナベラの回想記では、サン＝テグジュペリの枕元には『アンデルセン童話集』があったという。「しばらくして、わたしは枕元のテーブルの上に一冊の本が置かれているのに気がつきました。それは『アンデルセン童話集』でした。わたしはその本を手に取り、『人魚姫』の物語を読み始めました。2, 3行を読み、わたしは本を閉じ、暗記してしまっているその物語の続きを話してあげたのです」（『イカール』誌、第84号〈*Annabella, sous le signe des contes de fées*〉《*ICARE*》No 84, printemps 1978, p.57.）参照。『人魚姫』はフランス語で《*La Petite Sirène*》である。サン＝テグジュペリはまた『ハーパーズ・バザール』誌の「思い出に残る書物」という企画の中で、次のように答えている。「わたしが本当に愛した最初の本は、ハンス・クリスチャン・アンデルセンの童話集なのです。でも、それはわたしが読んだ2番目の本です。4歳半のとき、わたしは本当の本を読んでみたいという願望に燃えていました」（『ハーパーズ・バザール』誌1941年4月号。《*Harper's Bazaar*》avril 1941. *Pl II*,〈*Quelques livres dans ma mémoire*〉《*Écrits de guere : les États-Unis*（*1941-avril*

1943)》、p.49.)。『星の王子さま』のタイトル《*Petit Prince*》は、同様に『親指小僧』《*Petit Poucet*》や『赤ずきんちゃん』《*Petit Chaperon rouge*》を連想させる。『星の王子さま』の場合は、タイトルの〈petit〉と〈prince〉のコントラストが絶妙である。つまり主人公は、「小さい（petit）」にもかかわらず「王子（prince）」であり、つまりその「高貴さ」をもって「大きな（grand）」存在であると言うこともできる。タイトルと時期からしてもっとも類似性の高いものは、おそらくフランシス・ホジソン・バーネット『小公女（*Petit Lord Fauntleroy*）』を 1939 年に「20 世紀フォックス」から、ダリル・F. ザナックが映画化し、成功を収めた『テンプルちゃんの小公女（*Petite Princesse*）』だろう。また 20 世紀フランスの小説家セルジュ・ダランの『エリック王子（*Prince Éric*）』シリーズが刊行され始めたのは 1937 年からである。アメリカにおいてもフランスにおいても、『星の王子さま』を受け入れる土壌はすでにあったのである。しかしどれほどタイトルは類似していても、形象的イメージという観点からするならば、『星の王子さま』との類縁性は低い。やはり『少年パタシュ』との関係がもっとも深いと考えざるを得ない。

(8) 神秘主義的、心理学的な観点からの読解の試みは早くからあるが、代表的な例をいくつか挙げるとするならば、ユング派心理学の立場から『星の王子さま』を読解した例としては、マリ＝ルイーゼ・フォン・フランツ『永遠の少年』（Marie-Louise von Franz, *The Problem of the Puer Aeternus*, Spring Publications, 1970. 294p.）がよく知られている。ユングの高弟であった彼女は、この書の中で多くは『星の王子さま』を題材に考察を展開し、さまざまなイラストと作中人物のイメージを通してサン＝テグジュペリのマザー・コンプレックスを読み取り、そこからおとなになれない「永遠の少年」像を導き出そうとしている。一例を挙げるならば、フランツは「ゾウ」のイラストを取り上げ、「ゾウ」は男性性を表し、それが抑圧されてるか、呑み込まれていると分析する。「人間」を「呑み込む」恐るべき存在としての「ボア」のイメージは、すでにサン＝テグジュペリの他のテクストの中に見出すことができる。サン＝テグジュペリは 1939 年 12 月末のピエール・シュヴリエ宛の手紙の中で、ヒトラーを前にしたフランス人を「ボア」を目の前にした「猿たち」に喩えている。「彼らは皆、<u>ボア</u>を前にした<u>猿</u>のようだ」（「ピエール・シュヴリエ宛の手紙」オルコント、1939 年 12 月末　*Pl II*,〈*À Pierre Chevrier*〉, *op.cit.*, p.944.）。精神科医で心理療法医でもあるジャック＝アントワーヌ・マラルヴィックは『星の王子さまコンプレックス』（Jacques-Antoine Malarewicz, *Le complexe du petit prince*, Paris, Robert Laffont, 2003.）というタイトルの本の中で、「おとな」になれない少年のコンプレックスを「星の王子さまコンプレックス」と名付けたが、— この本自

体は『星の王子さま』論ではない — 筆者は『星の王子さま』を「おとな」になれない「子ども」の話と捉えることには反対である。フランスのロマンス語文学者、文芸学者のイヴ・ル・イールは『「星の王子さま」におけるファンタジーと神秘』(Yves Le Hir, *Fantaisie et mystique dans Le Petit Prince de Saint-Exupéry*, Paris, Librairie Nizet, 1954. 79p.) という本の中で、サン＝テグジュペリが描こうとしたものは「愛」だと述べている。「実際、『星の王子さま』の象徴性は形而上学的次元にはない。唯一、愛が完全な形でその美しさと豊かさを『表現』している」。また結論として、「死との容赦ない戦いに加わったサン＝テグジュペリは、なによりもまず隷従に対する<u>精神の勝利</u> (la victoire de l'esprit) を歌い上げる。もっとも親しい愛情の中で裏切られた彼は、愛の力を高揚させる。寓意のすばらしさとファンタジーは、絶対的厳密さで唯心論的教えを照らし出す。文章の調子にコントラストはない。同じ表現方法が区別をつけずにふたつの音域で役目を果たしている（ただ声だけが感情に微妙なニュアンスを与えているが）。そのようにして、表現方法は想像力による遊びと感動的な神秘の要請が混ざり合ったひとつの作品の全体としての成功を保証しているのである」(イヴ・ル・イール著『「星の王子さま」におけるファンタジーと神秘』(Yves Le Hir, *op.cit.*, pp.77-78.)。またイヴ・モナン著『「星の王子さま」の秘教主義』(Yves Monin, *L'Ésotérisme du Petit Prince de Saint-Exupéry*, Paris, Nizet, 1975.) の中で、『星の王子さま』に描かれる主要なシンボリックなイメージ、「砂漠」「井戸」「家畜」「ヘビ」「バオバブ」「火山」「バラ」「星の住人たち」「パイロット」「王子さま」などを、主として錬金術や東洋哲学、仏教などとの関わりから考察している。モナンは「錬金術的テクスト全体の秘教主義は普遍的真理を教えている」として「道 (Tao)」という概念を持ち出す。またアンリ・ボスコを引き合いに出している点は、『星の王子さま』における「ポエジー」について考える上で、示唆を与えてくれるものである。しかし結論は至って一般的であり、「相当に難解なこれらのイメージ、テーマは太古の昔からの、恒久的で普遍的な概念、意識的に作品の中に密接に絡み合わされた概念の上に閉ざされているが、わたしたちの精神を『別の世界』のある要素に開いてくれたのだ。シンボルやしるしや関係や概念に注目するならば、作家によって無意識に刻みつけられた表現やイメージに気づいたことだろう。〔……〕サン＝テグジュペリは手を取ってわたしたちの目を目に見えないものに開いてくれる。」(イヴ・モナン著『「星の王子さま」の秘教主義』参照 (Yves Monin, *op.cit.*, p.176.)。『星の王子さま』はサン＝テグジュペリ最晩年の思想と昇華された文学的イメージで構成された純粋な結晶のような作品であり、ユーモアはあるとしても、幼稚さはそこには微塵も感じられない。サン＝テグジュペリ文学の最高傑作であり、彼の思想の集大

成であると、筆者は考えている。心理学的な見地からの解釈同様、ミスティック視点に基づいた解釈についても、賛同することはできない。サン＝テグジュペリは生涯を通して、彼が実際に経験した事実を文学的に昇華する以外のことをしていないと、筆者は考えている。

近年の『星の王子さま』研究の中で、意欲的な研究ではないかと筆者が考えるのは、ジャン＝フィリップ・ラヴーの『実存に意味を ― あるいは、どうして「星の王子さま」は20世紀最大の形而上学概論なのか』（Jean-Philippe Revaux, *Donner un sens à l'existence : Où pourquoi Le Petit Prince est le plus grand traité de métaphisique du XXe siècle*, Paris, Robert Laffont, 2008.）である。ラヴーは考察の出発点として『人間の土地』を取り上げ、「人間というもの」「現在に生きること」「瞬間の永遠的価値」「他者」の問題を通して哲学的考察に導いて行く。そして『星の王子さま』をデカルト的懐疑が少年時代への回帰となって表現されていると説く。さらに『城砦』との分かちがたい関係を称して、「彼が多くの年月ののち、彼の哲学を表明した書物となるべきものを編纂していたとき、サン＝テグジュペリはその本質的なものをあるアレゴリーによって表現したいと望んだ。それは同時に彼の思想をよりよく理解するために取るべき方法を示してくれるという長所があった。そのような理由から、『星の王子さま』は『城砦』とは不可分な作品なのである」ジャン＝フィリップ・ラヴーの『実存に意味を ― あるいは、どうして「星の王子さま」は20世紀最大の形而上学概論なのか』（Jean-Philippe Revaux, *op.cit.*, p.43.）。

(9) 「目に見えない」「種子」には「沈黙」のイメージが重なり合っていることも、確かめておくべきだろう。「明日もわたしたちはさらに何も言いはしないだろう。明日も見物人にとっては、わたしたちは敗者なのだろう。敗者は黙るべきだ、<u>種子のように（comme les graines）</u>」（*PG*, p.228.）。これは『戦う操縦士』最後のことばである。

(10) 「ひとつはすべてであり、すべては同時にひとつである」という文学的ヴィジョンについては、第3部第2章で詳述する。

(11) ドイツのカトリック神学者・精神分析医オイゲン・ドレーヴァーマンは、その著『本質的なものは目に見えない ―「星の王子さま」の精神分析的読解』（Eugen Drewermann, *op.cit.*）の中で、『星の王子さま』の「こども」は『新約聖書』のイエスのことばに由来するのではないかと述べている。「イエスが弟子たちにこう言ったとき、『はっきり言っておく。心を入れ替えて子供のようにならなければ、けっして天の国に入ることはできない』（「マタイによる福音書」第18章第3節）。イエスが何を言わんとしていたのかを、『新約聖書』は明確には示してはいない。子ども時代というものにロマン主義的な昇華されたヴィジョンを投影することについては慎む

べきだが、少なくとも子ども時代はふたつの根本的な態度によって特徴づけられている。宗教的に言うならば、それは子どもが信頼と忠実さというその真実の存在をけっして否認することがないようにする態度である。」オイゲン・ドレーヴァーマン著『本質的なものは目に見えない ―「星の王子さま」の精神分析的読解』参照 (Eugen Drewermann, *op.cit.,* p.16.)。

(12) 『「星の王子さま」手書き原稿』から明らかに認められることとして、例えばこの第21章は他の章と同様、修正が非常に多く、加筆と削除は同じくらい見出される。「本質的なものは目に見えないのさ」ということばの前の、完成原稿にある「こころで見なくちゃ、ものごとはよく見えないってこと」(Il est très simple : on ne voit bien qu'avec le cœur.) という一文は、手書き原稿の段階には存在せず、「かんたんなことさ。もっとも大切なこと、それは［けっして］見えないものなんだってことさ」(Il est très simple : ce qui est le plus important, c'est ce qui ne se voit [pas] [jamais].) と書かれている。そして否定を表す〈pas〉ということばを一度削除し、［けっして］〈jamais〉ということばに書き換え、それをさらに削除し、再び〈pas〉という語に書き直した形跡がある。「心」は手書き原稿の時点ではなかった語であることは確かである。(『「星の王子さま」手書き原稿』*Le Manuscrit du Petit Prince d'Antoine de Saint-Exupéry*, Paris, Gallimard, 2013. p.LXVII.) 参照。「本質的なもの」を見通す「心」は、サン＝テグジュペリの用語では「精神 (l'esprit)」であり、その固い響きのする語を子ども向けに書かれた物語りの中では用いることができなかったため、別の表現を選択したのではないかと推測される。そして最終的に、決定稿の段階で、彼にすれば曖昧さを残す「心」という語に思い至ったのではないだろうか。「心で見る」は、「目に見えないもの」の姿をより印象的に表現するために、最終段階で付加された表現だろう。「目に見えないもの」の大切さのイメージについては、かなり早い時期からサン＝テグジュペリのテクストの中には見受けられる。しかしそれが「目に見えるもの」との対比という形で浮かび上がるのは、『星の王子さま』においてがはじめてである。

(13) この小説における「6」という数字の反復は、『少年パタシュ』から借用されたものなのかどうかについては、断定的なことは言うことができないが、『パタシュ』においても、少年だった「わたし」は「6歳」という年齢であり、そこから物語が始まっていることは事実である。「わたしは、6つのとき」という書き出して物語は始まるが、『星の王子さま』における「6」という数字の使われ方に単なる偶然以上のものを感じたとしても不思議ではないように思われる。「ぼく」がボアの絵を描いたのが6歳の時ならば、第2章の冒頭に「6年前、サハラ砂漠で事故にあうまで〔……〕」(*PP,*

p.237.) とあるとおり、砂漠に不時着をしたのは 6 年前である。そして最終章の書き出しもまた「いまとなっては、もう 6 年も前のことになる〔……〕」(*ibid.*, p.317.) と続く。さらに、王子さまが自分の星を発って地球に来るまで旅の途中立ち寄った星も「6」つである。これはどのように考えるべきだろうか。仮にこの小説を筋と時間の流れの観点から見るとするならば、その構造は明らかに円環である。王子さまは自分の星を出て後、6 つの星を巡り、地球に降り立つ。そしてちょうど 1 年後に再び自分の星に帰る。この王子さまの旅の軌跡は小説の中では回想の 1 年間として、「わたし」を通して語られる。しかし実際「わたし」と「王子さま」が共に過ごした時間はわずか 8 日間に過ぎず、その始めと終わりが「6 年前」という書き出しで語られているのである。この「6」という同じ数字の反復は、「ぼく」と王子さまのドラマの有限性を際立たせると同時に、そこに凝縮した時間の緊密な印象を与える効果をも担っているように思われる。

(14) 『星の王子さま』の中では次のように書かれている。「どの星もそうなのだが、王子さまの星には、事実、いい草と、わるい草とがあった。だから、いい草のいい種とわるい草のわるい種とがあったんだ。でも種は<u>目に見えない</u>(invisibles.)」(*ibid.*, p.248.)。ともに「目に見えない」この「いい種」と「わるい種」の話と『聖書』のたとえ話の類似を指摘することは、無意味とは思われない。例えば「福音書」の「毒麦」のたとえでは、畑に蒔かれた良い種と悪魔によって蒔かれた悪い種は、毒麦を集めようとして麦まで一緒に抜くことがないように、収穫の時まで抜き取られない(『聖書』「マタイによる福音書」13 章 24-30 節)。あるいは「からし種」のたとえでは、「天の国」が畑に蒔かれた「どんな種よりも小さい」からし種にたとえられている(『聖書』「マタイによる福音書」13 章 31-33 節、「マルコによる福音書」4 章 30-32 節、「ルカによる福音書」13 章 18-21 節)。また「天の国」は畑に隠された宝にもたとえられる(「マタイによる福音書」13 章 44 節)。「毒麦」にせよ「からし種」にせよ「畑に隠された宝」にせよ、見つけにくいもの、判別しがたいもの「目に見えないもの」である。『星の王子さま』がそもそもクリスマス用の子供向けの童話として執筆を依頼された経緯を考えると、『聖書』との関係は無視できないように思われる。

(15)「地理学者」は〈éphémère〉という語を定義して〈qui est menacé de disparition prochaine〉(やがて消えてなくなるおそれがある)と言っている。〈éphémère〉は〈qui ne dure ou ne vit qu'un jour〉(一日の命の)、あるいは〈qui est de courte dourée〉(短い期間の)(〈éphémère〉dans *Le Grand Robert de la langue française.*)の意味だが、王子さまの〈C'est le plus joli.〉(もっとも美しい)ということばとともに、「花」の命の「はかなさ」を際立たせ、花をひとりぼっちにしてきたことについての王子さ

まの後悔の気持ちを強調していると言うことができるだろう。この小説の中ではもう一箇所キツネが〈apprivoiser〉（飼いならす）を定義した重要な場面がある。

(16) レオン・ヴェルト著「わたしが知っているとおりのサン＝テグジュペリ」参照 (Léon Werth, *Saint-Exupéry tel que je l'ai connu...* , in René Delange, *op.cit.*, p.179.)。

(17) 『人間の土地』（*TH*, pp.237-268.）

(18) 挿絵に描かれている「キツネ」は一般的なキツネではなく、「砂漠のキツネ」、「フェネック」という動物である。サン＝テグジュペリは動物好きで、アエロポスタル社の南米航空路の主任をしていたときは、アザラシの子どもを生け捕りにし、飛行機で持ち帰ったこともある。モロッコの砂漠の中継地、キャップ＝ジュビーの飛行場長をしていたときに、彼は実際フェネックを飼っていた。サン＝テグジュペリは「フェネック」のほかにカメレオンやガゼルも飼ったことがあった。カメレオンを飼いならしたことを報告した母親への手紙の中で、彼は「飼いならす（apprivoiser）のは、ぼくには似合っています。いいことばです」（*Pl I*,〈*Lettre à sa mère*〉《*Correspondance*》p.771.）と書いている。引用の一節の中で、その「飼いならす」ということばを「キツネ」に使わせているわけである。「砂漠のキツ（ネフェネック）」については、『城砦』の中に興味深い記述が見出される。ある兵士が「砂漠のキツネ」を捕らえ、家で大切に飼うことになった。キツネは飼い主になつき、飼い主もキツネをいとおしく思う。しかし兵士がいくさのために家を留守にしたすきに、キツネは逃げ出してしまう。兵士は言う。「キツネを捕らえるためではなく、愛するためにはあまりに多くの忍耐力が必要だ」と（*CDL*, p.402.）。

(19) 〈créer des liens〉は直訳すれば「絆を創造する」という非常に固い訳語になってしまう。多少固い印象は受けるが、けっして不自然な言い回しではなく、フランス語の日常会話の表現としてもしばしば用いられるものであり、文脈から離れるような表現ではない。サン＝テグジュペリの手書き原稿を見ると、この「絆を作る（créer des liens）」という表現は、書き直しの多い第21章の中でも草稿の最初の段階からあり、書き直された形跡がない（『「星の王子さま」手書き原稿』*Le Manuscrit du Petit Prince d'Antoine de Saint-Exupéry*, Paris, Gallimard, 2013. p.LXIV.）参照。

第Ⅲ部

「絆」と「交換」

第1章 「絆」のイメージ

おまえが絆の網を失ってしまうことは許されない。
『城砦』草稿

　第二次世界大戦の後半、1941 年冬から 1943 年春までのアメリカ滞在中、あるいはそれ以降亡くなるまで、サン＝テグジュペリは非常にペシミスティックであり、「うつ」だったという説もあるが、そのような病歴の事実は確認されていない [1]。彼の問題はただひとつであり、彼はその答えを探し求めていた。「人間はもはや意味を持たない（l'homme n'a plus de sens）」 [2] と、サン＝テグジュペリは言う。「どうすれば人生に意味を持たせることができるか」、「どうやって個別性を超えた『人間というもの』という普遍的な存在に近づくことができるのか」、彼は自らに問うていた。アンドレ＝A. ドゥヴォーは『総合』誌に寄稿した「サン＝テグジュペリにおける人生の意味」の中で、次のように述べている。

　　多くの告白の中でも、サン＝テグジュペリの精神状態を容赦なく明らかにするひとつの悲痛な告白がある。「現代の根本的な問題は、人間というものの意味の問題だ。そして答えは提示されていない（le problème fondamental de notre temps est celui du sens de l'homme, et il n'est point proposé de réponse）。わたしは世界のもっとも暗い時代へと歩みつつあるという印象を持っている。」（「X将軍への手紙」）。おそらく、現実には、この苦悩に満ちた問いに対する答えがあると考えることもできる。しかしわたしたちが認識すべきことは、人がそれぞれ思い描くことができる伝統的あるいは革命的

178　第Ⅲ部「絆」と「交換」

な答えの内のどれも、完全にサン゠テグジュペリを満足させることはできな
かったということである。そして彼のすべての作品は ― とくに『星の王子
さま』と『城砦』は ― それに対する彼の個人的な答えの試みなのである [3]。

　ドゥヴォーの指摘はきわめて正確であり、「人間」の「意味」についてのサ
ン゠テグジュペリ自身の「答え」が、とりわけ重要な作品として『星の王子さま』
と『城砦』の内に見出されるという見解にも、共感をおぼえる。筆者はこの 2
冊にさらに『戦う操縦士』を加えたいと思う。ガブリエル・マルセルの言う
この「こわれた世界」[4] の中で、サン゠テグジュペリは「人間」の進むべき「方
向」―「意味」と「方向」は、フランス語ではともに〈sens〉である ― を模
索していた。1950 年 7 月 29 日号の『ル・モンド』紙に掲載されたサン゠テ
グジュペリの未発表書簡は、新しいプレイヤード版『サン゠テグジュペリ全集』
に採録されているが、そこには「人間」の進むべき「方向」についての彼の
重要な考察を見出すことができる。

　〔……〕知性と精神（L'esprit）の概念的区別を持ち出すことなく、問題を
提起することはできない。精神（l'esprit）は方向性と精神的観点の基礎にな
る。それは星の選択（le choix de l'étoile）だ。そして例えば、わたしは人間
の尊厳（la dignité de l'homme）のために戦うだろう。知性（L'intelligence）
は操られるが、羅針盤から情報を与えられないため、理性（la raison）の歩
みの赴くままに手段の選択の中で手探りをする。知性は誤りやすい（laquelle
est faillible）。知性は常に誤りを犯す（Laquelle même, se trompe toujours）。
なぜなら、どんな論理的真実（vérité logique）も、その延長線においても持
続性においても、常に有効であるとは限らないからである。〔……〕ある場
面では後退することを覚悟の上で、2 歳の子どもたちの延命に関わるフラン
スの救済の拠点をフランスに据えたもの、わたしはその彼を認めることはで
きない。フランスの救済を、諸原則の純粋さと、その救済の絶対性の名にお
いて（au nom de cet absolu）すべての子どもたちの埋葬の承諾の上に置い
たものの精神的な敵であると見なして。真実は矛盾していたのだ（La vérité
était contradictoire）。真実の両面が救われなければならなかったのだ。人間

というものの視野は限りなく狭い。おのおのが自分の側しか考慮せずにいた
のだ。行為はそれらの単純化（ces simplifications）を要求する。それこそが
まさしく人間というもの（l'homme）に属するものだ ⁽⁵⁾。

サン゠テグジュペリは「精神」と「知性」を峻別する。そして「精神」の
歩みを「知性」の歩みの上位に位置づける。「精神」は「理性」を超えるもの
であり、「理性」の論理的帰結である「真実」をも凌駕する。彼は「精神」に「絶
対性」を付与する。「精神」に従うか、「知性」によって思考するか、それは「人
間というもの」を導く「星の選択」である。「人生」に「意味」を与え得る「人
間」の「真実」の探求において、「知性」は十分その役割を果たすことはでき
ない。このようにサン゠テグジュペリは、「知性」の上位に「精神」を位置づ
ける ⁽⁶⁾。「問題はひとつしかない。たったひとつ。それは精神的生が知性的生
よりも上位にあるということを再発見することだ（redécouvrir qu'il est une
vie de l'esprit, plus haute encore que la vie de l'intelligence）。それだけが人間
というものを充足させる。それは宗教的生の問題を超えている。宗教的生は
形式に過ぎない（おそらく、必然的に他のものによって導かれる精神の生と
いうものもあるだろうが）。そして精神的生は、『一個人』である存在が彼を
構成する素材の上位にイメージされるところから始まるのだ。家への愛 — ア
メリカでは知り得ないその愛 — は、すでにして精神的の生の一部なのだ」⁽⁷⁾。
サン゠テグジュペリによれば「宗教的生」も、「精神的生」の可能的一形態に
過ぎないものとされるが、「精神的生」をこのように高揚させることによって、
彼は、「人間はデカルト的諸価値を試みた。自然科学の分野を除けば、それは
人間にとってほとんど功を奏さなかった」⁽⁸⁾と、思考のデカルト的合理的諸価
値に対する一種批判を込めている。しかし、ここでサン゠テグジュペリは本
来、職業的な意味における哲学者ではないということを考慮に入れなければ
ならない。彼の「精神」の定義も哲学的というよりは、むしろ文学的なので
ある。彼は「人間」の「生」を「この恐るべき人間の砂漠（ce terrible désert
humain）」⁽⁹⁾に変えてしまう「精神的絶望（Le désesoir spirituel）」⁽¹⁰⁾から「人間」
を引き上げるために、「力強い精神の流れ（un courant spirituel fort）」⁽¹¹⁾が必
要だと考える。「精神」は、日常的には知的活動、あるいは「精神」そのもの

180 第Ⅲ部 「絆」と「交換」

の活動を行う主体としての「人間」を指し、「知性」の類義語として扱われることが多いが、サン＝テグジュペリは両者を峻別し、「精神的生」を「知性的生」の上位に位置づける。「精神」は語源に遡れば、「神」から送られるその「息吹」、「聖霊」である。また多くの場合、「精神」は宗教的な意味においても「肉体」の対立概念であり、「人間」の非物質的な側面としての「存在」を示す。しかし上記の用例を見てもわかるとおり、サン＝テグジュペリにおいて「精神」は、「肉体」の対義語にはとどまらない。「精神」にはまた、思考の対象あるいは思考の素材に対する概念として「思惟する総合的原理」という意味があり、さらにまた「精神」には、「個人」における感情的知的な側面から捉えられた心的「生」の原理という抽象的な定義がある。「サン＝テグジュペリにおける「精神」は、「肉体」の対義語であることを前提としながら、その用例は多くの場合、心的「生」の原理であると同時に「思惟する総合的原理」という両方の定義にあてはまるように思われる。したがって、彼の「精神」の定義はそれほど厳密なものであると言うことはできない。それはイデアリズムあるいはスピリチュアリズム（唯心論）の方向を向いていることは確かである。また彼の「精神」と「知性」の区別は、ベルクソンが「直感」と「分析的知性」との間に設けた区別に対応していると捉えることもできるだろう。リュシアン・アジャディはサン＝テグジュペリにおける「精神」とは、「生のダイナミズム」であるという[12]。このようにサン＝テグジュペリの「精神」という概念の定義には、若干の曖昧さがあるゆえに、他の概念との結びつきに余地を残している。たとえば「精神的なもの」は「詩的なもの」という概念と混同されることがあるだろう。『星の王子さま』の作者は、「<u>人は詩なしに、色彩と愛なしに生きることはできない</u> (On ne peut plus vivre sans poésie, couleur ni amour)」[13]と述べ、「<u>夢と直感と詩</u> (le rêve, l'intuition, la poésie)」[14]よりも論理を重んじる理論家を批判する。—「感情的なもの」については、サン＝テグジュペリはそれを正当に位置づけている。われわれが生きる現代においては、「どんな叙情性も滑稽に響き」[15]、「心の渇きをいやす偉大な神話」[16]が忘れられている、と言う。— 注目すべきことは、サン＝テグジュペリにとって「精神」は「詩」と同時に、「愛」という概念に結びついていることである。『戦う操縦士』の中に次のような一節がある。「重要なことは、すぐには姿を現さない目的の中で自己を管理することだ。その<u>目的は知性のためではまったくなく、精神の</u>

第1章「絆」のイメージ　181

ためにある。精神は愛することができる（L'esprit sait aimer）が、眠っている。
誘惑、それが何に存するのか、わたしは教会の教父以上に知っている。試み
られること、精神が眠っているとき知性の論理に屈すること、それは試みを
受けることだ」（*PG*, p.134.）[17] また『ル・モンド』紙に掲載された同じ書簡
には、以下のような「精神」と「愛」について書かれた一節を見出すことが
できる。

　〔……〕もしフランスが精神（esprit）においても肉体においても救われた
ならば、わたしは人々を、彼らが選択した道によってではなく、彼らの理
性の歩みによってでもなく、必要な任務の中で彼らが担った役割によって
でもなく、彼らが選んだ唯一の星（la seule étoile choisie）にしたがって判
断するだろう。彼らの歩みを見下ろす精神の視点から（Sur le point de vue
spirituel）。わたしと同じように推論した人々が兄弟なのではない。そうでは
なく、わたしと同じように「愛した（aimé）」人々が兄弟なのだ。「愛（amour）」
ということばに「精神による瞑想（contemplation par l'esprit）」という古い
意味を回復させることによって[18]。

　サン＝テグジュペリにとって「人生の意味（le sens de la vie）」[19] とはなん
だったのか。彼はここではっきりと、それは「精神による愛」だと記している。
サン＝テグジュペリはこの「精神による愛」のシンボリックなイメージを『星
の王子さま』の中で、「バラ」のイメージを通して描くだろう。「バラ」は特
定のなにものかへの「愛」ではなく、「愛」そのもののシンボルになるだろう。
それは祖国への「愛」、妻への「愛」といった実在するもののアレゴリーでは
なく、抽象的な概念に昇華されて行く。サン＝テグジュペリにおける人間の
内面を構成する諸要素に関する価値の階梯の中で、このように「精神」はも
っとも上位に位置づけられる。それは「人間」の内的諸活動の最上位にあり、
すべてを統合する働きである。ここでは、「愛」には「精神による瞑想」とい
う含意があてられ、「精神」の「視点」が「星」のイメージによって提示され
ているところが非常に興味深い。次章で問題にするように、彼の最晩年の世
界観、文学的イメージは、夜空の「星」のイメージで表現されている[20]。そ

182　第Ⅲ部「絆」と「交換」

れは「精神」の高みから眺められた「人間」とその「世界」全体の「詩」的眺望なのである。

　サン＝テグジュペリの最晩年の思想を読み解く上で鍵となることばはいくつかあるが、その内のひとつとして「絆」（lien）ということばを取り上げてみたい。「関係」を表すことばはフランス語には、〈rapport〉や〈relation〉や〈rattchement〉など数多くある。「人間関係」と言うときは、それらの語が用いられることが最も多い。例えば〈rapport〉や〈relation〉などという語は、サン＝テグジュペリも抽象的な「人間関係」を指示するためには、使っている。例えば『人間の土地』の一節から、「すべてがわたしたちのまわりで急速に変わってしまった。人間関係（rapports humains）、労働条件、習慣など。わたしたちの心理それ自体、もっとも奥底の基礎において覆ってしまた。」（TH, p.198.）あるいは、「真の贅沢はひとつしかない。それは人間関係（relations humaines）の贅沢だ」（ibid., p.189.）、など という文章には、「関係」（rapportあるいは relation）ということばが使われているのを確認することができる。しかしサン＝テグジュペリは人間同士の「本質的な」「つながり」を表すときに、決まって「絆」〈lien〉という語を選択していることは注目すべきである。その時「絆」ということばは、「ひと」と「ひと」、「個人」と「個人」を「結ぶもの」という現実的な意味合いを帯びている。〈lien〉の類義語としては〈unité〉〈union〉〈rattchement〉や〈nœud〉〈liaison〉〈fil〉や〈amarre〉などといったことばが見つかるが、サン＝テグジュペリはほとんど常に〈lien〉という語を用る。〈nœud〉が用いられるのは「絆」が複数形になったとき、「絆」の交錯点、すなわち「絆」の「結び目」としてである。そして「絆」の「結び目」は「個人」を表している。〈lien〉ということばとそれ以外の語との違いは、〈lien〉がもともとは抽象名詞ではなく、「紐」を意味する物質名詞だということである。〈lien〉という語によって、サン＝テグジュペリは彼の人間関係における抽象的概念ではなく、現実的で「本質的なもの」、人間関係の「実質」を表現しようとしているように思われるのである [21]。サン＝テグジュペリは第二次世界大戦を通して、「人間」同士の「心の伝達不可能性（incommunicabilité）」に苦しんでいた。「現代のこの心の伝達不可能性以上にわたしの心を傷つけるものはどこにもない」[22] と、彼は書いている。どうしても「人間」同士を「結び合わせ」

なければならない。「絆」のイメージは、「心の伝達不能性」を解消するためのもっとも力強いイメージだったのである。

「絆」ということばの頻出が目立つのは、『戦う操縦士』と『城砦』である。『星の王子さま』の中でも、「絆」はキーワードになっている。したがって、「絆」の概念はサン＝テグジュペリ晩年の概念であり、彼の晩年の世界観に基づくものであると言うことができるだろう。それ以前は、人間同士の「本質的な」「つながり」を表すために、「結びつき（union）」や「一致（unité）」という語が使い分けられていた。例えばスペイン市民戦争に取材したルポルタージュをもとにした『人間の土地』の最終章、第8章の中に、市民戦線側のアジトで、決死の突撃命令を受けた市民兵士と彼に連帯する他の兵士たちの間の関係を、サン＝テグジュペリは、彼自身のパイロットとしての経験と関連づけ、「結びつき」ということばを使って、次のように表現する。

　　同情するというのは、まだふたりの人間だ。まだ切り離されたふたりだ。しかし感謝が憐れみと同じようにそれらの意味を失う人間関係の高みというものが存在する。
　　2機の編隊を組んでまだ不帰順地域だったリオ・デ・オロのような場所を飛ぶとき、わたしたちは<u>その結びつき</u>（cette union）を知った。〔……〕わたしたちは<u>一本の同じ木の枝</u>（nous étions les branches d'un même arbre）だった。〔……〕
　　きみに死への身支度をさせた彼は、軍曹よ、どうしてきみに同情しただろう。きみたちは互いに同じ危険を冒し合っている。そのような瞬間に、人はことばを必要としない<u>あの結合</u>（cette unité）を見出すのだ。わたしはきみの出発を理解した。〔……〕きみはここで自己を完成するという感覚を得た。きみは普遍的なものと<u>結びついたのだ</u>（rejoignais）。今やのけものだったきみは、愛によって受け入れられていたのだ（*TH*, p.276.）。

上記の一節の中で、「一本の同じ木の枝」のように「ふたりの人間」をひとつにするような「本質的な」「つながり」、それはここでは「結びつき（union）」あるいは「結合（unité）」ということば、「結びつける（rejoindre）」という動

184　第 III 部「絆」と「交換」

詞によって表現されている [23]。しかし『戦う操縦士』や『城砦』においては、後述するように、「つながり」は、以後「絆（lien）」という語に統一され、「結びつける」には「絆で結ぶ（lier）」という語が使われるようになって行くのを見ることができるだろう。『人間の土地』の最終章に一箇所「絆で結ぶ(lier)」ということばが使われている一節を見出すことができる。

　　わたしたちの外にある共通の目的によって、わたしたちが兄弟と結ばれるとき（Liés à nos frères）、その時だけわたしたちは呼吸することができるだろう。そして経験は、愛するということはお互いに見つめ合うことではなく、いっしょに同じ方向を向くことだということを示してくれる（ibid., p.276.）。

　『星の王子さま』の中で「王子さま」の姿に見て取ることができたように、サン＝テグジュペリの中で「絆」のイメージが生成されるにあたっては、その背景に彼の「孤独」のイメージがあったと考えることができる。『人間の土地』の中には次のような一節がある。南米最南端の地プンタ・アレナスに着陸した彼は、飛行機を操縦していたとき以上に、その地で孤独を感じる。

　　〔……〕人間だけが自らの孤独を築き上げている（les hommes seuls bâtissent leur solitude）。
　　彼らの間には、なんという空間が彼らの精神的な部分を隔てていることだろう（Quel espace réserve entre eux leur part spirituel）！〔……〕別の星にいる以上に、わたしは彼女〔ひとりの若い娘〕が自分の秘密、その習慣、記憶の中で鳴り響いているこだまの中に閉じこもっているように感じられる。〔……〕わたしは異邦人だ。わたしにはなにもわからない。わたしは彼らの帝国（leurs Empirs）の中に入ることはないのだ（ibid., p.203.）。

　「人間だけが自らの孤独を築き上げている」とサン＝テグジュペリは考える。「彼らの間には、なんという空間が彼らの精神的な部分を隔てていることだろう」と、彼が言うように、その「孤独」は物理的な「孤独」ではなく、「精神的」

な「孤独」である。彼は「孤独」という語を用いるとき〈isolemet〉と〈solitude〉という語を使い分けている。前者はおもに「誰もいない」あるいは「人から離れた」という物理的な意味での「孤独」であり、後者は「精神的な」「孤独」である。上の一節に続く文章の中で、「人間の土地」を空から俯瞰した記述に次のような一節がある。

なんという薄っぺらな舞台装置の中で、人間の憎しみや友情や喜びのその広大な営みは演じられていることか（Dans quel mince décor se joue ce vaste jeu des haines, des amitiés, des joies humaines）！〔……〕彼らの文明にしてもはがれやすい金メッキに過ぎない。ひとつの火山がそれらを消し去り、新しい海に、砂漠の風によって、消えてゆくものなのだ。〔……〕不思議な消化作用が草や花々の軽い層の下で、その付近からマゼラン海峡まで続いている。町外れの 100 メート幅のこの沼のことを、人は人間の土地（terre des hommes）の上にしっかりと立てられたわが家のように思っているが、海の脈を打っているのだ（*ibid*., pp.203-204.）。

サン＝テグジュペリがプンタ・アレナスの町を空から眺めた感想は、「なんという薄っぺらな舞台装置の中で、人間の憎しみや友情や喜びのその広大な営みは演じられていることか」というものである。そして人々が住まい、暮らす「人間の土地は」けっして安定した不動の岩盤のようなものではない。「人間の土地」は「ひとつの火山がそれらを消し去り、新しい海や、砂漠の風によって、消えてゆくものなの」である。『人間の土地』はけっして「人間」が占有する安定した広大な地球上の「土地」を指すものではない。サン＝テグジュペリが使う「人間の土地」ということばの意味はむしろその逆である。彼は「人間の土地」ということばを使うことによって、その「土地」の広大さを表現しようとしたのではなく、そこに住む「人間の」矮小さを表現したのである。「人間」はこの地球上でごくわずかの不安定な「土地」を占めているに過ぎない。このビジョンは『星の王子さま』の中で、「わたし」が地球の大きさと人間の関係について説明した表現によく表れている。「実は、人間は地球上でほんの少しの場所しか占めていないんだ。地球上の 20 億の人々は、

集会の時のように、もし間隔をすこし詰めて立つなら、縦横20マイルの広場にすっぽり収まってしまうくらいなんだ。太平洋のいちばん小さな島にだって、人類全体を積み上げることができるんだ」（*PP*, p.285.）。サン＝テグジュペリの視野は果てしなく広い。彼は「地球」さえも、「安定した」「星」であるとは考えない。「わたしたちは一個のさまよえる惑星（une planète errante）に住んでいるのだ」（*TH.*, p.204.）と、彼は言う。『人間の土地』という作品のタイトルは、上の一節から取られたものであると思われるが、サン＝テグジュペリが表現しようとしている「人間の土地」は、「人間の大地」と呼べるような堅牢で安定した不動の「土地」のイメージではない。むしろ移ろいやすく、はかないものの代表的な存在でなのである。その「人間の土地」の上で、「人間だけが自らの孤独を築き上げている」。サン＝テグジュペリには、「ひと」と「ひと」とを精神的に引き離す空虚な「空間」を埋めるような力強いイメージが、おそらく必要だったのだろう。『人間の土地』の中に、「人間をその土地の腹に、まるでへその緒（un cordon ombrical）のように、彼を井戸に結びつけている綱（la corde qui le rattache un puits）は目に見えないのだ」（*ibid.*, p.263.）という表現があるが、この「目に見えない」「綱」、あるいはそれ以上に「へその緒」のイメージに、サン＝テグジュペリが使う「絆（lien）」ということばのイメージは近いように思われる。それが人間の「関係性」を表現する語として「結びつき（union）」や「結合（unité）」というような抽象名詞ではなく、具象的でしかも有機的な力強いイメージを持った「絆」ということばが選択された理由であり、『人間の土地』以降、おもに『戦う操縦士』や『城砦』の中で頻繁に使われ、『星の王子さま』の中ではキーワードとして用いられるようになったのだと推測したい。

『南方郵便機』において「絆」のイメージはわずかに一箇所、次のような一節に見出されるだけである。それは小説の最終ページ、遭難したベルニスを追悼するかのような、語り手「わたし」を通して伝えられる最後の文章に、「絆」のイメージを見出すことができる。

　　きみは南へと下降しながら、どれほど多くの綱（combien d'amarres）が解かれていったことだろう。ひとりの友人もない、もはや空のものとなってし

まったベルニス、クモの糸がきみをかろうじて結びつけていたのに（un fil de la vierge te liait à peine）、……（*CS*, p.108.）

「どれほど多くの綱」という表現は、主人公ベルニスと仲間たちを結ぶ「絆」であり、死んでしまったとはいえ、恋人ジュヌヴィエーヴと彼を結ぶ「絆」である。しかしここで使われている「絆」という語には、〈lien〉ということばではなく、船を岸壁につなぎ止める「綱（amarre）」、「舫い綱」ということばが充てられている。その「綱」はまた「クモの糸」と言い換えられているのを見てもわかるとおり、『戦う操縦士』に描かれる力強い、仲間同士の生命の通う「絆」のイメージからはほど遠い。

『夜間飛行』の中では、リヴィエールとパイロットたちをつなぐ「絆」、あるいはパイロット同士をつなぐ「絆」のイメージは見出すことができない。見出すことができるのは夫婦をつなぐ「愛情の絆（tendres liens）」である。「絆」ということばが使われているのは、次のような一節においてである。夫を危険な夜間飛行に送り出すパイロットの妻の姿の心情を描いた場面に、「絆」のイメージを見出すことができる。

> 彼女はこの男の微笑みも愛する夫としての気遣いも知っていた。だが、嵐の中の彼の聖なる怒りは知らなかった。彼女は彼に音楽や愛、花といった愛情の絆（tendres liens）を負わせていたが、いつも出発の時刻になると、彼はそれに苦しむといった様子もなく、そのような絆（ces liens）は崩れてしまうのだった（*VN*, p.138.）。

ここではパイロットとその妻を結ぶ愛情が「絆」のイメージで描かれている。しかし、使われている「絆（lien）」ということばは同じでも、『戦う操縦士』の中で描かれる「絆」とはまったく意味する内容は異なったものであることに注目すべきだろう。『戦う操縦士』の中では、「絆」は「崩れて」しまうことのない強固なものとして提示されるのである。

『人間の土地』の中では、先に引用したように、「絆」という語は用いられなくとも、『戦う操縦士』以降鮮明になって行く「生命の綱」としての「絆」

188　第Ⅲ部「絆」と「交換」

のイメージが認められる。「砂漠のただ中で」の章の中の記述で、墜落したサ
ン＝テグジュペリとプレヴォーが3日間砂漠を歩き通し、水も食糧も尽きた
場面が描かれているが、そこでサン＝テグジュペリは次のような感慨を持つ。

　　さようなら、わたしの愛する人々よ。人間の肉体が飲み物なしで3日間は
　耐えることができないからと言って、わたしが悪いわけではない。自分がこ
　れほど泉の囚われ人だとは、わたし自身思ってもいなかった。これほど短い
　走行距離だとは、疑いすらしなかった。人間は、どこへでもまっすぐ自分の
　前に行ける（l'homme peut s'en aller devant soi）ものと思っている (24)。人
　間は自由だと思っている……人間を井戸に結びつけている綱（la corde qui le
　rattache au puits）、まるでへその緒のように人間を大地の腹に結びつけてい
　る綱（qui le rattache, comme un cordon ombilical, au ventre de la terre）は
　目に見えないのだ（TH, p.263.）。

　ここでは「人間」を「井戸」に、「人間」を「大地」に「結びつけている」「目
に見えない」存在が「綱（corde）」と呼ばれている。それは「へその緒」に
喩えられていることからもわかるように、そこには生命の流れがあり、文字
通り「命綱」のようなものである。

　「絆」のイメージが最も重要な人間同士の「つながり」のメタファーとして
鮮明に描かれるのは、疑いようなく『戦う操縦士』においてである。　『戦
う操縦士』は、作中人物はすべて実在の人物であり、しかも実名で登場する。
内容も完全に実話である。先に述べたように、第二次世界大戦が始まってま
もなく、サン＝テグジュペリは空軍大尉として、フランス北部の寒村オルコ
ントに基地のあった偵察飛行第33連隊第2小部隊に配属され、フランス北部
の町アラス上空の偵察飛行の任務に就いていた。ガヴォワルはその部隊長で
ある。「絆（lien）」という語が数多く用いられている用例として、たとえば『戦
う操縦士』の中から以下のような一節を取り上げることが出来る。

第1章「絆」のイメージ　189

　　私たちは実質のない知性によってあやうくフランスを破滅させるところ
　だった。ガヴォワルはいる。彼は愛し、嫌い、楽しみ、不平を漏らす。彼は
　絆でこね上げられている（Il est pétri de liens）。そして私は彼の前でカリカ
　リしたブーダンソーセージを味わうように、仕事の義務を味わうのだ。それ
　が共通の木の幹の中で私たちを築き上げてくれる。私は33-2部隊を愛する。
　　私はすばらしい見世物を見出した見物人のように部隊を愛するのではな
　い。見世物などどうでもいいのだ。私は33-2部隊を愛している。それは、
　私がそこに所属しているからだ。部隊が私を養い、私が部隊を養うことに貢
　献しているからだ。
　　そうして今や私はアラスから戻ってきた。私は今まで以上に部隊のものだ。
　私はもうひとつの絆（un lien de plus）を手に入れた。私は自分の中でこの
　共同体の感情を強めることができた。それは沈黙の中で味わうものだ（PG,
　pp.199-200.）。

　「ガヴォワル」は「絆でこね上げられてる」と書かれているが、この「こね
上げる（pétirir）ということばも先に述べたように、サン゠テグジュペリにと
っては重要な用語であり、彼はそれを「創造する（créer）」という語とほぼ
同義に用いている。「時間が少しずつわたし〔サン゠テグジュペリ〕をこね上
げて行く（pétrit）」（ibid., p.129.）と言うとき、それは「創造」の意味である。
しかも「こね上げる」という表現には、例えば『人間の土地』の中に、「あな
たが創造されたときの粘土（la glaise dont tu es formé）は乾いてしまい、固く
なってしまっている」（TH, p.180.）という表現があるように、『聖書』「創世
記」に描かれた神の「人間創造」のときの「地の塵（glaise du sol）」、「粘土」
との類推から、「無からの創造」を思い起こさせる。つまり神が「地の塵」か
ら人間を創造したように、ガヴォワルは「絆」によって創造されている、「絆」
はガヴォワルの「実質」であると、読み取ることができるのである。ここで、
「ガヴォワルは絆でこね上げられている」と受動態で書かれていることは、非
常に重要であると思われる。「ガヴォワル」が「絆」を「こね上げる」のでは
ない。「ガヴォワル」が「絆」という「現存在」によって「こね上げられている」。
ガヴォワルは「人間関係」の「実質」によって創造されているというのである。
また『人間の土地』最終章の結びのことばを思い出すならば、「ただ精神が、

190 第Ⅲ部 「絆」と「交換」

粘土（la glaise）の上にその息吹を吹きかけるとき、人間というものは創造することができる」（*ibid.*, p.285）と、『創世記』を意識したような終わり方になっていた[25]。サン゠テグジュペリは危険な偵察飛行から戻って来ると、「もうひとつの絆」を手に入れたように感ずる。「絆」は「深まるもの」でもなく「強まる」ものでもない。彼にとってそれは「増える」ものなのである。危険な冒険を冒すたびごとに仲間たちとの「絆」は増えて行き、彼らの関係はやがて「絆の網」のようなものになって行くだろう。生命の危険にさらされつつ日々をともに過ごす部隊の隊員たちの間には、太い「絆」（lien）が生まれていた。偵察飛行から戻ってきたサン゠テグジュペリは自らの生命を賭けることで「さらなる（もうひとつの）絆」（un lien de plus）を手に入れたと感ずる。— しかしここで注意しなければならないのは、サン゠テグジュペリは「危険」を愛する野蛮な冒険家ではないということである。「人生を危険にさらせ」とニーチェは言ったが、彼はそれを批判して次のように言う。「危険に生きることが大事なのではない（il ne s'agit pas de vivre dangereusement）。この決まり文句は気取っている。闘牛士はほとんどわたしには気に入らないものだ。わたしが愛するものは危険ではない（Ce n'est pas le danger que j'aime）。わたしは自分が愛するものを知っている。それは人生だ（C'est la vie）」（*TH*, p.264.）と。— 危険それ自体に意味があるのではない。「絆」は身の危険を賭して得られた「存在」の「実質」、「宝」のようなものである。部隊長であるガヴォワルにとっても事情は同じである。ここでガヴォワルの仲間たちとの「絆」が〈liens〉と複数形で表されていること、さらに「こね上げられている」（Il est péri de）という受動態の表現に注目したい[26]。「こね上げられる」以上、「絆」は「関係」を意味する抽象名詞ではありえず、まるで存在物であるかのように扱われていることは明らかである。つまり「絆」は単なる「関係性」を指示する抽象概念ではなく、「人間同士」を「結（び）」、深く強い、「生命の通い合い」の人間関係性を示す「しるし」、生命を賭したもの同士であって初めて獲得され得る「現存在」、実在する「絆」として描かれているのである。抽象的概念ではないがゆえに、複数形で表されることによって初めて意味があると考えることができる。

　『戦う操縦士』には「絆」の用例が多く見出されるが、次のような一節についても同様の指摘をすることができる。

第 1 章「絆」のイメージ　191

　わたしはもう一度アラス上空に自分の誠実さの証しを捜しに行ったのだ。
わたしは自分の肉体をその冒険にかけた。わたしの肉体のすべてを。そして
わたしはそれを失う危険にさらした。〔……〕まもなく隊長がわたしに尋ね
るとき、わたしには自分がしょげかえっていると感じる権利を獲得したのだ。
つまり参加する権利。結ばれる権利（D'être lié）。通じ合う権利。受け取る
ことと与える権利。わたし自身以上のものである権利。わたしをこれほど強
く満たすあの充足にいたる権利。わたしの仲間たちに感ずるこの愛を感ずる
権利。その愛は外からやって来た感情の波ではないし、表現されることを求
めはしない ― けっして ― ただ別れの夕食の時間を除いては。その時、人々
はすこし酔っぱらい、親切なアルコールのおかげで、供すべきたわわに果実
を付けた樹のように会食者の方に身をかがめる。わたしの部隊への愛は表
現される必要はない。それは絆（liens）からできている。それはわたしの実
質（substance）そのものだ。わたしは部隊のものだ。それがすべてだ（PG,
pp.200-201.）。

　この一節からも読み取ることができるように、「絆」（lien）は「結ぶ」（lier）
の派生語であり、「結ぶ」からイメージされた「結ぶもの」という意味で使わ
れていることがわかる。さらに、さまざまな人間同士を「結ぶ」ことによって、
それは「絆（liens）」と、複数形になっているのを見ることが出来る。仲間同
士を結ぶ「絆」は、「生命」の通った「絆」である。「ガヴォワルは絆によっ
てこね上げられている」という表現に見られたように、主体はあくまで「絆」
であり、それは「ガヴォワル」に先立って存在し、「ガヴォワル」以後も存続
し続けるはずのものである。「ひとは死ぬのではない。ひとは死を恐れている
と思い描いてきた。〔……〕肉体が崩壊すると、本質的なものが表れる。人間
は関係性の結び目に過ぎないのだ。人間にとって大事なのは、その関係性だ
けなのだ」（PG, p.193.）。「絆」そして「絆の網」はそうした「関係性」の具
象的イメージに他ならない。それは、ガヴォワルや「私」をして彼ら自身た
らしめるもの、「人間を人間たらしめる」「実質」なのである。次の引用箇所
のすぐ先のところでは、「絆」によって「結ばれる」ことがカトリックの「秘蹟」
のイメージにつながっているのを確認することができる。

192　第 III 部 「絆」と「交換」

　　わたしは自分を与えるものとしか結ばれない（Je ne suis lié qu'à qui je
donne）。わたしはわたしが一体となるもの（qui j'épouse）しか理解しない。
わたしは泉が自分の根をうるおしてくれる限りにおいてしか存在しない。わ
たしはこの群衆のものだ。この群衆はわたしに属している。〔……〕夕方、
羊飼いが一瞥を与えただけで群れを確かめ、集め、結び合わせるのと同じよ
うに、わたしは群衆と一体となる。この群衆はもはやひとつの群衆ではない。
それは人民だ。どうして希望を抱かずにいられようか。
　　敗北の腐敗にもかかわらず、わたしは、ある秘蹟を受けて出てきたときの
ように（au sortir d'un sacrement）、わたしの中にこの深刻で永続する喜びを
抱いている（ibid., p.203.）。

　サン＝テグジュペリの言う「絆」は、自分自身を与え、「一体となる」こと
によって「結ばれる」「絆」である。彼は「自分が〔自分自身を〕与えるもの
としか結ばれない」という。「絆」は完全なる「自己贈与」を可能ならしめる
基礎条件である。そしてこの「自己贈与」による結びつきは、この後「交換」
と呼ばれることになる。「絆」で結ばれることの喜びを、彼は「ある秘蹟を受
けて出てきたときのように」と表現する。「秘蹟」は比喩として用いられてい
るだけだが、仮に特定するとするならば、ここでは「聖体の秘蹟」を指すで
あろうことは容易に想像することができる(27)。「聖体」を拝領するというこ
とは、キリストと「一体となる」ことであり、それによって同時に人々と「結
びつく」こと、「聖体」とはそれを示す「効果的な」「しるし」のことである。
ここではまず、ひととひとを「結び合わせるもの」として「秘蹟」というこ
とばが用いられていることに注目したい。「すべての人間が個人個人として結
び合わされるのは、お互いが直接的に近づきになるときではなく、同じ神の
中で混ざり合うときなのだ（s'ils se confondent dans le même dieu）」(28)と、
彼は書いている。ここでも「神」はあくまで比喩として用いられており、必
ずしもキリスト教の「神」を指しているわけではないが、サン＝テグジュペ
リの「絆」のイメージは、「個別性」に基づく「人間」同士を「つなぐ」「神」
的存在であるということだけは確かであると言うことができる。この一文の
中で使われている「混ざり合う」という表現は、「個人」がその「個別性」を
失うことを意味しない。そこには 20 世紀フランスの哲学者、ルネ・ル・セン

ヌの「同化による一致」と「収斂による一致」という概念区分がそのままあてはまるだろう。「同一化された本質の間における伝達の一条件に過ぎない同化による一致と、差異を維持するだけではなく、発展させる<u>収斂と光輝の一致</u>（unité de convergence et de rayonnement）とを混同することは、最悪の誤りである」[29] と、ル・センヌは言う。サン＝テグジュペリの「絆」のイメージは、けっして「個別性」を失うとことによって他者と「同化する」ことではなく、ある目的に向かって互いに「収斂」するときに「人間」同士を「結び合わせる「絆」である。その目的は単に共通の目標というようなものにとどまらず、「神」のように「人間」を超える存在、あるいは「人間」の「精神」という概念に拡大解釈されて行く。サン＝テグジュペリはカトリックの信仰厚い家庭で育ち、修道会経営の小、中学校で学んだが、青年期には信仰を失っていた。青年期にの彼の愛読書はニーチェであったし、生涯、肯定的な意味でキリスト教の信仰に言及した記述はほとんどない。しかしサン＝テグジュペリの「絆」のイメージは、実は非常にカトリック的である。

　　勝ち誇ったオシュデ、彼の正当な権利を確立し、クロノメーターを胸に、憤りでまだくすぶりながらも部隊の事務所をあとにしたとき、わたしはオシュデを抱擁することもできたはずだ。わたしはオシュデの愛の宝物を見つけ出していた。彼は自分のクロノメーターのために戦うだろう。彼のクロノメーターは存在する。そして彼は彼の祖国のために死ぬだろう。彼の祖国は存在する。<u>オシュデは存在する</u>（Hochedé existe）、<u>彼らに結ばれて</u>（lié à eux）。<u>彼は世界と彼とのすべての絆</u>（tous ses liens avec le monde）によっ<u>てこね上げられている</u>（Il est pétri）（*ibid.* p.202.）。

　ここでも「彼〔オシュデ〕は世界と彼とのすべての絆によってこね上げられている」と、受動態の形で表現されている。「彼〔ガヴォワル〕は絆でこね上げられている」という表現とまったく同様である。そして「絆」は、ガヴォワルの場合は部隊の仲間たちとの「絆」であったが、オシュデの場合は「世界と彼とのすべての絆」である。「人間」はこのように「絆」で「こね上げられる」ことによって初めて「存在する」と、サン＝テグジュペリは考える。

194　第Ⅲ部 「絆」と「交換」

ここで20世紀スイス人の哲学者、マックス・ピカートがその著、『ゆるぎなき結婚』の中で述べた「結婚」についての卓越した考察を思い起こしてみる必要があるかも知れない[30]。ピカートは「秘蹟」というカトリックの用語を用いてはいないが、意味するところは同じである。彼は「婚姻」について、このように述べている。「結婚」において問題となるのは、「結婚」するふたりの当事者ではない。そうではなく、「婚姻」という彼ら自身よりも「尊い」永遠なる「秘蹟」がまず「現存」し、ふたりはそれに「あずかる」のだ。ピカートは、重要なのは結婚する当人ではない、とまで言う。サン゠テグジュペリにおける「絆」もピカートと同じ視点で書かれていることに気づく必要があるだろう。「絆」は「ガヴォワル」や「オシュデ」よりも「尊い」ものである。その「自分自身よりも尊い」「絆」が彼らを「こね上げ」、「創造し」ているということを、サン゠テグジュペリは言わんとしているのである。さらに、重要なことは「絆」の概念からは「責任」の概念が生じることである。「存在するためには、なにかを担わなければならない。〔……〕ひとりひとりの人間はすべての人間に対して責任を負っているのだ（Chacun est responsable de tous）」（*ibid.*, 212.）。さらにこの「絆」は生死を超えてひとを結びつけるものである。サン゠テグジュペリは亡くなったギヨメを追想してこう言う、「私はギヨメの一部だ（Je suis de Guillaumet）」（*ibid.*, p.203.）と。そしてこの「絆」は深い人間同士の関係が互いに交錯していくに従い、複数形からさらに「網」のようなものに成長していく。「絆」の複数形が発展した「網」としての「絆」、「絆の網」（reseaux des liens）という表現には、完全にサン゠テグジュペリ独特の視点を見出すことができる。「人間はさまざまな関係の結び目に他ならない」（*PG*, 157）と、彼は言う。『戦う操縦士』の中に、次のような一節がある。

　私は以前おとなたち（les grandes personnes）をあまり尊敬していなかった。だが私は間違っていた。人は老いることはないのだ。アリアス少佐！帰還したときもまた人間たちは純粋なのだ。「やあ、君、君は私たちの仲間だ……」そして慎みが沈黙を創り出す。
　アリアス少佐、アリアス少佐……あなた方の間のこの共同体を、私は盲人が火を味わうように味わった。盲人は座り、そして手を伸ばすが、彼の喜びがどこから来るのかを知らない。私たちは自分たちの任務から戻ってくる。

未知の味わいの報酬を受ける準備は出来ている。それは単純に愛（l'amour）なのだ。

　私たちはそこに愛を認めない。普通私たちが思い描く愛はもっと悲壮で騒々しいものだからだ。だがここで問題なのは真実の愛（l'amour véritable）だ。つまり生成を可能ならしめる（qui fait devenir）絆の網（un réseaux de liens）なのだ（*ibid*. p.206.）。

　サン＝テグジュペリは人と人を結ぶ「絆」を「愛」と呼ぶ。「ガヴォワルはおのれを重んじないし、イスラエルも同じだ。彼らは〔……〕絆の網の目なのだ」（*PG*, p.199.）。そして「真実の愛」は、「絆の網」（réseau de liens）のイメージに発展して行く。それは「生成を可能ならしめる（qui fait devenir）」「絆の網」である。ここで「生成を可能ならしめる」ということばは、「こね上げる（pétrir）」という語とほぼ同義であり、サン＝テグジュペリの用語の中では「創造する（créer）」とも言い換えられる。「ひと」と「ひと」を結ぶものが「絆」であるならば、その関係性の総体は「絆の網」になるだろう。彼は「人間関係」を抽象的なイメージではなく、「絆の網」という具象的なイメージで構想する。それゆえ、「絆の網」の「結び目」のひとつひとつは、「個人」を表すはずである。「絆の網」は、抽象的な「人間関係」ではなく、具体的な「人間の共同体」なのである。『城砦』の中に次のような一節がある。「わが愛の沈黙の中で、わたしが彼らを訪れたとき、何も変わってはいないことにわたしは気づいた。彼らは指輪に彫金を施し、羊毛を紡ぎ、低い声で話をしながら、この人々の共同体（commumauté des hommes）を、その絆の網（réseau de liens）をたゆむことなく編んでいたのだ。彼らの内の誰かが死んだとしたら、すべての内からなにかが取り去られるであろう絆の網を。」（*CDL*, p.383.）もし「絆」を「現存在」として捉えるのでなければ、「絆」の複数形を「網」と呼ぶこともできない。そのときまで「人間関係」のヴィジョンとしてサン＝テグジュペリが抱いていた考え方は、「神」を介在させないヒューマニズムというべきものであった。しかし「絆の網」という表現によって、彼は「人間というもの」に「人間を超えたもの」を介在させることになる。サン＝テグジュペリの視点は「絆の網」によって、「人間というもの」の枠を一歩はみ出したのである。「絆の網」には「聖なる、神の（divin）」という形容詞が付加されるのを、わたしたちは

196　第 III 部 「絆」と「交換」

見ることになる。「人間」は「聖なる」「絆の網」によって創造されているのである。

　この「絆の網」はサン＝テグジュペリの絶筆となった未完の小説『城砦』の鍵となる概念である。『城砦』の草稿のひとつとして保存されている一枚の紙片に、作家自身が小説の構想をメモした手書きの概念図のようなものが残されている (31)。そこには次のような文章を読み取ることができる。ここでは主要な部分だけを引用するにとどめる。

　　おまえの傷を癒すため、軽やかな〈区域〉を散歩するのはどうだろう。
　　忘れられた存在であるおまえ、おまえが迎え入れられないことは許されない。
　　おまえが絆の網（réseau de liens）を失ってしまうことは許されない。
　　〈おまえは、おまえが賞賛するものを通してそれを感じる〉
　　おまえの癩と
　　おまえの喪と
　　おまえの悔恨と
　　私は背負うだろうおまえの

　　私の家にはあった……
　　山羊飼いのたとえ話が
　　私はそれを守ろうと心に決めた
　　（導入部の基本線の概要）
　　領域の概念（concept du domaine）　⎫
　　宮殿の概念　　　　　　　　　　　　⎬ 存在における
　　交換の概念（concept de l'échange）⎭

　　〈すばらしき協力〉の概念
　　略奪者（呑むことで泉を枯らしてしまう）の概念
　　歩むことで得られる景観の概念
　　支柱―構造（本質ではなく存在に向かう）の概念
　　関係―構造

死んで行く問いの概念
桶とスコップと山の概念
誤った目的と失敗の概念
それらは完全さへの歩みである
流れる時間と満たす時間の概念
〔……〕

　「おまえ」と二人称で父王から息子「王」に向けて語られたのか、それとも
作者自身に向けて書かれたモノローグ・アンテリユール（内的独白）のよう
にも見える、一見つながりのない、意味不明に思われるこの文書は、実は『城砦』
を構成することになるはずの主要テーマを列挙した重要な概念の集合体とも
いうべきものだが、そこからある焦点の合ったひとつの物語を想像すること
は不可能である。サン゠テグジュペリ自身、「この不純物の多い 700 ページに
焦点を合わせるだけでも、どうしても 10 年はかかるだろう」[32]と述べている。
概念同士の結びつきは一切明示されておらず、これだけでは雑然とした印象
しか受け取ることはできず、『城砦』という小説の道筋を見出すことはどうし
ても不可能である。文書の中には「絆の網」（réseau de liens）ということばが
使われている。さらに、ここでは「存在における」「領域の概念」「宮殿の概念」「交
換の概念」（concept de l'échange）という表現に注目したい。これはサン゠テ
グジュペリの『城砦』の構想の中心にある諸概念に他ならないと、筆者は考
えている。「城砦よ、私はおまえを人間の心の中に築くだろう」（*CDL*, p.374）
という表現に見られるように、サン゠テグジュペリにとって「城砦」とは、
第一に「存在」における「心の砦」であり、そして「領域」もまた「心の領域」
である。「領域」は「国」、「宗教」、「文化」、そして「職業」など、人が所属
する「精神的地帯」であり、またそのさらに下位の概念として、「心的広がり
（étendue）」（*TH*, p.215.）という語がある。後述するように、「存在における」「交
換」とは、サン゠テグジュペリにとって最高の価値を表す行為に他ならない。
本書では、これらの主要概念の内から「絆」と「交換」をという概念を取り
上げ、『城砦』という不可解な物語にひとつの道筋を見つけるために、それを
「絆」と「交換」の物語として読み解いてみたい。サン゠テグジュペリが『星
の王子さま』の中で彼が王子さまの死を通して実現しようとしたものも、ま

198　第Ⅲ部「絆」と「交換」

さしく「存在における交換」、つまり「絆との交換」であったと考えられるからである。

　このテクストには、『星の王子さま』と関わりを連想させる表現もいくつか見受けられる。「略奪者（呑むことで泉を枯らしてしまう）の概念」という表現からは、すぐに「酒飲み」の星の挿絵が思い浮べることができ、「歩むことで得られる景観の概念」という表現からは、砂漠の「井戸」を求めて星空の下を歩く「王子さま」と「わたし」の姿が想像できる。『城砦』には、このように『星の王子さま』との類似点が数多くあるが、ここでもう一度複数形の「絆」（liens）と「絆の網」（réseau de liens）という表現に立ち戻りたい。『城砦』は多くの部分が「おまえ」という二人称で書かれている。それは、多くの場合「父王」が息子「王」に対してなされる語りの形式であり、また息子「王」の独白でもあるが、サン゠テグジュペリ自身のモノローグ・アンテリュールのようにも受け止めることが出来る。『城砦』は、その独善的かつ一方向的な語り口から、ヒューマニストとしてのサン゠テグジュペリのイメージを著しく傷つけるものだとして、出版直後はこの作品を断固として拒否する批評家、遠ざける読者が多かった。しかしこの未完成の草稿は、いわばサン゠テグジュペリが彼自身に向けて語ったことばのメモ書きの集成のようなものとして捉えるのがもっとも妥当な見方ではないだろうか。彼がこの未完成の作品を三人称に書き直そうとしていたかどうかは、依然、判然とはしていない。『城砦』の第175章に次のような一節を見出すことが出来る。そこでは「絆」と「領域」という概念が最重要な概念として提示されている。

　おまえはさまざまな関係の結び目であって、それ以外の何ものでもない。おまえは、<u>おまえを結ぶ数々の絆</u>（tes liens）<u>によって存在している。おまえの絆</u>（tes liens）は、おまえによって存在している。神殿はその石材のひとつひとつによって存在する。おまえがそのひとつでも取り上げるなら、神殿は崩壊する。おまえは、<u>ある神殿、ある領域、ある帝国</u>のものだ。そしてそれらもまた、おまえによって存在するのだ。おまえは、外からやって来てなんの結びつきもない人間が批判するように、おまえが属しているものを批判することは、許されない。批判するとき、おまえはおまえ自身を批判して

いるのだ。それはおまえの負うべき重荷だが、おまえを高揚させるものでも
ある（*CDL*, p.720）。

「おまえ」は「関係性」が織りなす「結び目」として「存在」し、その「関係性」
を成立せしめるものが複数形の「絆」であり、「おまえ」はちょうど「ある神殿」
— これを「概念図」の中で使われていた「宮殿」ということばに置き換えた
としても誤りではないだろう —「ある領域」、「ある帝国」を構成する「石材」
のひとつひとつのようなものである。ひとつひとつを取り上げてみればばら
ばらな「石材」も、統一体として「神殿」を構成することが出来るように、「人間」
の「個別性」はさまざまな関係性の「結び目」として表され、その諸関係が「絆」
（liens）と複数形で示されている。そして、ちょうど「神殿」を構成する「石材」
が「目に見えない」力によって互いに支え合い、ひとつの「神殿」という大
きな構造物を作り上げるように、一個の「人間」と他者とを結ぶ「絆」によって、
初めて「個人」は「存在する」というのである。「神殿」は別の見方をするな
らば、「人間というもの」と考えることもできる。サン゠テグジュペリにおい
ては「個別性」と「全体性」、「個別性」と「普遍性」の観点がしばしば交錯
する。「個別性」と「全体性」の観点から眺められるならば、「個」は「全体」
を構成する要素に還元される。しかし「個別性」と「普遍性」の視点から見
られるならば、「個」は「全体」に等しい。「ひとりひとり個人はひとつの帝国
なのだ」[33]とサン゠テグジュペリは言う。そして複数形の「絆」は「絆の網」
と言い換えられる。たとえば、『城砦』第170章には次のような表現が見出さ
れる。「おまえはおまえの絆の網（réseau de liens）からしか生まれることはで
きないからだ。〔……〕おまえは何ひとつおのれのものと主張することは出来
ない。おまえは箱のようなものではない。おまえはおまえの多様性の結び目（le
nœud de ta diversité）なのだ」（*ibid.*, p.712）。
　もうひとつ注目すべきことがある。サン゠テグジュペリにとって、そうし
た「目に見えない」「絆」、「多様性の結び目」、関係性の複合体としての「絆の網」
は「奇跡の網」（*ibid.*, p.405.）、あるいは「聖なるもの」「神の」ものとして思
い描かれているということである。「絆の網」は「聖性（神性）」を帯びた「存
在」なのである[34]。同じ『城砦』の最終章には次のような記述がある。

200　第Ⅲ部　「絆」と「交換」

　　おまえの友とおまえ自身について、もしおまえが、おまえ以外のところに、
そしておまえの友以外のところに共通の根を探し求めるならば、そして、ば
らばらな素材を通して、おまえたち二人にとって、事物を結びつける聖なる
結び目（nœud divin qui noue les choses）が読み取られるならば、おまえた
ちを引き離すことの出来るような距離も時間も存在しない。そこにおいて、
おまえたちの一致が打ち立てられ、壁も海も一笑に付されるからである（ibid.,
p.830)(35)。

　　この一節の後に「庭師」についての挿話があり、「なぜなら主よ、あなたは
お互いの共通の尺度だからです。あなたはさまざまな行為の本質的な結び目
(le nœud essentiel d'acetes divers) なのです」（ibid., p.834）ということばを
もって『城砦』は締めくくられている。この「多様性の奇跡の結び目」（ibid.,
p.411.)「私」と「あなた」、人と人とを結びつける「絆」は「現存在」であり、「愛
の絆」であり、それは「聖なるもの」「神のもの」であり、かつまた「本質的
なもの」である。「おまえたちを引き離すことの出来るような距離も時間も存
在しない」と書かれているが、先に述べたように『星の王子さま』の中で、「キ
ツネ」と別れ、自分の星の愛する、「絆」で結ばれた「バラ」に対する「責任」
を果たすために彼女のところに帰って行く「王子さま」の帰り方は、そのよ
うにまさに「距離」も「時間」も無化するような帰り方だったのではないだ
ろうか。

第 1 章 「絆」のイメージ　201

註記

(1) 1943 年春にアメリカを再び発ってアフリカの連合軍の基地に移ってから、「X 将軍に宛てた手紙」の中では、確かにサン＝テグジュペリは自分自身を「病気」だと言っている。「わたしはいつ終わるとも知れない『病気』にかかっている。しかし、この病気を患わずにいるという権利を自分に認めることができないのだ。それだけだ。こうしてわたしは悲しみに沈んでいる ― そして深く。わたしは<u>人間的実質</u>(substance humaine)をすっかりなくしてしまったわたしの世代が悲しい。」(*Pl II*,〈*Lettre au Général X*〉*, op.cit.,* p.329.) サン＝テグジュペリの使っている「病気」ということばは、ここでは比喩として捉えるべきである。

(2) *ibid.*, p.330.

(3) アンドレ＝A. ドゥヴォー著「サン＝テグジュペリにおける人生の意味」(André-A, Devaux, *Les sens de la vie selon Saint-Exupéry*, in《*Synthèses*》octobre 1956, No 125, p.390.) この論文の中で、ドゥヴォーの論旨は明快だが、引用にいささか正確さを欠いたところがあるのは残念である。

(4) 20 世紀フランス、カトリックの哲学者、ガブリエル・マルセルの 4 幕劇『こわれた世界』(*Le Monde cassé*) は、理想を打ち砕かれたこの世界に対するイメージを正確に表現した感動的な演劇である (Gabriel Marcel, *Le Monde cassé*, Paris, Desclée de Brouwer, 1933.) 。それはまたサン＝テグジュペリが同時代の世界に対して抱いていたイメージに重なるものがあると思われる。

(5) 「ディオデーム・カトルー中尉宛書簡」1943 年夏、チュニスにて執筆 (*Pl II*,〈*Lettre au lieutenant Diodème Catroux*〉*, op.cit.,* p.341.) 参照。

(6) それは一面ではキリスト教哲学の伝統を引き継いでいると言うことができるのではないだろうか。アンドレ＝A. ドゥヴォー前掲書 (André-A, Devaux, *op.cit.*, p.395.) 参照。

(7) 「X 将軍への手紙」(*Pl II*,〈*Lettre au Général X*〉《*Écrits de guerre : l'Afrique du nord*(*1943 - 1944*)》, p.330.) 参照。

(8) *idem.*

(9) *ibid.*, p.329.

(10) *ibid.*, p.330.

(11) *ibid.*, p.331.

(12) リュシアン・アジャディはフランス文部省教育視学官で批評家。ピエール・デュ・ソーソワとの共著、『学校を子どもに合わせよう』(Lucien Adjadji et Pierre Du Saussois,

202　第 III 部 「絆」と「交換」

Adapter l'école à l'enfant, Paris, Nathan, 1977. 157p.) などの著書がある。アジャディ
の定義は、ベルクソンの「生の飛躍」との関連を想起させる。および、註 20 参照。

(13)「X 将軍への手紙」(*Pl II*, 〈*Lettre au Général X*〉, *op.cit.*, p.330.) 参照。

(14)『ドキュマン』誌、「テストパイロット特集号」への「序文」(*Pl I*, 〈*Préface*〉
au numéro spécial de la Revue 《*Document*》 consacré aux pitotes d'essai, le 1er
aoiut 1939, p.432.) 参照。この序文は『人生に意味を』(*Un sens à la vie*, Paris,
Gallimard, 1956, pp.257-259.) とルネ・ドランジュ『サン = テグジュペリの生
涯 』(Renée Delange, *La Vie de Saint-Exupéry*, Paris, Éditions du Seuil, 1948, pp.
214-215.) に掲載されている。

(15)「X 将軍への手紙」(*Pl II*, 〈*Lettre au Général X*〉, *op.cit.*, p.329.) 参照。

(16) *ibid.*, p.330.「心の渇きをいやす偉大な神話」を、サン = テグジュペリは『城砦』に
おいて実現しようとしたと、言うこともできるだろう。

(17) 同じ『戦う操縦士』の中に、次のような一節を見出すことができる。「勝利とは愛
の果実だ。愛だけがこね上げるべき顔を知っている。愛だけがその顔に向かう。知
性は愛に奉仕する限りにおいて価値があるのだ」(*PG*, p.209.)。

(18)「ディオデーム・カトルー中尉宛の手紙」1943 年夏、チュニスにて執筆 (*Pl II*, 〈*Lettre
au lieutenant Diodème Catroux*〉, *op.cit.*, p.341.) 参照。

(19)「ルポルタージュ」(*Pl I*, 〈*Moscou*〉, *op.cit.*, p.370.) 参照。

(20)「精神」は「炎」のイメージで表されることもある。「まずフランスなのだ！〔……〕
新しい真実が準備されるのは息苦しい地下室の中においてだ。空威張りをするふり
はやめよう。そういう連中は向こう側に 4 億人もいる。彼らに精神の炎 (la flamme
spirituelle) を渡してはならない。彼らはすでに自らの実質でそれを養っている。彼
らはわたしたちよりうまく、問題を解決するだろう。」1942 年 11 月 29 日、サン
= テグジュペリがカナダ、モレアルでフランス人に向けて行ったラジオ演説の冒頭
の一節。スピーチは英訳され、「あらゆるところにいるフランス人への公開書簡 (A
Open Letter to Frenchmen Everywhere)」と題され、『ニューヨーク・タイムズ・マ
ガジン』に同日掲載された (1942 年 11 月 29 日号第 7 面)。口絵にはリュード作の
凱旋門の彫刻「ラ・マルセイエーズ」が使われた。また翌日、「フランス人よ、和解
してくれないか (Voulez-vou, Français, vous réconcillier ?)」というタイトルのもと
に、モレアルのフランス語新聞『ル・カナダ』紙にも掲載されている。

(21) 〈lien〉という語は「人間関係」、人間同士の「つながり」を表す語として、特に特
別なことばというわけではなく、日常的に用いられることばではある。ただサン =
テグジュペリはその語に特別に重要な意味を持たせていることは疑いようがない。

(22)「ピエール・シュヴリエ宛の手紙」1943 年 12 月に書かれ、翌 1944 年 2 月 18 日付着（*Pl II*,〈*À Pierre Chevrier*〉《*Lettres amicales et professionnelles*》, p.963. ）参照。スペイン市民戦争に取材したルポルタージュにも、次のような文章を読むとがができる。「わたしは不思議な考えを思いついた。わたしの本能のすべてが力づく尽くで、それをわたしに押しつける。これらの人間たちの内、ひとりでもあくびをしたら、わたしは恐ろしいだろう。わたしは人間の心の伝達（communications humaines）が断ち切れてしまうのを感じるだろう」『ルポルタージュ』（*Pl I*,〈*Espagne ensanglantée*〉, *op.cit.,* p.401.）参照。『星の王子さま』のテーマのひとつも、「心の伝達不能性」であると言うことができる。「おとな」と「子ども」、「バラ」と「王子さま」、「キツネ」と「王子さま」など登場する存在間おける「心の伝達不能性」とその超克のドラマとして、この小説を読み解くことができる。

(23)『人間の土地』の中には、「人間」を相互に「結びつける」と言うとき、「絆で結ぶ（lier）」以外の動詞が数多く使われている。例えば、「人間の救済」について述べた箇所で、「なぜ憎み合うのだろう。〔……〕わたしたちを解放するためには、わたしたちを互いに結びつけている（relie）目的を自覚するように助ければいいのだから、わたしたちすべてをつないでいる（unit）ところで、その目的を探せばいい」（*TH*, p.280.）。

(24) この「どこへでもまっすぐ自分の前に行ける」という表現は、『星の王子さま』の中で、「ヒツジ」が昼間どこかに行ってしまわないようにと、「わたし」が「綱（une corde）を描いて上げようと申し出たときに、「わたし」と「王子さま」が交わす会話の中に出てくる表現とほぼ同様である。「でも、どこへ行きたいっていうのさ」と尋ねる「王子さま」に対して、「わたし」は「どこへだってさ、こうまっすぐ前にさ（Droit devant soi）...」と答える。「王子さま」はさらに続けて、「前にまっすぐ行ったって、そんなに遠くまでいける分けじゃない（Droit devant soi on ne peut pas aller bien loin）...」（*PP*, p.244.）と言う。『人間の土地』に書かれているように、「人間」もまた「前にまっすぐ行ったって、そんなに遠くまでいける分けじゃない」ことを、サン＝テグジュペリは「砂漠」体験によってよく知っていたのである。

(25) この「精神（l'Esprit）」は大文字であり、また「粘土（la glaise）」ということばから、ここでは容易に『創世記』を連想させ、その「息吹を吹きかけるとき人間というものは創造することができる」という表現から、「神」の「人間創造」を思い起こさせるが、もちろんサン＝テグジュペリはここでキリスト教に回心し、信仰を宣言しているわけではない。リュシアン・アジャディは『イカール』誌に寄稿した「サン＝テグジュペリ再読」という論文の中で、次のように述べている。「精神（l'Esprit）」は、サン＝テグジュペリにとって、人間の知性を超越し、いわばのひとつの呼びか

けの力となる価値のことである。『人間の土地』の最終行のことばをご存じだろう。『ただ精神（l'Esprit）が、粘土の上に息吹を吹きかけるとき、人間というものを創造することができる。』『精神』とは、まさしく自らを乗り越えることによって、人間に自己実現を可能にする人間のそのダイナミズムである。別の言い方をすれば、個人が ― 小文字の人間とともに ― 人間の高みによじ登るのは、それは人間の内に ― ある大文字の「人間」とともに ― 人間というもの（l'Homme）を実現しようとすることによってであり、人間が精神（l'Esprit）によって貫かれ、照らされるであろうのは、人間愛の方向に向かって自己を超越しようとすることによってである。カトリックの聖書注解学者はすぐにサン＝テグジュペリを自分たちに引き寄せようとする。彼らにその資格はない。サン＝テグジュペリが公言する精神（l'Esrprit）への信仰は、わたしは断言するが、神への信仰ではない。」（リュシアン・アジャディ著「サン＝テグジュペリ再読」『イカール』誌第 108 号参照。Lucien Adjadji, *Pour une relecture de Saint-Exupéry*, in《*Icare*》no.108, 1984/1, pp.117-123.）。

またレオン・ヴェルトは、「わたしが知っているとおりのサン＝テグジュペリ」の中で、サン＝テグジュペリから『人間の土地』の出版前の最後のゲラ刷りを渡され、意見を求められたときのことを回想して次のように語っている。「ある晩、彼が『人間の土地』の最終的なゲラ刷りをわたしのところにもってきたときのことをおぼえている。最終章で、彼は列車の通路に寝そべった気の毒な移民の姿を描いている。そしてそれら気の毒な人々のひとりひとりに『虐殺されたモーツアルト』を見出す。彼は次のようなことばで締めくくっている、『ただ精神が、粘土の上にその息吹を吹きかけるとき、人間というものは創造することができる」（*TH*, p.285.）」と。わたしは彼に虐殺されたモーツアルトというイメージになにも付け加えない方がいいし、ここで精神、明示されない精神というもの、読む人ごとに新しい意味でそれをふくらませてしまうのでないとしたら、何ものでもないような精神を引き合いに出すのはよくないだろうと提案した。彼はためらった。しかし、会談の途中で振り返り、私に言った、『いや、ちがう……ともかく、わたしはそれを残すことにする……』と。そして彼は悪いことをした少年のように、逃げ去ってしまった。わたしにはどちらが正しかったのかはわからない。彼ははっきりしないイメージで終わらせたかったのだろうか。精神に彼は惹きつけられていたのだろうか。わたしにはわからない。今後ともけっしてわかることはないだろう。」レオン・ヴェルト前掲書(Léon Werth, *Saint-Exupéry tel que je l'ai connu ...* , in René Delange, *op.cit.*, pp.182-183.)参照。個々の「人間」を超越した「人間というもの」をサン＝テグジュペリは創造したかったに相違ない。その「人間というもの」を支える「生の飛躍」に近いイメー

ジで、「精神（l'Esprit）」という語を使っているのではないかと、筆者は考える。

(26) サン゠テグジュペリはこの「こね上げる（pétrir）」という語をしばしば用いる。『夜間飛行』のリヴィエールにとって、「人間というものは、彼にとってはこね上げるべき（il fallait pétrir）蠟のようなものだった」（*VN*, p.123.）そしてその実質が魂である。「この素材にひとつの魂を付与し、意志を創り出さなければ（créer une volonté）ならない。〔……〕彼はその意志を創っていたのだ（il créait cette volonté）。」（*ibid.*）「こね上げる」ということばにはこのように、「創造」というニュアンスが強く表現されている。

(27) 『戦う操縦士』の中で一箇所、「パン」をとおして、精神的な一致をともに分かち合う人々ついての記述を見出すことができる。ミサの場面ではないが、ミサを想起させるような記述である。「聖体」とは「キリストの体」を意味し、ミサの中における「聖体拝領」とは、キリストの最後の晩餐を記念し、信者がともにキリストが裂いた「パン」、「キリストの体」である「聖体パン」にあずかる儀式である。「パン」は「こね上げる」というサン゠テグジュペリの用語をとおして、「絆」を創造するイメージにも通ずるものがある。『戦う操縦士』の中には次のような場面がある。「パンには多くの役割があるのだ！　わたしたちは、いっしょに裂くパンのおかげで、パンの中に、人間たちの共同体の媒体を認めることを学んだ。額に汗して手に入れるパンのおかげで、パンの中に労働の偉大さのイメージを認めることを学んだ。また、窮乏の中で配給させるパンのおかげで、パンの中に慈愛の本質的な媒介手段を認めることを学んだ。分かち合うパンの味わいのに比べるものはない。ところがいま、その精神的糧、小麦畑から生まれるだろう精神的パンのすべての力が危機に瀕している」（*PG*, 207.）。また次のような記述もある。「農夫がパンを分かち与えたとき、彼は何も与えたわけではない。彼は分け、そして交換したのだ（échangé）。同じ小麦が、わたしたちの中で循環したのだ。農夫は貧しくはならなかった。彼は豊かになったのだ。彼はよりよきパンによって自分を養った。なぜなら、そのパンは共同体のパンに変わったのだから」（*ibid.*, p.208.）。ここで皆に分配された「パン」は、確かに「聖体パン」ではない。しかしそれは「共同体のパン」である。ただの「パン」ではなく、「よりよきパン」である。農夫は「パン」を「交換」することによって貧しくなることはない。サン゠テグジュペリにおいては「交換」によって貧しくなることはない。「交換」とは常に、「おのれ自身よりも尊いものとの交換」なのである。

(28) 「平和か戦争か」（*Pl I*,〈*La Paix ou la Guerre ?*〉, *op.cit.*, p.361.) 参照。

(29) ルネ・ル・センヌ著『神の発見』（René Le Senne, *La découverte de Dieu*, Paris, Aubier-Montaigne, 1955, p.283.）

（30）マックス・ピカート著『揺るぎなき結婚』（Mac Picard, *Die unerschütterline Ehe*, Rentsch-Zürich, Eugen Rentsch Verlag,1942, pp.261-263.）

（31）サン゠テグジュペリは『城砦』の概念図のようなものを残していたことがわかっている。『カイエ・サン゠テグジュペリ 1-3』（*Cahiers Saint-Exupéry 1-3*, Paris, Gallimard, 1884-1889.）は、1884 年から 1889 年にかけて刊行されたサン゠テグジュペリの新しく発見された未発表原稿、書簡類、そして研究論文を集めた本だが、その第 1 巻に、発見された『城砦』の概念図と思われる自筆の原稿が掲載されている。草稿の番号は「162」と記載されており、1942 年に書かれたと推定されている。1958 年に刊行された『城砦』でも、それ以降の版でもこの原稿は掲載されていない。つまり『城砦』の本文とは見なされておらず、メモ書きとして扱われているだけである。先にも述べたとおり、『城砦』にはこのように採用されなかった草稿が相当数存在していることが確かめられている。この草稿にはサン゠テグジュペリ独特の筆跡と、書くに従って右側に片寄っていく癖がはっきりと認められる。

（32）ピエール・シュヴリエ宛の手紙、1941 年 9 月 8 日付参照（*Pl II*, 〈*À Pierre Chevrier*〉, *op.cit.*, p.951.）。

（33）「ルポルタージュ」（*Pl I*, 〈*Espagne ensanglantée*〉, *op.cit.*, p.405.）参照。

（34）この「私」と「あなた」、人と人を結びつける「絆」は、「目に見えない絆」（un lien invisible）（*Pl II*, 〈*Lettre au général X*〉, p.333.）、「愛の絆」（les liens d'amour）（*ibid.*, p.332.）、「見に見えない無数の愛の絆」（mille liens tendres dans l'invisible）（*Pl II*, 〈*Moscou! Mais où est la révolution?*〉《*Reportages*》, p.380）とも言い換えられる。サン゠テグジュペリが心に抱くこの「ひと」と「ひと」を結ぶ「愛の絆」の存在は、限りなくカトリック的であり、「キリストの現存」を示す「秘蹟」のイメージに近いと言うことはできないだろうか。

（35）「事物を結びつける聖なる結び目」のイメージは、『城砦』全編を通して見出される。「おまえたちは空間に満たされ、おおくのものと結ばれていた。おまえたちの愛され、憎まれ、脅かされそして保護された天幕は、その意味を得たのだ。そしておまえたちはおまえたちをおまえたち自身よりさらに広大なものにする<u>奇跡の網</u>（réseau miraculeux）の中に捕らえられたのだ……というのは、おまえたちには言語だけがおまえたちを解放してくれる<u>心的広がり</u>（une étendue）が必要なのだ。」（*CDL*, p.405.）あるいはまた、「というのも、本質的な糧は事物から来るのではなく、<u>事物を結びつける結び目</u>（nœud qui noue les choses）から来るのだ。彼を養うことができるものは、ダイヤモンドではなく、ダイヤモンドと人間たちとの間のそのような<u>関係</u>（relation）なのだ。この砂漠ではなく、砂漠と部族たちとのそのような<u>関係</u>（relation）なのだ。

書物のことばではなく、書物のことば、それは神の愛であり、死であり知恵だが、それらのことばの間の関係（telles relaions）なのである」（*ibid.*, p.409.）。

208   第Ⅲ部 「絆」と「交換」

第2章 「交換」のイメージ

> 「『城砦』という霊感を受けて書かれたこの驚く
> べき詩句の中で、わたしたちはサン＝テグジュ
> ペリのもっとも深いものと出会う。」
>
> アンドレ＝A.ドゥヴォー

　『戦う操縦士』の中に数多く見られる「自己犠牲」という表現は、次第に「交換」
という表現にかわり、『城砦』において、サン＝テグジュペリ独自の概念とし
て止揚され、確立されて行く。― それは『城砦』において「犠牲」というこ
とばが使われていないということを意味するものではない。『城砦』も『戦う
操縦士』もほぼ同時期に執筆されており、『城砦』の中にも「犠牲」という表
現は見られるが、第1部第1章註34の中で述べたように、『城砦』の章立て
は、サン＝テグジュペリが残した草稿の順序をそのまま踏襲したものではない。
おそらく「犠牲」という表現も、草稿の早い時期に使われていたものであり、
それが「交換」という語に統一されていったのではないかと推測される。「交換」
はおそらく、『城砦』のなかで、1942年から43年にかけて急速に重要性を増
したキーワードである。―「犠牲は、それがパロディーか自殺に過ぎなくなっ
たとき、あらゆる偉大さを失ってしまう。自己を犠牲にすることはすばらしい。
他のすべての人が救われるために何人かが死ぬことは」（*PG*, 154.）と、サン
＝テグジュペリは『戦う操縦士』の中で書いている。― 同時に彼は「死の意
味は死と釣り合うものでなければならない」（*ibid.*, p.155.）と、自問する。そ
の過程で「犠牲」という「自己自身」を献げる行為ではなく、「交換」という
相互贈与を意味する概念が浮上するのを見ることができる[1]。

　　わたしの中で故障しているものはなにか。交換の秘密 (le secret des

échanges）とはなにか。今わたしの中で、抽象的で遠いものが別の状況において、わたしの心を揺さぶるということは、どういうわけなのか（*ibid.*, 157-158.）。

その後、サン＝テグジュペリは「交換の秘密」を「自分自身より尊いものとの交換」というイメージの内に見出していくことになるだろう。

『戦う操縦士』の中で「交換」の概念は、「犠牲」の概念と混在しているが、次のような一節の中で、そのときまで使われていた「犠牲」にかわり、前置きなしに突如表れる。空爆で焼け野原になった中に、もし自分の息子が取り残されていたとするなら、人は自分の息子を助け出すだろう。誰もそれを止めることはできない。父親は火傷をする。しかしそれを何とも思いはしない。肉体を必要としている相手に投げ出すのである。その時まであれほど重要だったものに執着していないことに彼は気づく。

> きみはきみの行為の中にいる。きみの行為、それはきみだ。きみの体はきみのものだが、今はきみではない。きみは叩こうとするだろうか。きみをきみの体の中で脅かそうとしても、なにものも君を止めることはできないだろう。きみはなにか。それは敵の死だ。きみはなにか。それは息子の救済だ。きみは自分を交換するのだ（Tu t'échanges）。その交換によって、きみは失うものの感覚を持たない（Et tu n'éprouves pas le sentiment de perdre à l'échange）。きみの四肢はどうか。それは道具だ。人は石を刻むときに、飛んで行ってしまう道具をひとびとは笑う。きみはきみの敵である死と、息子の救済と、病の治癒と、そしてもしきみが発明家であるならきみの発明ときみを交換する（tu t'échanges）（*ibid.*, p.191.）。

これは、サン＝テグジュペリおいて、初めて「交換」という重要概念が表明された『戦う操縦士』の中の一節である。父親が火中の息子を助けるとき、それはもはや「自己犠牲」ではない。そうではなく、彼は自分自身と息子の生命を「交換」するのである。「きみは失うものの感覚を持たない」と、書かれているが、「自己犠牲」とは違い、「交換」によって失われるものはなにもない。

210　第Ⅲ部 「絆」と「交換」

「交換」は「犠牲」ではないのである。人は「自分自身よりも尊いものと自らを交換する」。サン＝テグジュペリが「犠牲」ということばを使うのを避けた理由は、まさしくそこにあると考えられる。

先に『城砦』の概念図として引用した草稿の中に「交換の概念 ― 存在における」(concept de l'échange ― en l'être) という表現があった。「交換」は『星の王子さま』における「王子さま」の「死」の謎を解く鍵であると同時に、『城砦』を読み解く鍵でもある。「交換」ということばは、『城砦』の中で次のような文脈において用いられている。

　　だが、彼らのあとに残るであろうものを受け入れるためには、大きな器を建造しなければならない。またその器を運ぶ車をも。なぜならわたしは、まず、人間たちよりも永続するもの (ce qui dure plus que les hommes) を尊ぶからだ。そうすることで、わたしは彼らの交換 (échanges) の意義を救い、彼らが彼ら自身のすべてを委ねるための大いなる聖櫃を築くのだ。
　　こうして私は、再び神殿を、砂漠の中をゆっくりと歩む船を見出す。その船たちの後を追うように、私は本質的なもの (essentiel) を学んだのだ。つまり、まず船を建造し、船団に装備を施し、人間よりも生きながらえる神殿を建立する術を。以後彼らは、喜びのうちに、自分自身よりも尊いものと自らを交換する (les voilà qui s'échangent dans la joie contre plus précieux qu'eux-mêmes) だろう。そして、画家や、彫刻家や、版画家や、彫金師が生まれるだろう。けれども、もし人間がおのれ自身の生活のためだけに働き、その永遠のために (pour son éternité) 働かないならば、彼らから期待すべきものは何もないのだ (CDL, p.386.)。

　この一節は、サン＝テグジュペリの考える「交換」という概念のイメージを鮮明に表現している。「交換」の対象は、「大いなる聖櫃」、「神殿」、「砂漠の中をゆっくりと歩む船」であり、そして「交換」とは、「〔自分自身〕のすべて」を「人間たちよりも永続するもの」と、「永遠のために」、「自分自身よりも尊いものと自らを交換」することである。その教えは「本質的なもの」であると言われる。サン＝テグジュペリは、ここで「自己犠牲」という表現

を用いていないことに注目すべきである。

　サン＝テグジュペリが文字通りキーワードとして「交換」という語を用いるようになったのは、『戦う操縦士』以降においてである。「犠牲」から「交換」へと変わってく過程を示すひとつの資料として、口絵〔6〕に掲載した『城砦』の草稿「228 の 2」記されたメモ書きに、次ぎのような文章を読むことができる。以下にその全文を掲載することにする。

　　しかし今日の戦争は昨日の戦争ではない（la guerre d'aujourd'hui n'est pas la guerre d'hier）。わたしたちが話し合うとき、わたしたちはそれらの現実に束縛された古い言語に囚われている。確かにこどもがわたしたちに〔……〕する〔……〕と分裂は〔……〕の内に引き止められ、人間というものの偉大さ（la grandeur de l'homme）に必要なものを与えてくれる。たとえひとつの犠牲（un sacrifice）が一見無益であったとしても、おそらくわたしたちという手の加えられていない練り生地（la pâte vierge que nous sommes）において、まずは人間というものの美しいイメージを捏ねあげることには役立つだろう。彼らは、彼らの仕草から生まれるお話を聞く小さなこどもの意識にまで、種をまいたのだ。何ものも失われはしない（Rien ne se perd）。そして彼らの敵の閉ざされた修道院は光を放つ。しかし、民族、種族全体に生命を与えるために、すこしばかりの血を犠牲にするという話ではもはやない。戦争は、爆撃やイペリットガスで行われるようになって以来、もはやそれは、敵の神経節を突き刺す昆虫の外科学に過ぎないものになっている。一方はセメントの壁に隠れて陣取る。一方は、しかたなく毎夜、相手の腹の中に爆弾を撃ち込む小編隊を派遣する。勝利は最後に朽ち果てたものの側にある。そしてふたつの敵はともに朽ち果てるのだ[(2)]。

　ここではまだ「犠牲」という語が使われているが、この後、「犠牲」は「交換」に置き換わり、『城砦』の中で「交換」ということばは、言い換えられることなく常に反復され続けられる。しかし「交換」という概念は、サン＝テグジュペリが試行錯誤の果てに到達した、いわば昇華された概念であり、もともとは「犠牲」という語がそれにあてはめられていたということが、前述した

212 第Ⅲ部 「絆」と「交換」

とおり『戦う操縦士』以前の作品を読むことで確かめられる。例えば、『夜間飛行』の中では、危険な夜間飛行の任務を帯びたパイロットの生命は、ひとたび自然との闘いに敗れたとき、それは郵便飛行路線のために献げられた「犠牲」であり、「交換」ではない。パイロットの妻から見られた夫は次のように描かれる。

　　彼女は彼の頑丈な腕を眺めていた。一時間後には、ひとつの都市の運命のようになにか偉大なもに対する責任を負い、ヨーロッパ便の運命を担うのだろう。この数百万の男たちの中で、この男が<u>その奇妙な犠牲</u>（cet étarnge sacrifice）のためにただひとり準備されているのだった（*VN*, p.138.）。

　危険を伴う郵便路線の任務において生命を落とすことは、パイロットの妻の目には「奇妙な犠牲」に映る。それはあくまで「犠牲」であり、彼自身との「交換」ではないのである。『戦う操縦士』においても「犠牲」という語が用いられてはいるが、そこには「自己贈与」という意味が加わる。そして「犠牲」は「本質的な」「行為」であると表現され、『城砦』における用法とほぼ同義なものとして用いられている。たとえば『戦う操縦士』の最終章の一つ前、第27章には次のような一節を見出すことができる。

　　こうして人はある祖国の、ある職業の、ある文明の、ある宗教のものとなるのだ。しかし、そのような存在を援用するためには、まず自分自身の内にそれらを基礎づける必要がある。〔……〕人は行為によってしか、自分が援用する存在を自らの内に築くことはない。<u>ひとりの存在はことばの帝国ではなく、行為の帝国である</u>（Un être n'est pas de l'empire du langage, mais de celui des actes）。私たちのヒューマニズムは行為を無視してきた。それは試みにおいて挫折したのである。
　　<u>本質的な行為</u>（L'acte essentiel）はここでひとつの名前を得た。それは<u>犠牲</u>（le sacrifice）である。
　　<u>犠牲</u>（Sacrifice）とは切断をも苦行をも意味しない。それは本質的に行為

（un acte）なのである。犠牲（II）とは自分が援用する存在への自己自身の贈与（un don de soi-même）である。領域（un domaine）のために自分自身の一部を犠牲にし（sacrifié）、それを救うために戦い、それを美しくするために苦しんだものだけが、領域（un domaine）のなんたるかを理解するだろう。その時彼には、領域（le domaine）への愛が生まれるだろう。ひとつの領域（Un domaine）とは関心の総体ではない。そこに誤りがある。領域（II）とは自己贈与の総体（la somme des dons）なのである」（*PG*, p.221.）。

「領域」（domaine）は「城砦の概念図」にもあったサン＝テグジュペリの鍵概念のひとつだが、それは、先にも述べたとおり、具体的にはひとそれぞれ自分自身が属する「国」「祖国」「職業」「家」というような外的組織、あるいは「文明」「宗教」などという自己を取り囲む大きな精神的枠組みに還元されるべき概念である。「領域」は、またその下位概念として、サン＝テグジュペリがしばしば用いる「心的広がり（étendue）」（*TH*, p.215.）という人間精神の内面領域を示す概念にも通じている[3]。ただし「心的広がり」は「個別的」人間の個人的精神の「領域」だが、「領域」は必ずしも「個別的」ではない。「領域」を守るものこそ、まさに「城砦」であり、「領域」を認めないことは、「人間にとってもっとも大切な富、つまり事物の意味（le sens des choses）を浪費する」（*CDL*, p.378.）ことである。そしてその「領域」に対する「自己贈与」（un don de soi-même）をサン＝テグジュペリは「犠牲」（le sacrifice）と表現する。そしてさらに、その「自己贈与」という行為は、「もっともたいせつな（真実の）行為」、「本質的な行為」（l'acte essentiel）だとされるのである。したがって、「自己贈与」は単なる「自己犠牲」ではない。「自己」を滅ぼすのではなく、「自己」を与える行為である。「自己」を与えることによって人は「失う」のではなく、逆に「得る」のだという視点が導入され、そこから「交換」の概念が生じたものであると考えられる。

『城砦』の中では、この「犠牲」ということばは「交換」という語に置き換わり、それはほぼ言い換えられることなく反復される。サン＝テグジュペリは「自己犠牲」という表現を使わない。それは「自分自身よりも尊いもの」と「自分自身」を「交換する」ことは、厳密にいえば「犠牲」（sacrifice）ではなく、

214　第Ⅲ部 「絆」と「交換」

つまり「自分自身」が失われることではなく、「より尊いもの」（plus précieux qu'eux-mêmes）において「自分自身」は「生きながらえる」と考えているからに他ならない。「自分自身よりも尊いものと交換する」、そうして初めて「自己」は「永続する」ことができる。先の一節に「画家や、彫刻家や、版画家や、彫金師が生まれるだろう」とあったように、芸術家が行う創作もまた「自分自身」とその「作品」とを「交換」することであって、「自分自身」が失われるわけではない、「より尊いもの」の中に「自分自身」は「永続」する。そこにこそ「交換」の意義があり、それは「本質的なもの」（essentiel）なのである。このような「自分自身より尊いものとの交換」のイメージは、『城砦』全編を通じて随所に見出される。「城砦よ、私はおまえを人間の心の中に築くだろう」（*CDL.*, p.374.）という表現が小説の書き出し近くの章、第2章にあるが、「城砦」とは、まずそうした「交換」というものの精神的価値、「領域」を守るために築かれた「心」の「砦」なのである。

　『城砦』の中には、「交換」のイメージは数多く見出されるが、代表的な用例をいくつか紹介したい。下の引用では、「犠牲」ということばと「交換」ということばが対置されているが、その意味するところははっきりと区別されている。サン＝テグジュペリは彼の思想をより明確にするために、「犠牲」という語を捨て、「交換」という語を採用したのである。

　　なぜならば、ひとはヒツジや山羊たち、住居や山々のために死ぬことはないからである。それらの事物は何も<u>犠牲</u>（sacrifié）にされずとも存続するからである。しかしひとは、それらを結び合わせ、それらを<u>領域</u>（domaine）に、帝国に、すぐそれとわかる親しい表情に変容させる、<u>目に見えない結び目</u>（l'invisible nœud）を救うために死ぬのだ。〔……〕

　　死は、愛のゆえに報われる。自分の人生を徐々に、その一生より長らえる優れた作品と<u>交換</u>（échangé）したもの、数々の世紀を歩む神殿と<u>交換</u>（échangé）したもの、このような人間は、もしその目がばらばらな素材から宮殿を思い描くことができ、彼がその壮麗さに目を奪われ、そのうちに融合しようと望むとき、初めて死を受け入れることができる（*ibid.*, 412.）。

第2章「交換」のイメージ　215

「ひとはヒツジや山羊たち、住居や山々のために死ぬことはない」、なぜなら「それらの事物に犠牲」は必要ないからである。ここで「犠牲」は、なにものかへの供物として献げられるあるものの「死」を文字通り意味している。しかし「領域」を守るため、「目に見えない」「絆」の「結び目」を救うため、「統一」体としての共同体を救うために献げらる「死」は「犠牲」ではなく、「交換」と呼ばれている。

またあるとき、「わたし（王）」は、その民の内を歩きながら、みすぼらしいい仮小屋で養蜂を営んでいる老人たちや、刺繍を生業とするもの、彫金師たちに出会う。長い仕事の間に、そのうちのあるものは盲目になり、片足を失い不具になっていた。

　　ひどく年老い、息も絶え絶えのその老人は体を動かすたびに古びた家具のようにうめき声を上げ、ゆっくりと答えた。彼は非常に年老いており、ことばもはっきりとは話せなかったからだ。しかし、彼は、彼の交換（échange）の対象そのものにおいて、次第に光り輝くように聡明な理解力を見せた。〔……〕そして彼自身は、硬くなり老いた体から奇跡的に逃れでて、ますます幸福に、ますます非の打ち所のないものとなったのである。ますます不朽に。死に瀕しながら、彼は知らなかった。その両手は星でいっぱいであることを……。
　　このようにして、彼らは生涯使われない富のために働き、朽ちることのない刺繍布とすべてを交換（échanges）していたのである……使用するためには労働の一部分しか与えず、それ以外のすべてを彫金のために与えていたのである。金属のむだな質、デザインの完璧さ、曲線の優美さ。それらは、肉体よりも永続する交換された部分（la part échangée）を受け取るのでなければ、なんの役にも立たないものだ（CDL, p.387.）。

「養蜂家」はその「蜜菓子」と「自分」を「交換」する。その「交換」において、彼は「ますます幸福に、ますます非の打ちどころのないもの」となる。「死に瀕しながら」、彼の「両手は星でいっぱいである」と称えられている。刺繍をするものも彫金師も「自分」とその作品を「交換」する。「交換」の対象は、「肉

216　第Ⅲ部 「絆」と「交換」

体よりも永続する」ものであり、「自分」よりも生きながらえる「尊い」ものなのである。「死に瀕しながら、彼は知らなかった。その両手は星でいっぱいであることを……」と記されているように、「交換」の歩みによって、初めて人間は天に向かうことができる。「交換」の歩みは「天」への道のりなのだ。

『城砦』の中には「交換」の秘儀を尋ねるために、「わたし」がひとり岩山に上る場面がある。

　　切り立った滑りやすい一本の道が海に張り出していた。嵐は破裂したあとだった。夜はふくれた革袋のように流れていた。心頑なにわたしは神に向かって登っていった。事物の摂理を尋ねるために、人がわたしに課すべきだという<u>交換</u>（l'échange）がどこへ導くのかを説明してもらうために（*ibid.,* p.536.）。

「切り立った滑りやすい一本の道」は歩むべき「精神」の「道」であり、その頂は「精神」の高みである。そこで彼は「神」と対話し、祈りのなかで自らが成すべき「交換」が何であるかを尋ねようとする。さらに同様の例としては、下のような一節がある。「自らを献げる」ことで得ようとする「神」からの「答え」、その「祈り」と「応答」のやりとりが「交換」の概念によって表されている。

　　なぜならば、わたしにはなにもわからなかったからだ。吐き気を催さずに知ることができるようなものはなにもなかった。なぜならば、わたしはまったく神に触れてはいなかったが、触れられるような神はもはや神ではないからだ。仮にも神は祈りに従うようなものではない。そして初めて、わたしは祈りの偉大さはまず答えがないということに存することを、交渉の醜さは<u>この交換</u>（cet échange）の中には入らないことを見抜いた。そして祈りをおぼえることは沈黙をおぼえることだということを。そして<u>贈与が期待できないところにおいてのみ、愛は始まるのだということを</u>（que commence l'amour là seulement où il n'est plus de don à attendre）（*ibid.,* p.537.）。

第 2 章「交換」のイメージ　217

「祈り」に「答え」はない。「答え」を期待すること自体、「醜い」「交渉」である。サン＝テグジュペリは「沈黙」の中にその「答え」を見出す。それが「愛」の始まりであるとして。それゆえ「交換」は「沈黙」の内になされる「自分自身」と「愛」との「交換」から始まるだろう。そして「自分より尊いものとの交換」のイメージは、次第に具体化されて行く。

　　しかしながら、わたしの歩哨は帝国のものだ。そして帝国は彼を養う。歩哨は乞食よりも広大だ。彼の死さえもが報われる。なぜならば、その時歩哨は自分自身を帝国と交換するだろう（s'échangera）から（ibid., p.569.）。

「歩哨」が「自分自身を帝国と交換するだろう」ように、「わたし」が自分を「交換」すべき対象は「帝国の民」そのものであることを、「わたし」は悟るだろう。「交換」の歩みによって、初めて人間は天に向かうことができる。「交換」の歩みは、「天」への道のりである。下の一節においては、その歩みが「樹」のイメージを通して描かれている。

　　わたしはある樹を見た。その樹は、偶然に、廃屋、窓さえない隠れ家の中に芽吹き、光を求めて伸びようとしていた。人間が大気の中に浴さなければならないように、鯉が水の中にいなければならないように、樹は明るさの中にいなければならない。樹はその根によって地中に埋め込まれ、その枝によって天体の中に埋め込まれて、星々とわれわれとの間の交換の道になっているからである（il est le chemin de l'échange entre les étoies et nous）（ibid., p.401）。

「星々とわれわれの交換の道」と作者は書いているが、夜空の「星々」はサン＝テグジュペリにとって多くの場合、「精神世界」を示すメタファーである。「交換」は、「精神世界」の高みに到達するための道筋なのである。

　サン＝テグジュペリは「死」を「消滅」あるいは単純に「無」になること

218 第Ⅲ部「絆」と「交換」

とは考えていない。「死」は彼にとって、ほとんど「誕生」と同義のものだったのである[4]。その傾向は晩年に近づくに従って強まって行く。1938年「パリ＝ソワール」誌に連載された「戦争か平和か」と題された記事の中で、彼はある農村での農婦の臨終の場面を描いている。「絆」と「交換」という表現は使われてはいないものの、それらのイメージの連鎖を次のような一節に読み取ることができる。

　　死は、田舎の墓地の場合とても安らかなものだ。年老いた農夫はその家長としての権限の最後にあたり、子どもたちに山羊とオリーヴの樹を遺産として譲るだけなのだ。そして息子たちも、自分たちの番が来れば、それを子どもにゆだねるだろう。農村の家系の中では、人は半分しか死ぬことはない(On ne mert qu'à demi)。ひとりひとり順番に、さやのようにはじけて種子を残して行く。
　　私は以前、母親の死の床に寄り添う三人の農夫に出会ったことがある。確かにそれは痛ましいものだった。もう一度へその緒が切られたのだから。もう一度、ひとつの世代を次の世代に結びつける、その結び目 (un nœud se défaisait : celui qui lie une génération à l'autre) が解かれたのだから。〔……〕
　　私は母親を見つめていた。〔……〕その体は、彼らの体、樹のようにまっすぐに伸びた美しい体になっていた。今や彼女は果肉を取りだしたあとの厚い果皮（écorse）のように朽ちて、横たわっているのだった。今度は彼らの息子や娘が、自分たちの肉体を、まだ小さな子どもたちに写していくことだろう。農家では人が死ぬことはないのだ。母親は死んだ。だが母親は生きるのだ！
　　確かに悲しい場面だった。しかし、この血統のイメージは単純そのものだ (tellement simple cette image de la lignée)。それは、何かわからない真実を目指して (vers je ne sais quelle vérité)、歩む途上、一枚一枚と美しい白髪の抜け殻を捨てながら、その変身を通して歩み続けるようなイメージなのだ[5]。

高い視点から眺められるとき、確かに「個人」はなくなるとしても、世代を超えて生き続ける「人間」という存在がなくなることはない。その意味で、「人

は半分しか死なない」ということができるだろう。「農婦」の死んだ肉体はもはや「果皮」（écorse）のようなものにすぎず —『星の王子さま』の中で、「王子さま」は「わたし」に向かって同じことばを使っている[6] —、彼女の顔は「石の仮面」のようなものにすぎない。しかしそれは「息子たちの顔に写し取られている」。「この血統のイメージは単純そのものだ」と書かれているが、彼らを結びつけている「絆」は「何かわからない真実を目指して」連綿と続いている。「死」はいわば「生」への変身のようなものにすぎない。「農婦」は「息子たち」と自らを「交換」した。あるいは「血統」であるところの「絆」と「自分自身」を交換したのである。

　「交換」のイメージは『星の王子さま』という物語の謎のひとつである「王子さま」の「死」について考える上で、重要な示唆を与えてくれる。「王子さま」の「死」についてはこれまでさまざまな疑問が呈されてきた。物語の中で「王子さま」は、「わかるだろ。とても遠いんだ。ぼく、こんなからだもって行くことできないよ。重すぎるもの。」（*PP*, p.314）と言っている。しかしその重いからだとともに地球までやって来た以上、そのからだをもって自分の星に帰れないというのは不自然であり、論理的に矛盾がある。それゆえ、サン゠テグジュペリは物語を終わらせるために「王子さま」を死なせるしかなかった。地球にまでたどり着いてしまい、その上毒ヘビにも出会ってしまった以上、自分の星に帰るには「死ぬ」よりほか手段がなかった、などといったさまざまな根拠のない通説が数多くある。しかし、そうではなく、サン゠テグジュペリは『城砦』において提示していたように、あるいは『人間の土地』で描いたように、「王子さま」の「死」は、「永遠のため」になされた「自分自身より尊いもの」との「交換」、「バラ」と「王子さま」の間にある「愛の絆」と「王子さま」の「死」によってなされる「王子さま」自身との「交換」として捉えられるべきなのではないだろうか。

　「王子さま」は「ぼくは、ぼくの花に責任がある」と言っている。「花」に対する「責任」をまっとうするために、自分自身の「存在」を差しだそうとしている、「目に見えない絆」、「愛の絆」のため、「目に見えない結び目を救うために死ぬ」（*CDL*, p.412.）。それによって「王子さま」はほんとうに「生きる」ことができる。「王子さま」の「死」は「絆」との「交換」なのである。

　先に述べたように、『城砦』は『星の王子さま』と非常に関連の深い作品で

220 第Ⅲ部 「絆」と「交換」

ある [7]。『星の王子さま』のドラマに『城砦』の概念をあてはめるならば、「王子さま」の「死」は「自分自身」と「愛の絆」との「交換」である。「王子さま」と「バラ」との間の「絆」は、「王子さま」の心に「責任」の概念を生じさせる。「王子さま」が「自分自身よりも尊いもの」と「自分自身」を「交換」するなら、「王子さま」は「真実」の「普遍的な」「愛」を手に入れるだろう。「王子さま」は死んだ。しかしその「愛」において、「王子さま」と「バラ」は永遠に生き続けるに違いない [8]。ここで重要な役割を演じる「ヘビ」の存在は、まったく両義的であることに気づかされる。「ヘビ」は「王子さま」を「殺す」と同時に、「王子さま」が「バラ」とともに永遠の「生」を生きる「手助け」をしているからである。「王子さま」を「殺した」＝「助けた」「ヘビ」は、「王子さま」の「生まれ変わり」を助けるのである。

「ひとつはすべてであり、すべては同時にひとつである」

「認識すること、それは分解することでも説明することでもない。それはヴィジョンに近づくことだ」(*PG*,135.) と、サン＝テグジュペリは言っている。「ひとつはすべてであり、すべては同時にひとつである」。この最も重要なサン＝テグジュペリ晩年の世界観、それを映し出した文学的ヴィジョンが最初に認められるのは、『人間の土地』である。第1部で彼のリビア砂漠での遭難体験について詳述した中で、ほとんど飲まず食わずに砂漠を3日間歩き続け、彼が最終的にベドウィン人の遊牧民に救助される場面があった。先の引用をここで再び取り上げたい。

　　わたしたちを救ったリビアのベドウィン人よ、おまえはわたしの記憶から永久に消え去るだろう。わたしはおまえの顔を決して思い出さないだろう。おまえは「人間というもの」だ (Tu es l'Homme)。おまえは同時にすべての人間の顔をしてわたしに現れる (tu m'apparais avec le visage de tous les hommes à la fois)。おまえはわたしたちをしげしげとは眺めなくとも、すでにおまえにはわたしたちがわかったのだ。おまえは最愛の兄弟だ。そしてわ

たしは、おまえをすべての人間の中に見出すだろう（je te reconnaîtrai dans tous les hommes）（*TH*, p.268.）。

サン＝テグジュペリは、彼を救ったベドウィン人の顔を再び見出すことはないだろうと語る。なぜなら、そのベドウィン人は「同時にすべての人間の顔をしてわたしに現れる」だろうから。ひとりのベドウィン人はもはや「ひとりの」人間ではなく、同時に「すべての」人間として現れる。ひとりの「人間」は「人間というもの」に止揚され、「ひとつはすべて」になる。「わたしは、おまえをすべての人間の中に見出すだろう」とある通り、「ひとつはすべてであり、すべては同時にひとつ」であるというイメージが『人間の土地』以降、サン＝テグジュペリの思想の中核をなすイメージとして形成されて行くことになったように思われる。

サン＝テグジュペリのいちばんの親友、アンリ・ギヨメは 1940 年 11 月、自身が操縦する飛行機の事故によって、地中海上で遭難した。先にも引用したように、報せを受け取ったサン＝テグジュペリのピエール・シュヴリエ宛の 12 月 1 日付の手紙には次のように書かれている。

〔……〕ギヨメが死んだ。今晩、わたしにはもう友人はいないような気がする（il me semble ce soir que je n'ai plus d'amis）。

　わたしはそれを嘆かない。わたしは死者たちを嘆くすべをけっして知らなかった。しかし彼が消えてしまったこと、それを受け入れるには長い時間が必要だろう。— わたしはもうその恐ろしい仕事が重荷だ。それは何ヶ月も何ヶ月も続くのだろう。しょっちゅう彼の手を借りる必要があることだろう[9]。

サン＝テグジュペリにとって、ギヨメという「ひとり」の友人の「死」は「すべて」の友人の「死」に値するものだった。「ひとつがすべてに値する」というヴィジョンは、それ以後繰り返されて行く。

　私たちにとっては数や空間の法則などなんの役にも立ちはしない。物理学者は彼の屋根裏部屋で、計算の果てに都市の重要性を秤にかける。しか

222　第Ⅲ部 「絆」と「交換」

し、夜中に目覚めているガン患者は人類の苦痛の中心なのだ（Le cancéreux, éveillé dans la nuit, est un foyer de la douleur humaine）。おそらくひとりの鉱夫の死は、千人の人間の死に等しいのだ（Le mineur vaut peut-être que mille hommes meurent）。人間に関しては、あのおそろしい計算は役に立たないのだ⁽¹⁰⁾。

彼は「夜中に目覚めているガン患者は人類の苦痛の中心なのだ」と言い、「ひとりの鉱夫の死は、千人の人間の死に等しいのだ」と書く。「領域」に属し、「心的広がり」を心に持つ「人間」には、単純な「数」の論理はあてはまらない。『城砦』の中にも、ほぼ同様の記述を見出すことができる。

　　なぜなら、わたしは算術をまったく信じないからだ（Car je ne crois point en l'arithmétique）。悲嘆も喜びも増えることはない。だから、わたしの帝国の民の内、もしひとりでも苦しんでいるのなら、その苦しみは民全体の苦しみと同じだけ大きい（si un seul souffre dans mon peuple, sa souffrance est grande comme celle d'un peuple）。そして同時に、彼が民を救うために自らを犠牲にしないことは悪いことだ。
　　喜びとはそういうものだ。だから王妃の娘が結婚するとき、すべての民は踊るのだ。花を付けるのは樹だ。そしてわたしは枝先で、その樹を見極める（CDL, p.449.）。

「もしひとりでも苦しんでいるのなら、その苦しみは民全体の苦しみと同じだけ大きい」と、彼は言う。ここにもサン＝テグジュペリの「人間世界」を表現する「ひとつはすべてでありであり、すべては同時にひとつである」というヴィジョンは明確に表れている。
　先の章で「絆」と「絆の網」のヴィジョンを見てきたそれが、ここにいたって「ひとつはすべてであり、すべては同時にひとつである」というヴィジョンは、「絆の網」の上において初めて成立するものであることに気づかされる。一見矛盾したような表現だが、これはサン＝テグジュペリの「人間というもの」についての思索の到達点であり、彼の世界観でもある。サン＝テ

第2章「交換」のイメージ　223

グジュペリは自らの実体験を忠実に文学的に昇華する以外のことはしていない、と筆者は考える。彼がもっとも好んだニーチェのことば、「わたしは自分の血で書いた本しか好まない」ということばを、彼自身実践したのだと考える [11]。そのもっとも美しく文学的に昇華されたイメージの集合が『星の王子さま』の中に見出される。サン＝テグジュペリは「ひとりのガン患者の苦しみは、世界の苦悩の中心だ」、「ひとりの鉱夫の死は千人の死に値するのだ」と書き、「わたしの帝国の民の内、もしひとりでも苦しんでいるのなら、その苦しみは民全体の苦しみと同じだけ大きい」と書いた。サン＝テグジュペリは彼の最後の作品の中で、このヴィジョンを美しく文学的に昇華し、描き上げている。サン＝テグジュペリの遺言、『星の王子さま』の中で、それは夜空の美しい星々のイメージに置き換えられているのを見ることができる。前章で見たように、それは単なる夜空の風景描写ではない。それは心的「生」の原理、すなわち「思惟する総合的原理」としての「精神」によって得られた眺望なのである。「真の心的広がりは目のためのものではなく、精神にしかゆるし与えられない」（*PG*,160.）。人間の「歩みを見下ろす精神の視点」[12] を映す光景、人間「精神」の高みから人間「世界」を見下ろした心象風景、ひとつの調和した精神世界の純化された詩的イメージなのである。ここではその「精神」の頂から眺められたイメージに、「ひとつはすべてであり、すべては同時にひとつである」というサン＝テグジュペリの世界観は、文学的にもっとも昇華されたヴィジョンとなって見事に凝縮している。

　　「ねえ、こうしてくれるとうれしいな。ぼくも星をながめるよ。すると、ぜんぶの星が、さびたかっ車のついた井戸のある星になるだろう（je regarderai les étoiles. Toutes les étoiles seront des puits avec une poulie rouillée）。ぜんぶの星がのむ水をぼくにくれるんだ……」。
　　わたしはだまっていた。
　　「そうしたら、ほんとにおもしろいよね！五億の鈴がきみのものになるし、5億の泉がぼくのものになるんだ……」（*PP*, p.315.）[13]。

「ひとつ」の「星」を眺めると、「ぜんぶの星が、さびたかっ車のついた井

224　第Ⅲ部「絆」と「交換」

戸のある星に」なり、「5億の鈴がきみのものになるし、5億の泉がぼくのも
のになる」。「ひとつ」は同時に「すべて」に置き換わる。これは非常に不思
議な感じ方であると言わざるをえない。「ひとつはすべてであり、同時にすべ
てはひとつである」。『この星の王子さま』の中で、もっとも美しくもっとも
詩的に洗練されたこのヴィジョン、あるいは後述するように、サン゠テグジュ
ペリの思想の核心とも言うことができるこのヴィジョンは、『星の王子さま』
という小説の根底にあり、このヴィジョンに向かって小説はその歩みを進め
て行く。「イメージとは、それと知らずに読者を束ねる行為である。読者を感
動させるのではない。魔法にかけるのだ」と、サン゠テグジュペリは書いて
いる (14)。このヴィジョンは『星の王子さま』の中で、まるで読者を魔法にか
けようとするかのように、微妙に表現を替えながら5回繰り返し描かれてい
るのを見過ごしてはならない。

　一度目は、第7章にすでに見出される。「わたし」と「王子さま」の「ヒツジ」
が「バラの花」を食べるかどうかというやりとりの中で、それは次のように
描かれる。

　　「何百万もの、何百万もの星のひとつにある一本の花を誰かが愛している
　なら、星空を眺めるだけで、その人は幸せになれるんだ (Si quelqu'un aime
　une fleur qui n'existe qu'à un exemplaire dans les millions et les millions
　d'étoiles, ça suffit qu'il soit heureux quand il les regarde)。『わたしの花があ
　の空のどこかにある……』って、思うんだ。でも、ヒツジが花を食べちゃっ
　たら、その人にしてみたら、突然すべての星が消えてしまうようなものじゃ
　ないか！ (si le mouton mange la fleur, c'est pour lui comme si, brusquement
　toutes les étoiles s'éteignait) (ibid., p.256.)。

さらに小説の結末近く、第26章では続けて3回このヴィジョンは現れる。

　　「夜、星空を眺めてごらんよ。ぼくの星はあんまり小さいものだから、ど
　こにあるのか君にはわからないだろう。その方がいいんだよ。ぼくの星は、

<u>君にとってすべての星の中のひとつの星になる</u>（Mon étoile, ça sera pour toi
une des étoiles.）。そうしたら、君はすべての星を眺めたくなるよ……すべて
の星が君の友だちになるんだ。そしたら、ぼくは君にプレゼントすることが
できるよ……」（*ibid.*, p.313.）。

さらに「わたし」とのやりとりのあとすぐに、また「王子さま」のことば
の中に表される。

　　「夜、空を眺めてごらんよ。たくさんの星の中のひとつにぼくは住んでい
　るから、<u>その星で笑っているから、だから、君にはすべての星が笑ってい</u>
　<u>るように見えるよ</u>（puisque je rirai dans l'une d'elles, alors ce sera pour toi
　comme si riaient toutes les étoiles）。いいかい、君は笑う星を持つことがで
　きるんだ！」（*idem.*）

そして3度目が初めに引用した「王子さま」のことばである。そのあと、
「王子さま」は「死」に向かって最後の一歩を踏み出すことになる。「ひとつ
はすべてであり、すべては同時にひとつである」というヴィジョンは、『星の
王子さま』の中で最も重要なヴィジョンであることは疑いえない。このヴィ
ジョンは文学的に純化されているが、後述するようにさまざまな形でサン＝
テグジュペリはこのヴィジョンを展開いている。彼は、「<u>人間というものは、</u>
<u>同じひとつのイメージを通してしか人間とひとつに結ばれることはできない</u>
（l'homme ne peut connunier avec l'homme qu'à travers une même image）」[15]
と言う。また「ひとりひとりの人間はすべての人間に対して責任を負ってい
るのだ（Chacun est responsable de tous）」（*PG*, 212.）。― この表現は2度繰
り返さている ― とも言っている。『星の王子さま』の最終章は、次のような
文章で締めくくられる。この星空のイメージのもとに人間がひとつに結ばれ
ること、それがサン＝テグジュペリの最後の願い、彼が行使する「愛の権利」
（*ibid.*, p.136.）でもあった。5回目に、この「ひとつはすべてであり、すべて
は同時にひとつである」というヴィジョンはよりいっそう明瞭に描かれる。

226 第Ⅲ部 「絆」と「交換」

　とても不思議なことだ。私と同じように、王子さまのことが好きな人にとっ
てはね。宇宙のすべてがちがったものになってしまうのさ（rien de l'univers
n'est semblable）。もし、どこか私たちの知らないところで、私たちの知ら
ないヒツジが、一本のバラの花を食べてしまったかどうかっていうことで（un
mouton〔……〕a mangé une rose）...〔……〕」（ibid., p.319）。

　もし「ヒツジが一本のバラの花を食べてしまった」ら、広大な「宇宙」の
中のたったひとつの「星」で起こった出来事が、「私」にとって「宇宙のすべ
て」を「ちがったものに」してしまう、「すべて」が悲しいものになってしまう。
上述したように「すべて」が「ひとつ」になるということは、理性的に考え
るならば非常に非合理的である。「私は、夜、星の歌をきくのが好きだ。まる
で五億の鈴が鳴っているようだ……」（ibid., p. 317）でも、ときには「『だれ
だって、一度や二度はうっかりすることがあるものだ。そうしたらおしまい
だ！　ある晩、王子さまは花にガラスのおおいをかぶせるのを忘れてしまい、
夜の間にヒツジがこっそりぬけだしてしまったかも……』すると、夜空の鈴
はみんな涙にかわってしまう！　……」（ibid.）「王子さま」自身、たった一本
の花のために「すべて」を投げだそうとする。「王子さま」は、「星は、みん
ながそれぞれ自分の星を見つけられるように、ああやって光っているのかな
ぁ」（ibid., p.286.）と言う。この澄みきった夜空の「星」は、「人間」ひとり
ひとりのメタファーなのである。「個人」はその「個別性」によって夜空の「ひ
とつ」の星、「すべて」の一部にすぎないが、精神の高みにおいて、その普遍
的視野の中で「人間というもの」という「普遍的」なイメージを獲得したとき、
「ひとり」は「すべての人間」に等しい。「絆」によってまるで「網」のよう
にすべての人間が結びつき、そのたったひとつの「結び目」、「個人」に起こ
ったことも、「絆」という「関係性」を通して「すべて」に及ぶ。「すべての
人間が個人個人として結び合わされるのは、お互いが直接的に近づきになる
ときではなく、同じ神の中で混ざり合うときなのだ（s'ils se confondent dans
le même dieu）」[16]と、彼は書いた。先に述べたように、サン＝テグジュペリ
はその一節でキリスト教の「神」を示したわけではない。しかしそのヴィジ
ョンは、「もしひとりでも苦しんでいるのなら、その苦しみは民全体の苦しみ
と同じだけ大きい」、「ひとりのガン患者の苦しみは世界の苦しみの中心だ」、

「ひとりの鉱夫の死は千人の鉱夫の死に値する」という表現とともに、キリストを通してすべての「人間」が「結ばれる」という、キリストの「現存」を示すカトリックの「秘蹟」のイメージと不思議なほど似通っていると言うことはできないだろうか。

サン＝テグジュペリのヒューマニズムにはその土台としてキリスト教があることは確かである。『戦う操縦士』の終章近く、彼は彼自身の「ヒューマニズムを要約して次のように書いている。それはまったく同じ文体で書かれた一種の「祈り」、あるいは信仰宣言のようにも受け取ることができる。

　　神の継承者であるわたしたちの文明は、人間において人間たちを<u>平等</u>なものとした。〔……〕神の継承者であるわたしたちの文明は、個人を通して人間に対する<u>尊敬</u>を築き上げた。〔……〕神の継承者であるわたしたちの文明は、人間において人間たちを<u>兄弟</u>とした。〔……〕神の継承者であるわたしたちの文明は、こうして個人を通して<u>愛徳</u>を人間へのたまものとなった。〔……〕神の継承者であるわたしたちの文明は、こうして人間それ自身への尊敬、つまり人間自身を通してなされる<u>人間への尊敬</u>を説いた。〔……〕神の継承者であるわたしたちの文明は、<u>ひとりがすべての人間に対して責任を持ち、すべての人間がひとりに責任を持つ</u>ようになされた（*PG*, 218-219）。

サン＝テグジュペリのヒューマニズムの柱は、「人間」の「平等」と「人間」に対する「尊敬」、「隣人」を「兄弟」と見なすこと、「人間」への「愛」、そして「ひとり」は「すべての人間」に対して「責任」を持ち、「すべての人間」は「ひとり」に責任を持つことと要約される。

「シロアリ」と「シロアリの巣」

サン＝テグジュペリは第二次世界大戦中、「人間」について非常に悲観的な見方をしていた。アナーキストは極端な論理的結論から、ばらばらな「個人」を集め、「大衆」の権利を説く。全体主義者は「個人」の総合からひとつの「国家」

228　第Ⅲ部「絆」と「交換」

を作り上げる。それはひとりの「個人」の手に委ねられた「集団」の力である。彼らは、炭鉱の事故で置き去りにされたひとりの鉱夫の救出のために、多くの鉱夫がその生命を危険にさらすことには反対するに違いない。サン＝テグジュペリは「人間はもはや意味を持たない」[17]と言い、現代の戦争の悲惨な「死」を目のありにして、「死の意味が死と釣り合うものでなければならない」（*PG*, p.155.）と、考える。そのような無残な「人間」の姿は「シロアリ」のイメージで提示される。彼の言う「シロアリ」とは「存在」における「個別性」と「個」としての「普遍性」を失った個人としての「存在」のことである。「個」の「普遍性」を失ったものの集団を、サン＝テグジュペリは「シロアリの巣」にたとえ、その構成員を「シロアリ」と呼ぶ。彼は「わたしたちは『シロアリ』ではない」と言い、「人間というもの」の「普遍性」を失うことに対する警鐘を鳴らす。

　　ロボット人間、シロアリのような人間（l'homme termite）、ブロット・ゲームのようなブドー・システムの流れ作業の仕事に体を揺する人間。創造的な能力を切り捨てられ、自分の村の奥からひとつのダンス、ひとつの歌を作ることもできなくなった人間。牛が干し草で養われるように、既製服の教養、規格品の教養によって養われる人間。それが今日の人間だ（Ça c'est l'homme d'aujourd'hui）[18]。

サン＝テグジュペリが『星の王子さま』を書いていた時期、第二次世界大戦末期、彼は人類の将来について非常にペシミスティックな展望をもっていた。先にも引用した、死の前日に書かれた友人のピエール・ダロスに宛てた手紙は、次のように締めくくられていた。

　　もし撃墜されたとしても、私は絶対に何も後悔しないだろう。未来のシロアリの巣（termitière future）は私に嫌悪をもようさせる。そして私は彼らのロボットの美徳を憎んでいる。私は、庭師になるように生まれついていたのだ。
　　あなたを抱擁する。
　　　　　　　　　　　　　　　　　　　　　　　　　サン＝テックス[19]

しかしサン＝テグジュペリが希望を持っていたとするならば、それは「ひとつはすべてであり、すべては同時にひとつである」というヴィジョンに表れている。彼は、人間の偉大さと救いの可能性をそこに見出していたのだと考えたい。『戦う操縦士』のなかで、「わたしは人間に関する限り、どんなものも数えることはできないし、測ることもできないということを理解している」（*PG*, p.160.）と書いているが、さらにこの小説の最終章では、次のようにも述べている。

　　道徳は、どうして個人が共同体のために自らを犠牲にすべきかをはっきりと説明することができるだろう。しかし、言語のトリックなしには、どうして共同体がたったひとりの人間（un seul homme）のために自らを犠牲にすべきかを説明することはできないだろう。不正義の牢獄からたったひとりの人間を救い出すために千人が死ぬということがどうして公正なのか。わたしたちはまだその理由を覚えてはいるが、次第に忘れ始めている。しかしながら、わたしたちをきわめてはっきりとシロアリの巣（la termitière）から区別するこの原則の中にこそ、なによりもまずわたしたちの偉大さ（notre grandeur）が存するのだ（*ibid.*, pp.221-222.）。

　その「原則」こそが、『戦う操縦士』の中で使われる「犠牲」という概念であり、『城砦』の中でおもに使われる「交換」という概念なのである。「分かち合うことは友愛を保証するものではない。友愛はただ犠牲の中でのみ結ばれる(Elle se noue dans le seul sacrifice)。自分自身よりも広大なものへの共通の自己贈与(le don commun à plus vaste que soi)を通じてはじめて結ばれるのだ」(*ibid.*, p.223.) と、サン゠テグジュペリは断言する。彼においては「自己犠牲」にせよ、「交換」にせよ、その行為が成立するためには「、自分自身よりも尊いもの」の存在が仮定されなければならない。彼はそれを「神」の名で呼ぶことができないために、その表現にはある種歯切れの悪さが認められるのである。
　またスペイン市民戦争に取材したルポルタージュの中に、同じようなサン゠テグジュペリの思想が凝縮した表現を見出すことができる。

230 第 III 部「絆」と「交換」

炭鉱が崩落し、ただひとりの鉱夫の上に炭山が閉ざされたとき、街の生命
は中断する。救助にあたる人々が彼らの足下、地の底につるはしを振るい、
探っている間、鉱夫仲間たち、女たちは苦悶の内にその場にとどまる。

群衆の中からひとつの単位を救い出すということが問題なのであろうか。
ひとりの人間を解放することが問題なのであろうか。まだ役に立つであろ
う馬の労役を計ったあとで、その馬を解放してやるように。おそらく、救助
の企ての中で 10 人の仲間たちが死ぬことになるだろう。利益という点では
なんと誤った計算なのだろうか……しかし、それはシロアリの塚のシロア
リたちの中から一匹のシロアリを助けることではない。ひとつの良心を、ま
たその重要性を測ることができないひとつの帝国を救うことなのだ（il ne
s'agit pas de sauver un termite parmi les termites de la termitière, mais une
conscience, mais un empire dont l'importance ne se mesure point）。厚板に閉
じ込められたその鉱夫の狭い頭の下には、世界が横たわっているのだ。親戚、
友人、家庭、夕餉の温かいスープ、祭りの日の歌、優しさと怒り、そしてお
そらく社会の弾み、普遍的な大きな愛さえも。どうして人間というものを測
ることができるだろう。彼の祖先はかつて洞窟の壁にトナカイを描いた。そ
の仕草は、20 万年たった今でも輝いている。それはわたしたちを感動させる。
それはまだわたしたちの中に続いているのだ。人間の仕草は永遠の泉なのだ。
　たとえわたしたちが自分の命を失おうとも、その炭鉱から、わたしたちは
このたったひとりではあっても普遍的な鉱夫を引き上げるだろう（Dussions-
nous périr, de son puits de mine nous remonterons ce mineur universel bien
que solitaire）[20]。

ダロス宛の手紙にあったように、ここでも「シロアリ」は「ロボット」と同様、
個の「普遍性」を失った存在のメタファーとして用いられている。サン゠テ
グジュペリは「ひとりひとりの個人はひとつの帝国なのだ」[21]、あるいは「ひ
とりひとりの個人はひとつの奇跡なのだ」[22] と言う。たったひとりの鉱夫を
救うために、「人間というもの」は 10 人の犠牲を惜しまない。救い出さなけ
ればならないのは「個人」における「普遍性」である。「〔……〕個人が、そ
の宇宙が（l'individu, cet univers）、炭鉱の底から空しく助けを求めているの
だ」[23]。「ひとり」の人間は、それ自体普遍的な存在であり、同時に「すべて」

第2章「交換」のイメージ　231

の人間に値する。そこにこそ「人間というもの」の偉大さがある。「人間というもの」の普遍性と良心を圧殺する現代社会を、サン゠テグジュペリは徹頭徹尾批判している。この引用の先の箇所では、先に引用した箇所が次のように続いていた。

　　しかし私たちはシロアリなどではまったくない（nous ne sommes point des termites）。私たちは人間なのだ（Nous sommes des hommes）。私たちにとっては数や空間の法則などなんの役にも立ちはしない。物理学者は彼の屋根裏部屋で、計算の果てに都市の重要性を秤にかける。しかし、夜中に目覚めているガン患者は人類の苦痛の中心なのだ。おそらくひとりの鉱夫の死は、千人の人間の死に等しいのだ（Le mineur vaut peut-être que mille hommes meurent）。人間に関しては、あのおそろしい計算は役に立たないのだ[24]。

「私たちはシロアリではない」、「私たちは人間なのだ」とサン゠テグジュペリは書く、そして「ひとりの鉱夫の死は、千人の人間の死に等しいのだ」と。「ひとつ」は同時に「すべて」である。「ひとりの人間」は同時に「すべての人間」（tous les hommes）であり、「人間というもの」である。人間はそれぞれ一個の自立した存在である。だがしかし、その中には宇宙をも含みうる広大な内面世界を抱えた独立した存在に他ならない。「ひとつはすべてであり、すべては同時にひとつである」というヴィジョンは、『城砦』における「絆の網」のイメージと深い関係があることに気づかされる。

　　おまえはいろいろな関係の結び目（nœud）であって、それ以外の何ものでもない。おまえは、おまえを結ぶ数々の絆（tes liens）によって存在している。おまえの絆（tes liens）は、おまえによって存在している。神殿はその石材のひとつひとつによって存在する。おまえがそのひとつでも取り上げるなら、神殿は崩壊する。おまえは、ある神殿、ある領域、ある帝国のものだ（CDL, p.720.）。

ひとりひとりの個人は「数々の絆」が織りなす関係性の「結び目」であり、

232 第Ⅲ部 「絆」と「交換」

それが総体として「絆の網」を成している。そのうちの「ひとつ」が欠けても、全体が崩壊する。「ひとり」は同時に「すべて」なのである。

> おまえはおまえの絆の網（réseau de liens）からしか生まれることはできないからだ。〔……〕おまえは何ひとつおのれのものと主張することは出来ない。おまえは箱のようなものではない。おまえはおまえの多様性の結び目（le nœud de ta diversité）なのだ（ibid., p.712）。

「ひとつはすべてであり、すべては同時にひとつである」というヴィジョンは、お互いを結びつける「目に見えない無数の愛の絆」[25]によって結ばれた「絆の網」によって初めて成立するものなのである。そこでは、ひとつの「結び目」に起こった出来事が「絆の網」全体を振動させるように、「絆の網」はひとつひとつの「結び目」にそのすべてを負っているのである。これをサン＝テグジュペリは「事物を結びつける聖なる（神の）結び目」（ibid., p.830）と表現することによって、意識的にせよ無意識的にせよ、この「愛の絆」をカトリック的信仰の次元において問題にしているように思われる。「愛の絆」によって、ひとりひとりが結ばれているとき、その「愛の絆」の「網」のなかで、「ひとり」は「すべて」の人々と通じ合う。「精神」の高みから眺められたとき、「すべて」は「ひとつ」に収斂するからである。「個別性」を乗り越え、自己実現の試みの果てに「普遍性」を獲得した「人間」が、「人間というもの」になることができるかのように。

　一個の「存在」が他者と向き合うとき「絆」が生まれ、「絆」は「本質的な（もっともたいせつな）」「目に見えない」「網の目」のように広がっていく。その友情と「愛」の「現存在」である「聖なる結び目」と「自分自身」を「交換」することは、「人間」の「個別性」を乗り越え、「普遍性」を獲得しようとする自己実現の「行為」である。スペイン市民戦争の際、人民戦線側の兵士に志願した平凡な会計係が、討ち死にすることが必死の、捨て身の攻撃に向かうときの様子を描いた『人間の土地』の一節の中では、「絆」との「交換」は次のように描かれる。

軍曹よ、おまえに死への身支度をさせたものは、どうしておまえに同情しただろう。おまえたちはお互いのためにその危険を冒していた。人はその瞬間、言語を必要としない一致（cette unité qui n'a pas besoin de langage）を見出すのだ。わたしにはおまえの出発が理解できた。バルセロナで貧しく、仕事のあと、たったひとりおまえの体を隠す場所さえ持たなかったとしても、おまえはここで自己を実現している（t'accomplir）という感情を味わっていたのだ。おまえは普遍的なものに結びついたのだ（tu rejoignais l'universel）。のけものだったおまえは、今や愛によって受け入れられていたのだ（tu étais reçu par l'amour）（*TH*, p.276.）。

「兵士」同士は、「目に見えない」「絆」を通して、「言語を必要としない一致」で結び合っている。その「一致」のために死地に向かうことこそが、「軍曹」にとっては、彼の「自己実現」に他ならない。なぜなら、それは「普遍的なもの」に「結びつく」ことだからである。その「普遍性」は、ここでは「愛」とも言い換えられている。

サン゠テグジュペリは『人間の土地』、『星の王子さま』そして『城砦』その他のテクストを通して、「自己実現」のために「個人」の「個別性」を乗り越え、「人間というもの」の「愛」の「普遍性」において互いに「結び合う」ことが必要だと、語りかけているように見える。彼は遠くに「神」を見据えていたが、それがキリストの姿を取って現れることはなかった。それゆえ彼は「人間というもの」の「普遍性」に期待をし、それを高め、人間の「精神」を称揚しようとする。しかしそれはけっして「超人」のようなものではない。サン゠テグジュペリは「人間」、「人間」であること、どこまでも「人間である」ことを見つめ続けた作家だった。アンドレ゠A. ドゥヴォーはその著、『テイヤールとサン゠テグジュペリ』の中で、『戦う操縦士』の一句を引用しながら、次のように書き記している。

サン゠テグジュペリにとって、人間関係において重要なことは、他者を服従させることでも罰することでもない。それは他者を回心させること（le〔l'autre〕convertir）なのだ。「回心させること以上に重要なことはない。回心

234 第Ⅲ部 「絆」と「交換」

させることは受け入れることだ（convertir c'est recevoir）。それは、ひとり
ひとりに自分の寸法にあった衣服を、それを身に着けくつろぎを感じるよう
に、提供することだ。」すべての人間を真の人間に回心させること（Convertir
tous les hommes à l'humain véritable）、そこにこそサン゠テグジュペリがわ
たしたちを導く務めがある！　この、人を奮い立たせる務め、テイヤール神
父もそれを、彼の精神と心情のすべての力を振り絞って担う。「回心させる
こと、それはある人が自分自身を発見し、自分自身を解放する手伝いをする
ことだ（convertir, c'est aider un être à se découvrir lui-même, à se libérer）」と、
考えて[26]。

「すべての人間を真の人間に回心させること」、自己の発見と自己の解放と
実現によって「真の人間」になること。別の見方をすれば、「真の人間」、そ
れこそが「神の子」である。キリスト者において「神」は「人間」の対立概
念ではない。イエスが教えた唯一の祈り、「主の祈り」の中で、キリスト者は
「天におられるわたしたちの父よ」と唱える。「神」と「人間」はいわば「親子」
の「絆」で結ばれた関係にあるのである。「自分自身を発見し、自分自身を解
放すること」、それはすでに「信仰」の道に一歩踏み出すことに他ならない。
テイヤール・ド・シャルダンのように視野の広い神学者は、明言こそしては
いないが、サン゠テグジュペリの内に「キリスト者」のひとつのあり方を見
出すことができたかも知れない。サン゠テグジュペリのヒューマニズムには
その土台としてキリスト教があることは明らかである。自らをキリスト教徒
として信仰を自覚していない信仰者を「キリスト者」と呼ぶことができると
するならばの話ではあるが。
　サン゠テグジュペリがキリスト教を批判して言うのは、ニーチェと同様の
推論の形式に基づくものであり、それは、彼がその存在のすべてを賭けて懇
願する父なる神のひとり子イエスが担うべき人間と神との間の仲介者として
の役割を、父なる神自身が奪っているという論理である。しかし、それはサ
ン゠テグジュペリ自身のことばを使って表現するならば、「目に見えるもの」
を求める「おとな」の論理に他ならない。彼が「王子さま」を通して「心に
いい水」を求めたように、「目に見えない」キリストの存在を「心」で感じ、
捉えることが必要だったはずである。サン゠テグジュペリのテクストの中に

は「神」ということばは頻繁に認められるが、「イエス」そして「十字架」の事実についての言及はほとんどまったくといっていいほど見あたらない。しかし、サン＝テグジュペリは「イエス」の名を口にすることはなくとも、なにか名付けようのなものを身内に感じていたのではないかと推測することもむだではないだろう。『戦う操縦士』の中の次のような一節が、それを示している。

　　わたしは謙遜の意味を理解した。それは自分をさげすむことではない。謙遜は行動の原理そのものだ。<u>自分の罪をゆるそうとして</u>（dans l'intention de m'absoudre）、自分の不幸を運命のせいにするなら、わたしは運命に服従することになる。裏切りのせいにするなら、裏切りに服従ことになる。しかし、わたしがその過ちを担うなら、わたしは人間としての力を要求することができる。わたしがそのうちのものであるものに働きかけることができる。わたしは人間という共同体を構成する部分となる。したがって、<u>わたしの内には誰かが存在していて、それゆえわたしは、わたしを成長させるために戦っているのだ</u>（Il est donc quelqu'un en moi que je combats pour me grandir）（PG, p.213.）。

　ここでサン＝テグジュペリが書いている「自分をゆるそうとして」という表現に注目したい。〈absoudre〉という語が使われているが、それは通常「ゆるす」という意味で使われる日常的なことばではない。これはミサや告解などで「罪をゆるす」という意味で用いられる宗教的な用語であり、司祭が「ゆるし」を与える、「神」が「罪」を「ゆるす」という使われ方をすることばある。この一節でサン＝テグジュペリは明らかに、問題を宗教的な次元で扱っている。彼がそこで言わんとしていることは、実は本質的なキリスト教の教えである。イエスは弟子たちを前にしてこう語った。「わたしについて来たいものは、自分を捨て、自分の十字架を背負って、わたしに従いなさい」[27]と。サン＝テグジュペリはその深い意味を彼の全存在を上げてほとんどん肉体的に理解したと、宣言しているのである。さらに彼は、「わたしの内には誰かが存在していて、それゆえわたしは、わたしを成長させるために戦っているのだ」と、彼自身におけるキリストの内在の意識について、かすかにほのめかすような

236 第Ⅲ部 「絆」と「交換」

ことまで言っているが、続けて彼はその発言を打ち消すように、「個人は一本の道に過ぎない。その道を取る人間だけが重要なのだ」(*ibid.*)と記している。サン＝テグジュペリは「絆」に「現存在」を認めていたが、「イエス」の「現存在」を理解するのではなく、「心」に感じ取るところまでにはいたらなかった。しかし彼自身が意識していようといまいと、サン＝テグジュペリは、彼がそこから出たキリスト教に精神的には一致しているのである。フランソワ・モーリアックはこう書いている。「イエス・キリストは、そこで人々が心を開き、汚れることなく恥じることもなく、永遠に愛し合うという確信を持って互いに出会い、再会することのできる神秘的な中心であり、またしるしなのです」[28]。十字架による贖罪の教義は、しばしば人々を躓かせる。サン＝テグジュペリが乗り越えられなかったキリスト教の一線もそうである[29]。しかし「十字架」が示しているものは、一義的には人間的実存の最下層に降り立った「神」の姿に他ならない。サン＝テグジュペリが「絆」のイメージを通して思い描いた「人間関係」のヴィジョンも、モーリアックが述べているような「キリスト」を通してなされる「出会い」のイメージに非常に近いものに、筆者には思われる。パスカルは「心に感じられる神」の「現存在」に打ち震えたが、その同じ方向へと確実に向かいながらも、サン＝テグジュペリはそこに到達することはなかった。サン＝テグジュペリは『城砦』のなかで、「わたしは神のしもべとして永遠を愛する」(*CDL*, p.384.)と語りながらも、「人間は常に人間だ。わたしたちは人間だ。そしてわたしは、自分の中で、わたし自身にしかけっして出会ったことはない」(*PG*, p.141.)と言う[30]。このことばは直接的には信仰の否定である。サン＝テグジュペリは「神を知らない」と言っている。パスカルの「心に感じられる神」、それを少なくとも彼自身は自覚することはできなかったのである。サン＝テグジュペリは「神」ということばを多用するが、彼自身が「人間というもの」の先に見据えていた「神」の姿は、キリスト教の「神」の姿そのものではない。それは人間精神を超える大文字の「精神」、あるいは絶対的な「摂理」のようなものであった。パスカルのことばを借りるならば、「哲学者の神」と言うべきところであろうか。サン＝テグジュペリの「神」はけっして具体的な姿を取って描かれることはなかった。彼のキリスト教信仰の素養、秘められた信仰心とでも言うべきものが表れるのは、文学的なイメージの中においてであると言うことができる。少年時代

第 2 章「交換」のイメージ　237

のクリスマスを懐かしく回顧し、「王子さま」を「宝物」のように両腕に抱く
サン゠テグジュペリは、それでも「神」を「キリスト」、人々と「共に歩む神」
の姿で思い描こうとはしなかったのである。「平和か戦争か」と『人間の土
地』の最終章の「人間」の章の中で、彼は次のように書いている。戦争によ
る無意味な「死」をいやというほど目撃してきた彼は、「死の意味は死と釣り
合うものでなければならない」（PG, p.155.）、そのためには「人生に意味を」
与えなければならないと説く。「私たちが粘土の中から目覚めて以来、初めか
ら歩んできた方向、その正しい方向に向かって進むのなら、そのときこそ私
たちは幸せになれるだろう。そのときこそ平和に生きることができるだろう。
なぜなら、人生に意味を与えるものはその死にも意味を与えるからだ。」[31]。
筆者はここに、神の面前で発せられた比べようのないひとりの誠実な求道者
のことばを素直に聞き取りたい。

　サン゠テグジュペリの文体は特徴的である。彼は単語のレベルから、文節、
文自体、そして文学的なイメージを含め、それらを反復することが多い。そ
の反復されることば、イメージは重要なものであり、他のものに置き換える
ことのできないものである。従ってサン゠テグジュペリには常に鍵となる概
念とイメージが存在すると言うことができる。私たちはその中から、重要な
イメージとして「人間というもの」（l'homme）、「絆」（lien）と「交換」（échange）
を取り上げ、それらが「ひとつはすべてであり、すべては同時にひとつである」
というサン゠テグジュペリ最晩年の文学的ヴィジョン、世界観につながっ
ていることを認めた。「絆」は「ひと」と「ひと」とを「結びつけるもの」で
あるが、サン゠テグジュペリはそれがあたかも「現存在」であるかのような
表現の仕方をする。それは「愛の絆」であり、「聖なる」「神の」ものである。
カトリックの教えに従えば、「父」と「子」を結びつけている「聖霊」は「愛」
である。それは「絆」のように「ひと」と「ひと」を結びつける「愛」でも
ある[32]。

　　はっきり言っておく。あなた方が地上でつなぐことは、天上でもつながれ、
　　あなた方が地上で解くことは、天上でも解かれる。また、はっきり言ってお

くが、どんな願い事であれ、あなた方の内二人が地上で心をひとつにして求めるなら、わたしの天の父はそれをかなえてくださる。二人または三人がわたしの名によって集まるところには、わたしもそこにいるのである⁽³³⁾。

「福音書」に書かれているように、「愛」はキリストの「現存」である。この一節は正式には「教会」を示すたとえだが、同時に全世界という大きな教会の中で、「愛」は「ひと」と「ひと」を結びつける「絆」のような存在であるということを物語ってもいる。イエスはまた、自身と信徒のつながりを「ぶどうの木」に喩えている。「わたしはぶどうの木、あなたがたはその枝である。人がわたしにつながっており、わたしもそのひとにつながっていれば、その人は豊かに実を結ぶ」⁽³⁴⁾。サン＝テグジュペリもまた同じことを述べている。「樹はには言語はない。だが、わたしたちは一本の木に結ばれている」（*PG*, p.180.）、あるいは「もしおまえが、風に揺られる、しっかりオリーヴの木に結ばれた枝であることにき気づくことができるならば、おまえはその動きの中に永遠を味わい知ることだろう。そしておまえのまわりのすべては、永遠なるものとなるだろう」（*CDL*, pp.371-372.）と。『聖書』には、もうひとつ重要な箇所がある。それは「ヨハネによる福音書」の一節で、イエスが新しい掟、「新約聖書」の掟を人々に告げる場面である。

　　あなたがたに新しい掟を与える。互いに愛し合いなさい。わたしがあなたがたを愛したように、あなたがたも互いに愛し合いなさい。互いに愛し合うならば、それによってあなたがたがわたしの弟子であることを、皆が知るようになる⁽³⁵⁾。

イエスが人々を「愛した」ように「互いに愛し合いなさい」と、イエスは教える。サン＝テグジュペリの生涯を読み解くとき、彼が仲間たち、友人たちを「愛した」その「愛し方」は、イエスが身をもって示したように、自分を人々に差し出すという「愛し方」であった。サン＝テグジュペリはそれを「交換」と呼ぶ。彼の言う「交換」とは、私利私欲に基づく「取引」を意味するのではない。そうではなく、「自分より尊いものとの交換」である。カトリ

ックの教義の枠内で正確に断言することは難しいが、サン＝テグジュペリが
描く「絆」のイメージに、「キリストの現存」を示す効果的な「しるし」、「秘
蹟」のカトリック的なヴィジョン、あるは「聖霊の交わり」のヴィジョンを
認めることはけっして不自然なことではない。カトリック教会は7つの「秘蹟」
を定めている。それは「洗礼」「聖体」「堅信」「ゆるし」「婚姻」「叙階」「終油」
の「秘蹟」である。「秘蹟」が意味するものは、「愛」の表れとしてのキリス
トの「現存」を示す効果的な「しるし」である。例えば「聖体」を拝領する
ことは、キリスト者の内にあるキリストを示すと同時に、「絆」のように「わ
たし」と「人々」を結びつけるキリストをも示している。サン＝テグジュペ
リにおいて、単なる抽象概念ではなく「現存在」である「絆」は、したがって、
「わたし」と「あなた」の関係を通して増殖し、複数形になり、「絆の網」(réseau
de liens) に成長していく。そしてサン＝テグジュペリが考える「交換」とは、「人
間というもの」が究極的に持つ意味としての、「自分自身」と「自分自身より
も尊いものとの交換」である。「愛の絆」、世界の「本質的な」「聖なる結び目」と、
「永遠のために」自己自身を「交換」するという「行為」、それは「自己犠牲」
ではなく、文字通り「自己」を差し出すことによって「永遠」を得るという
信仰の基盤なくしては成立しえないヴィジョンなのである [36]。「信仰」とは
神の「たまもの」である。別の言い方をすれば、「神を信じること」そのもの
が「神のわざ」である。サン＝テグジュペリ自身はそうした意識を持つこと
はなかった。しかし彼はそれを行動によってわたしたちに示している。サン
＝テグジュペリ最後の作品、『星の王子さま』の中で、「バラ」のために「自分
自身よりも尊いもの」と自分を「交換する」の「王子さま」の姿は、幼子キ
リストの面影をたたえたサン＝テグジュペリ自身の自画像であったと考える
ことができるのではないだろうか。「王子さま」、自称「金髪の美男子（ボー・
ブラン）」[37]、行動するヒューマニスト、サン＝テグジュペリの偉大さとその
魅力は、彼が彼の文学作品の中で表現し続けた思想を彼自身が身をもって示
そうとしたところにあると言うことができるだろう。彼は「人間というもの」
を常に見つめ続けたが、その思想の先には、彼がその名を呼ぶことのできな
い「人間」を超える「現存在」の姿があった。サン＝テグジュペリの死にま
つわる通説について、筆者はレオン・ヴェルトとともに自殺説を完全に排除
する。ヴェルトは作家ピエール・ド・ラニュのことばを引用して、サン＝テ

240　第Ⅲ部「絆」と「交換」

グジュペリは「断末魔の苦悩に近かったが、絶望の対蹠点にいた」[38] と言う。サン＝テグジュペリ自身、『戦う操縦士』の中で、「絶望というものはけっして存在しない」（*PG*, p.180.）また、「わたしたちは責任を自覚している。だれも責任と同時に絶望を感じることはできないはずだ」（*ibid.*, p.209.）と書き、『城砦』の中で、「死の恐怖はけっして存在しない」（*CDL*, p366.）とも述べている。「ぼく、きっと死んだようになるだろうけど、それほんとうじゃないんだ」（*PP*, p.314.）。サン＝テグジュペリもまた、永遠に生き続けるに違いない。「人間」「庭師」「目に見えないもの」「絆」そして「交換」、サン＝テグジュペリのテクストから読み取ることのできるイメージは常に静かな純粋さを湛え、晴朗さの彼方へのあこがれに向かっている。

「わたしは神のしもべとして、永遠を愛している。」
『城砦』

「主の平和があなたがたの内にありますように」[39]
サン＝テグジュペリ

第 2 章「交換」のイメージ　241

　　　　註記

(1) これは、『戦う操縦士』のなかで、「交換」が「物々交換」と同様の意味で用いら
　　れていないということを意味するわけではない。たとえば次のような用例も見出さ
　　れる。「こうして商人たちは出会うとき、財宝を<u>交換するのだ</u> (échangent)」(*PG,*
　　215.)

(2) 口絵〔6〕参照。この断章は「228 の 2 (228 bis)」と左上に番号が付されており、『城
　　砦』の草稿「228」を書くためのメモ書きのようなものと考えられる。サン＝テグジュ
　　ペリの筆跡の読み取りは、筆跡鑑定家のレナート・サッギオーリ氏による。〔……〕
　　は判読不明箇所を示す。第 1 部第 1 章註 34 参照。実際、草稿の「228」番が、編纂
　　された『城砦』本文のどの箇所に相当するのかは判然としない。この一節において、
　　「たとえひとつの犠牲 (un sacrifice) が一見無益であったとしても」から「そして
　　彼らの敵の閉ざされた修道院は光を放つ」までの部分は、「平和か戦争か」の最終章
　　「人生に意味を与えなければならない」の結末付近の文章と多少の異同はあるが、非
　　常に類似しており、同一文書の書き換えのようなものである。さらに「しかし、民
　　族、種族全体に生命を与えるために、すこしばかりの血を犠牲にするという話では
　　もはやない」から「敵の神経節を突き刺す昆虫の外科学に過ぎないものになってい
　　る」までは、「敵の神経節を突き刺す昆虫の外科学」という表現が『人間の土地』に
　　は欠けているものの、「しかし」という文頭の一語を除き、第 8 章「人間たち」の「3」
　　とほぼ同一である。また「一方はセメントの壁に隠れて陣取る」から「そしてふた
　　つの敵はともに朽ち果てるのだ」までは、「平和か戦争か」に載録された文章と数語
　　を除きほぼ同一であると言うことができ、『人間の土地』の中にも類似する文章を見
　　出すことができる。そして文頭の「しかし今日の戦争は昨日の戦争ではない」から「人
　　間というものの偉大さに必要なものを与えてくれる」までは、『人間の土地』にも「平
　　和か戦争か」にも正確に一致する文章は見あたらず、プレイヤード版『サン＝テグジュ
　　ペリ全集』にも掲載されていない。サン＝テグジュペリの記憶に基づく記述と見ら
　　れる。特に冒頭の一文「しかし今日の戦争は昨日の戦争ではない」という一文に関
　　しては、未発表であると言うことができるかも知れない。サン＝テグジュペリがこ
　　の一節を書き始めるにあたって思いついた書き出しの一文ではないかと考えられる。
　　「平和か戦争か」(*Pl I,*〈*La paix ou la Guerre?* 〉*, op.cit.,* pp.360-361.) 参照。『人間
　　の土地』(*TH,* p.280.) 参照。
　　　この一節では、「今日の戦争は昨日の戦争ではない」という巧みな表現に目が留ま
　　るが、重要なことは、救うべき「人間の偉大さ」とそれに対して払われるべき「犠牲」

という問題である。サン＝テグジュペリは、記憶を頼りに引用しているために「犠牲」ということばを使っているが、今後彼は「交換」という語を用いるようになる。

(3)「心的広がり」の概念については、『戦う操縦士』の中で詳しく語られている。たとえば、「偶然に愛が目覚めると、人間の中ですべてがその愛によって整えられる。愛は彼に心的広がり（étendue）の感覚をもたらす。わたしがサハラ砂漠に暮らしていたときのこと、アラブ人たちが夜、わたしたちの火のまわりに現れて、脅威が遠くにあることを告げたとき、砂漠は結び合わされ、ひとつの意味を持つのだった。それらの使者たちは砂漠の心的広がりを打ち立てていたのだ。美しい音楽のように。思い出を目覚めさせ、それらを結び合わせる古いタンスの単純な匂いのように。心を打つもの、それは心的広がりの感覚だ」（PG, 160.）。あるいは、「子ども時代の家によって与えられる心的広がり、オルコントの部屋によって与えられる心的広がり、顕微鏡の視界によってパストゥールに与えられる心的広がり、詩によって開かれる心的広がり、それらは文明のみが与えてくれる、か弱いがすばらしい同じだけの富なのだ。心的広がりは精神のためにあるのであって、目のためにあるのではないがゆえに、言語を介さずそのような広がりはけっして存在しない」（ibid., p.161.）。境界線の意識が明確にされていないところが「領域」の概念とは異なるが、両者は相互補完的な意味合いを持つと考えられる。

(4) サン＝テグジュペリは『若き日の手紙』の編者ルネ・ド・ソーシーヌ（Renée de Saussine）に、「死ぬこと」は「生まれることと同じようなものだ」（C'est comme de naître）（Lettres de jeuesse, Paris, Gallimard, 1953. p.24.）と語っている。

(5)「平和か戦争か」（Pl I,〈La Paix ou la guerre?〉, op.cit., p.362.）「平和か戦争か」という記事は、1938 年 10 月 2 日から 4 日にかけて『パリ＝ソワール』紙に連載された。この一節はほぼそのままの形で『人間の土地』に採録されている。（Cf. Pl I, Terre des hommes, pp.281-282.）

(6)『星の王子さま』の最終章のひとつ手前、第 26 章に描かれる「王子さま」の「死」の場面とは、次のようなものである。ここでもサン＝テグジュペリは「抜け殻」「果皮」（écorse）ということばを用いている。

「わかるだろ。とても遠いんだ。ぼく、こんな体持って行くことできないよ。重すぎるもの。」わたしはだまっていた。

「でも、それはぬぎすてた古い抜け殻（écorse）みたいなものさ。古い抜け殻（écorse）なら、悲しくなんてないだろ……」（PP, p.314-315.）

(7)『星の王子さま』と『城砦』は深いつながりのある作品である。ルネ・ゼレは『サン＝テグジュペリの大いなる探求』の中で、両者を関連づけて論じている（Renée

第 2 章「交換」のイメージ　243

Zeller, *La Grance Quête de Saint-Exupéry*, Paris, Éditions Alsatia, 1961. 参照)。

(8) ここで「ヘビ」は両義的な存在である。「ヘビ」は「王子さま」を「殺す」と同時に、「王子さま」が「バラ」とともに永遠の「生」を生きる「手助け」をしているからである。「王子さま」を「殺した」=「助けた」「ヘビ」は、「王子さま」の「生まれ変わり」を助ける。—「抜け殻」(écorce) ということばとともに、「ヘビ」の「脱皮」のイメージは看過すことのできないものである。マリ゠ルイーゼ・フォン・フランツ (Marie-Louise von Franz) が指摘したグレート・マザーの「呑み込むもの」としての女性性だけではなく、ここでは「生まれる」ことを助ける存在としての女性性も「ヘビ」は兼ね備えていると考えることができるだろう (Marie-Louise von Franz, *op.cit.*, Zürich, Spring Publications, 1970. 参照)。

(9)「ピエール・シュヴリエ宛の手紙」1940 年 12 月 1 日付 (*Pl II*,〈*À Pierre Chevrier*〉, *op.cit.*, p.950.)

(10)「ルポルタージュ」(*Pl I*,〈*Espagne ensanglantée*〉, *op.cit.*, p. 405.)

(11) ピエール・シュヴリエ前掲書 (Pierre Chevrier, *op.cit.*, p.160.) 参照。

(12)「ディオデーム・カトルー中尉宛の手紙」1943 年夏、チュニスにて執筆 (*Pl II*,〈*Lettre au lieutenant Diodème Catroux*〉, *op.cit.*, p.341. 参照)。

(13) 夜空に輝く星のイメージは、『星の王子さま』以外の作品のなかでは、空から眺められた地上の明かりのイメージに近いものがある。「ひとつひとつの明かりはこの闇の大海原の中で、人の意識の奇跡を合図していた。あの家では、人は読書をし、思索し、打ち明け話を続けていた。別の家では、たぶん誰かが空間を測量し、アンドロメダ星雲についての計算に身をすり減らしているのだ。あそこでは人は愛していた。田舎では、ところどころに自らの糧をを求める明かりたちが輝いていた。もっとも慎み深い人々、詩人の明かり、学校の先生の明かり、大工の明かりにいたるまで。しかし、それらの<u>生きた星々</u> (étoiles vivantes) の間に、どれほど多くの閉ざされた窓、消えた星、眠り込んだ人々がいたことだろう……。

<u>互いにつながり合うように努めなければならない</u> (Il faut bien tenter de se rejoindre)。田舎にところどころ燃えているそれらの火のいくつかと通じるように、努める必要がある」(*TH*, p.171.)。

(14) サン゠テグジュペリ著、アン・モロー・リンドバーグ『風立ちぬ』への「序文」(〈*Préface*〉à Anne Morrow-Lindberg, *Le Vent se lève*, Paris, Corrêa, 1939, p.X.) 参照。

(15)「平和か戦争か」(*Pl I*,〈*La Paix ou la Guerre ?*〉, *op.cit.*, p.361.) 参照。

(16)「平和か戦争か」(*idem.*) 参照。

(17)「X 将軍への手紙」(*Pl II*,〈*Lettre au général X*〉, *op.cit.*, p.330.) 参照。

244 第Ⅲ部「絆」と「交換」

(18) *ibid.*, p.333.

(19) 「ピエー・ダロス宛の手紙」(*Pl II*, 〈*Lettre à Pierre Dalloz*〉, *op.cit.*, p.1051.) 参照。

(20) 「ルポルタージュ」(*Pl I*, 〈*Espagne ensanglantée*〉, *op.cit.*, pp.404- 405.) 参照。

(21) *ibid.*, p.404.

(22) *ibid.*, p. 396.

(23) *ibid.*, p. 406.

(24) *ibid.*, p. 405.

(25) 「ルポルタージュ」(*Pl I*, 〈*Moscou! Mais où est la révolution?*〉, *op.cit.*, p.380.) 参照。

(26) アンドレ=A. ドゥヴォー著『テイヤールとサン゠テグジュペリ』(André-A. De-
vaux, *Teilhard et Saint-Exupéry*, Carnets Teilhard 3, Paris, Éditions Universitaires,
1962, pp.61-62.) 参照。

(27) 『聖書』「マタイによる福音書」第 16 章 24 節。

(28) フランソワ・モーリアック、ジャック゠エミール・ブランシュ著『書簡集
1916 ～ 1942』(*François Mauriac ─ Jacques-Émile Blanche, Correspondance
1916-1942*, Paris, Grasset, 1976, p.154.) 参照。

(29) 『戦う操縦士』のなかで、サン゠テグジュペリは贖罪の神秘を理解したとして、次
のように述べている。「わたしは初めて、わたしが自分の文明だと主張するこの文明
の起源である宗教の神秘のひとつを理解した。『すべての人間の罪を担うこと……』
そしてひとはそれぞれすべての人間のすべての罪を担うのだ」(*PG*, p.213.)。サン゠
テグジュペリはイエスによる人類の罪の贖罪を「すべての人間がすべての罪を担う
こと」というように拡大解釈する。イエスは「わたしについて来たいものは、自分
を捨て、自分の十字架を背負って、わたしに従いなさい」(『聖書』「マタイによる福
音書」第 16 章 24 節)と、言っているのであって、「すべての十字架を背負う」よう
には求めていない。「すべての罪を背負う」ことは、イエスのみが成し遂げたことで
ある。「すべての罪を担う」のは、確かに「すべてのひと」の役目ではないが、イエ
スの名においてすべての人間と連帯することは、まさしくキリスト教徒の発想であ
る。

(30) 『戦う操縦士』の中で、サン゠テグジュペリはこうも述べている。「どのような状況
も、わたしたちが疑ってもみなかったような未知なるものをわたしたちの内に目覚
めされることはない。生きるとはゆっくりと生まれることだ。〔……〕ある突然の啓
示がときとしてひとりの運命の方向を変えることがある。しかしその啓示は、長い
間準備された道が突然精神によって彼に見えたことに他ならない。〔……〕もちろん、
さしあたってわたしはどんな愛も感じてはいない。ただ、今晩なにかがわたしに啓

示されるとするならば、目に見えない建造物ためにわたしの石を重い足取りで運ん
だからだろう。わたしには、わたし以外のもののわたしにおける突然の出現につい
て語る権利はない。なぜならそれはわたし以外のものだからだ。わたしはそれを構
築する」(*PG*, p.142.)。ここで「わたしはどんな愛も感じてはいない」という表現は、
「愛」である「神」を前提にしている。「信仰」は「目に見えない」ものである。彼は
「目に見えない」建造物のために、重い「石」を運びながら、「目に見えない」「啓示」
あるいは「出現」を認めることはないのである。

(31) 「平和か戦争か」(*Pl I*, 〈*La Paix ou la guerre?*〉, *op.cit.,* p.362.)。この一節は『人
間の土地』のなかで、表現を替えて採録されている (*Pl I, TH*, p.281.)。

(32) グザヴィエ・レオン＝デュフール著『新約聖書辞典』(〈esprit saint〉, Xavier Léon-
Dufour, *Dictionnaire du Nouveau Testament*, Paris, Seuil, 1975.)、グザヴィエ・レ
オン＝デュフール他著『聖書神学用語辞典』(〈esprit saint〉, Xavier Léon-Dufour, et
d'autres, *Vocabulaire de Théologie Biblique*, Paris, Cerf, 1962.) 参照。『聖書』「コ
リントの信徒への手紙2」第13章13節のパウロのことば、「主イエス・キリストの
恵み、神の愛、聖霊の交わりが、あなたがた一同とともにあるように」参照。これ
はカトリックのミサの中では、「入祭」の挨拶として司祭が述べることばである。信
徒は「また司祭とともに」と、答える。

(33) 『聖書』「マタイによる福音書」第18章18-20節(「ヨハネによる福音書」第13章
32-35節、参照)。

(34) 『聖書』「ヨハネによる福音書」第15章第5節。生命の通い合う「絆」のイメージも、
イエスの言う「ぶどうの樹」のイメージに近いが、サン＝テグジュペリ自身、ばら
ばらな人間、事物の有機的、生命的関わりを「樹」に喩えることが多い。「平和とは、
事物がその意味とその場所を受け取ったとき、事物を通して現れるひとつの表情を
読み取ることだ。土地のばらばらな素材がひとたび樹の中で結び合わされるとき、
事物がそれ自身より広大なものの一部になることだ」(*PG*, p.162)。この一節でサ
ン＝テグジュペリは、「平和」は「樹」のようなひとつの有機的生命体の中で、すべ
てのものが統合されたとき、初めて読み取られる表情なのだということを、言おう
としている。「樹」のイメージは、また彼の「心の伝達不能性」を解消するイメージ
でもある。

(35) 『聖書』「ヨハネによる福音書」第13章第34-35節。

(36) サン＝テグジュペリ研究の中で、キリスト教の信仰の側面からアプローチをしたも
のとしては、ルネ・ゼレのサン＝テグジュペリ論、(ルネ・ゼレ著『アントワーヌ・ド・
サン＝テグジュペリの生涯、あるいは「星の王子さま」のたとえ』、『サン＝テグジュ

ペリにおける人間と船』、『アントワーヌ・ド・サン＝テグジュペリの大いなる探求』Renée Zeller, *La Vie d'Antoine de Saint-Exupéry ou la parabole du Petit Prince*, Paris, Éditions Alsatia, 1950. Renée Zeller, *L'Homme et le navire de Saint-Exupéry*, Éditions Alsatia, 1951. Renée Zeller, *La Grande Quête d'Antoine de Saint-Exupéry*, Éditions Alsatia, 1961.）参照。あるいはアンドレ・ドゥヴォーの「神の前の作家叢書」中の一冊を挙げることができる。（アンドレ・ドゥヴォー著『サン＝テグジュペリ』André Devaux, *Saint-Exupéry*, collection 〈Les écrivains devant Dieu〉, Paris, Desclée de Brouwer,1965.）参照。ルネ・ゼレはカトリックの研究者だが、カトリック教会の教父たちの研究が専門である。アカデミー・フランセーズのモンティオン賞を受賞した『ラコルデール』と『ドミニコ会修道士の生活』、さらには幼きイエズスのテレジアの生涯を描いた『リジューの福音書』、『神の王国の年代記』、『幼きイエズスの物語』などの著作において、現代におけるカトリック信者のさまざまな問題について論じている。アンドレ＝A. ドゥヴォーの代表的サン＝テグジュペリ研究書としては、『サン＝テグジュペリと神』を挙げることができる（André-A. Devaux, *Saint-Exupéry et Dieu*, Paris, Declée de Brouwer,1965. 参照）。また『テイヤールとサンテグジュペリ』の中では、サン＝テグジュペリの世界観について神学者テイヤール・ド・シャルダンとの比較論を展開している（アンドレ＝A. ドゥヴォー著『テイヤールとサン＝テグジュペリ』André-A. Devaux, *Teilhard et Saint-Exupéry*, Carnets Teilhard 3, Paris, Éditions Universitaires, 1962. 参照）。

(37) 「金髪の美男子（beau blond）」は、サン＝テグジュペリが友人たちの間で、その場の雰囲気を和ませようとして、自分自身を称して好んで用いた自嘲気味の表現である。実際の彼は、かなりの若禿げであり、30歳代前半からすでに頭髪は非常に薄かった。

(38) レオン・ヴェルト著「わたしが知っているとおりのサン＝テグジュペリ」（Léon Werth, *Saint-Exupéry tel que je l'ai connu...* , in René Delange, *op.cit.*, Paris, Éditions du Seuil, 1948, p.199.）参照。

(39) 手紙の末尾などに書き添えられることば。ミサの閉祭の挨拶として司祭がいうことば、「行きましょう、主の平和の内に」に由来する。「ピエール・シュヴリエ宛ての書簡」から。第1部第1章註19参照。

あとがき

　「画家が絵の具で描くように、小説家はことばをもって描く」と、昔留学したフランスの大学で指導教授から教わったことがある。教授は、作家が使うことば、その一言一言を大切にする姿勢をわたしに伝えたかったのだと思う。彼女のことばは今でもわたしの中に生きている。

　サン゠テグジュペリは非常にことばにこだわり、ことばを大切にする作家である。そのため彼はしばしばことばを言い換えることがどうしてもできず、ひとつの概念にしがみつくように、くり返し同じ表現を用いることが多い。それゆえ彼の文章から鍵となる重要なことばを抽出することは比較的易しい。問題は、その重要なことばを通して彼の文学的なイメージ、思想的なヴィジョンを導き出すことである。

　本書の中では特に「人間」、「絆」と「交換」ということばに注目した。それらは、いずれもサン゠テグジュペリ後期の作品の中で、くり返し用いられている鍵となる概念である。サン゠テグジュペリは「人間」の在りようを見つめ続けた作家だった。彼が使う「人間」ということばは、「人間というもの」という抽象概念に近づき、彼の眼差しは「人間」のさらにその先へ向かおうとする。そして「人間」同士を結びつける「絆」は単数から複数形になり、「絆」の「網」に成長していく。そこから、「ひとつはすべてであり、すべては同時にひとつである」というヴィジョンが生まれ出る。「交換」とは、それまで用いられてきた「犠牲」、「自己犠牲」に代わるものとして、特に『戦う操縦士』や『城砦』の中で用いられるようになったことばである。「絆」と「交換」は、一見相互に関連のないような表現だが、サン゠テグジュペリの中では密

接な関わりを持っている。彼が思い描く「絆の網」は、人と人を結びつける「絆」が、人々を通して交差し、出来上がった人間同士の関係性の総体としての具象的なイメージである。その「絆の網」をサン゠テグジュペリは「愛の」、あるいは「聖なる」「神の」と形容する。「絆の網」は、まさにキリストの「現存」を示す「秘蹟」のように存在するものとして描かれる。そこに最晩年のサン゠テグジュペリの世界観を見出すことは誤りではないだろう。そして「交換」とは「自分自身よりも尊いものとの交換」である。「絆」との「交換」、それがまさしくサン゠テグジュペリの自己実現のイメージではなかったのかと、筆者は考えている。

　サン゠テグジュペリのテクストの背景にはカトリックの教養があることは間違いない。キリスト者として生きることのできなかった彼は、しかし神の面前で、人間としても作家としても、その使命を全うしようとしたように思われるのである。

　　2017 年冬

　　　　　　　　　　　　　　　　　　　　　　　　　　　　　　筆者

参考文献

★サン゠テグジュペリの著作（日本語訳）

『サン゠テグジュペリ著作集』全 11 巻・別巻 1 巻　みすず書房　1983 〜 90 年

1 『南方郵便機』・『人間の大地』山崎庸一郎訳

2 『夜間飛行」・『戦う操縦士』山崎庸一郎訳

3 『人生に意味を』渡辺一民訳

4 『母への手紙』『若き日の手紙』清水茂・山崎庸一郎訳

5 『手帖』杉山毅訳

6 『城砦 1』山崎庸一郎訳

7 『城砦 2』山崎庸一郎訳

8 『城砦 3』山崎庸一郎訳

9 『戦時の記録 1』山崎庸一郎訳

10 『戦時の記録 2』山崎庸一郎訳

11 『戦時の記録 3』山崎庸一郎訳

別巻『証言と批評』山崎庸一郎訳

『サン゠テグジュペリ・コレクション』全 7 巻　みすず書房　2000 〜 01 年

1 『南方郵便機』山崎庸一郎訳

2 『夜間飛行』山崎庸一郎訳

3 『人間の大地』山崎庸一郎訳

4 『戦う操縦士』山崎庸一郎訳

5 『戦争か平和か —戦時の記録 1』山崎庸一郎訳

6 『ある人質への手紙 —戦時の記録 2』山崎庸一郎訳

7 『心は二十歳さ —戦時の記録 3』山崎庸一郎訳

『星の王子さま』稲垣直樹訳（平凡社ライブラリー）　2006 年

『小さな王子さま』山崎庸一郎訳　みすず書房　2005 年

『小さな王子』藤田尊潮訳　八坂書房　2005 年

『親愛なるジャン・ルノワールへ』山崎庸一郎訳　ギャップ出版　2000 年

『サン゠テグジュペリの言葉』山崎庸一郎訳　彌生書房　1997 年

★サン゠テグジュペリの伝記・作品論

『「星の王子さま」を読む』藤田尊潮著　八坂書房　2005 年

『「星の王子さま」のひと』山崎庸一郎著　新潮文庫　2000 年

『ユリイカ』（特集 サン゠テグジュペリ ― 生誕百周年記念特集）通号 435　青土社　2000 年 7 月

『サン゠テグジュペリの生涯』ステイシー・シフ著　檜垣嗣子訳　新潮社　1997 年

『バラの回想』コンスエロ・ド・サン゠テグジュペリ著　香川由利子訳　文藝春秋　2000 年

『サン゠テグジュペリ』稲垣直樹著　清水書院　1992 年

『サン゠テグジュペリの世界』リュック゠エスタン著　山崎庸一郎訳　岩波書店　1990 年

『星の王子さまの秘密』山崎庸一郎著　彌生書房　1984 年

『サン゠テグジュペリ』アンドレ゠A. ドゥヴォー著　渡辺義愛訳　ヨルダン社　1973 年

★サン゠テグジュペリの著作（フランス語版）

Antoine de Saint-Exupéry, *Œuvres complètes*, Paris, Gallimard, 1994-99. collection la pléiade, tome I - II.

Album Saint-Exupéry, Paris, Gallimard, 1994.

★サン゠テグジュペリの伝記・作品論（フランス語版）

Icare, cahier de l'aviation, No.1. 1957.

Icare, revue des pilotes de ligne, numéro spécial à Saint-Exupéry, No.30 bis. 1964

Icare, revue de l'aviation française, numéro spécial à Saint-Exupéry, -première époque, No.69. 1974.

Icare, revue de l'aviation française, numéro spécial à Saint-Exupéry, -deuxième époque, No.71. 1974-75.

Icare, revue de l'aviation française, numéro spécial à Saint-Exupéry, -troisième époque, No.75. 1975-76.

Icare, revue de l'aviation française, numéro spécial à Saint-Exupéry, -quatrième époque, No.78. 1976.

Icare, revue de l'aviation française, numéro spécial à Saint-Exupéry, -cinquième époque, No.84. 1978.

Icare, revue de l'aviation française, numéro spécial à Saint-Exupéry, -sixième époque, No.96. 1981.

Icare, revue de l'aviation française, numéro spécial à Saint-Exupéry, -septième époque, No.108. 1984.

Cahier Saint-Exupéry 1, Paris, Gallimard, 1980.
Cahier Saint-Exupéry 2, Paris, Gallimard, 1981.
Cahier Saint-Exupéry 3, Paris, Gallimard, 1989.

Adèle Dreaux, *Saint-Exupéry in America, 1942-1943, A Memoir*, New Jersey, Associated University Presses, Inc. 1971.

Denis Boissier, *Saint-Exupéry et Tristan Derème : l'origine du Petit Prince*. In *Revue d'Histoire Littéraire de la France*, No.4, 1997.

Pierre Chevrier, *Antoine de Saint-Exupéry*, Paris, Gallimard. 1949.

René Delange, *La Vie de Saint-Exupéry*, suivi de Léon Werth, *Saint-Exupéry tel que je l'ai connu...*, Paris, Éditions du Seuil, 1948.

André-A Devaux, *Saint-Exupéry*, collection « Les écrivains devant Dieu », Paris, Desclée de Brouwer, 1965.

André-A Devaux, *Saint-Exupéry et Dieu*, Paris, Desclée de Brouwer, 1965.

André-A Devaux, *Teilhard et Saint-Exupéry*, in *Carnets Teilhard 3*, Paris, Édidions universitaires, 1962.

André-A, Devaux, *Les sens de la vie selon Saint-Exupéry*, in « *Synthèses* », octobre 1956, No 125. pp.388-404.

Eugen Drewermann, *L'essentiel est invisible, Une lecture psychanalytique du Petit Prince*, Paris, Éditions du Cerf, 1992.

Luc Estang, *Saint-Exupéry par lui-même*, collection de « *écrivain de toujours* », Paris, Seuil, 1956.

Carlo Francois, *L'Esthétique d'Antoine de Saint-Expéry*, Suisse, Delachaux & Niestlé S. A., 1957.

Pierre Lassus, *La Sagesse du Petit Prince*, Paris, Albin Michel, 2014.

Yves Le Hir, *Fantaisie et mystique dans le Petit Prince de Saint-Exupéry*, Paris, Éditions Nizet, 1954.

Serge Losic, *L'Idéal humain de Saint-Exupéry*, Parid, Nizet, 1965.

Jean-Luc Maxence, *L'appel du désert, Charles de Foucauld, Antoine de Saint-Exupéry*, Paris, Presses de la Renaissance, 2002.

Marcel Migeo, *Antoine de Saint-Exupéry*, Paris, Flammarion, 1958.

Yves Monin, *L'Ésotérisme du Petit Prince*, Paris, Éditions Nizet, 1984.

Réal Ouellet, *Les relations humianes dans l'œuvre de Saint-Exupéry*, bibliothèque de Lettres Modernes, Paris, Minard, 1971.

Hervé Priêls, *Le chemin initiatique du Petit Prince*, Escalquens, Éditions Oxus, 2014.

Jean-Philippe Ravoux, *Donner un sens à l'existence, Ou pourquoi Le Petit Prince est le plus grand traité de métaphysique du XXe siècle*, Paris, Éditions Robert Laffont, 2008.

Walter Wagner, *La conception de l'amour-amitié dans l'œuvre de Saint-Exupéry*, Frankfurt am Main, Peter Lang GmbH, 1996.

Renée Zeller, *La Vie d'Antoine de Saint-Exupéry ou la parabole du Petit Prince*, Paris, Éditions Alsatia, 1950.

Renée Zeller, *La Grande Quête d'Antoine de Saint-Exupéry*, Éditions Alsatia, 1961.

★その他参考文献（日本語・フランス語・ドイツ語）

『聖書』新共同訳　日本聖書協会　1987 年

André-A Devaux, *La gerbe et le fagot, Fontenay-Sous-Bois*, La Solidarité par le livre, 1963.

Pierre de Lanux, *France de ce monde*, New York, Éditions La Maison Française, 1941.

René Le Senne, *La Découverte de Dieu*, Paris, Aubier-Montaigne, 1955.

Gabriel Marcel, *Le Monde cassé*, Paris, Desclée de Brouwer, 1933.

Gabriel Marcel, *Les Hommes contre l'humain*, Paris, Éditions du vieux colombier, 1951.

Max Picard, *Die unerschütterline Ehe*, Rentsch-Zürich, Eugen Rentsch Verlag, 1942.
（マックス・ピカート著『ゆるぎなき結婚』みすず書房　1957 年）

C.-F. Ramuz, *Taille de l'homme*, Paris, Grasset, 1935.

［著者紹介］

藤田尊潮　ふじた そんちょう

1958 年生まれ。早稲田大学大学院博士課程満期退学。パリ第 4 大学 DEA 取得。現在、武蔵野美術大学教授。専門は 20 世紀フランス文学、フランソワ・モーリアック、サン＝テグジュペリなど。

著書：

『「星の王子さま」を読む』『モーリアック（近刊）』（八坂書房）

『パリのミュゼでフランス語！』『やさしくミュゼでパリめぐり』（共著、白水社）ほか。

編著書：

『マン・レイ「インタビュー」』『星の王子さまの教科書』（武蔵野美術大学出版局）

訳書：

サン＝テグジュペリ『小さな王子』、L. ゴルデーヌ、P. アスティエ『画家は語る』、J. P. クレスペル『モンパルナスのエコール・ド・パリ』、F. フェルス『パリの画家、1924』『図説 ベル・エポック』、J. ブロス『世界樹木神話』（共訳）

「自作を語る画文集」シリーズ（訳編）

　　　　『ギュスターヴ・モロー』『オディロン・ルドン』『トゥールーズ＝ロートレック』『アンリ・ルソー』　　　　　　　　　　　　　　　　　　　　　　　　（以上、八坂書房）

O. ブルニフィエ、J. デプレ「はじめての哲学」シリーズ（世界文化社）ほか多数。

主な論文：

La Théologie de la grâce chez François Mauriac‐les romans écrits avant et après sa conversion（*Étude de Langue et littérature Françaises* No.62, 1993）（欧文）

Images de l'été et images du feu dans l'œuvre de François Mauriac（武蔵野美術大学研究紀要 No.30, 1999 年）（欧文）

Images de l'eau et de la boue dans l'œuvre de François Mauriac（武蔵野美術大学研究紀要 No. 31, 2000 年）（欧文）

Images des arbres chez François Mauriac（武蔵野美術大学研究紀要 No. 32, 2001 年）（欧文）

Images des animaux chez François Mauriac（武蔵野美術大学研究紀要 No. 33, 2002 年）（欧文）

『目に見えるもの』と『目に見えないもの』―『星の王子さま』再読（武蔵野美術大学研究紀要 No. 34, 2003 年）

フランソワ・モーリアックにおける『自然』のイメージ―〈共犯〉のヴィジョン（武蔵野美術大学研究紀要 No.44, 2014 年）

『絆』と『交換』―サン＝テグジュペリのキーワードを読み解く（武蔵野美術大学研究紀要 No.46, 2016 年）

Antoine de Saint-Exupéry, 1900-44

サン゠テグジュペリ　イメージの連鎖の中で

2017年2月25日　初版第1刷発行

著　者　　藤　田　尊　潮
発行者　　八　坂　立　人
印刷・製本　シナノ書籍印刷(株)

発行所　　(株)八坂書房
〒101-0064　東京都千代田区猿楽町1-4-11
TEL.03-3293-7975　FAX.03-3293-7977
URL.：http://www.yasakashobo.co.jp

ISBN 978-4-89694-231-6　　落丁・乱丁はお取り替えいたします。
　　　　　　　　　　　　　　無断複製・転載を禁ず。

©2017　Fujita Soncho